아린의 시선

SEOMIAE
COLLECTION 5

아린의 시선

서미애 장편소설

엘릭시르

차례

나는 서른 살이다. 아니, 어쩌면 서른하나인지도 모른다.

서른이든 서른하나든 그건 별로 중요하지 않다. 세상이 규정한 나이는 의미 없이 나열된 숫자일 뿐이다.

나는 열한 살이다. 그때, 나는 성장을 멈췄다.

누군가 내 열한 살의 몸을 스물일곱 번 찔렀다. 5일간의 혼수상태 끝에 나는 그날 밤의 기억과 나의 미래, 엄마를 도둑맞았다.

사라진 것은 그날 밤의 기억만이 아니다. 지금도 가끔 기억이 사라진다.

스물일곱 개의 칼자국은 시간이 지나면서 하나둘 아물었고 흉측하던 상처도 서서히 줄어들었다. 키가 자라고 새살이 돋

아나고 가슴이 커지고 어른이 되었다. 열한 살에서 열다섯이
되고 스물이 되면서 몸에 남은 상처는 크게 눈에 띄지 않을 만
큼 희미해졌다.

하지만 내 안에 웅크린 영혼은 여전히 스물일곱 개의 상처
에서 피를 흘리고 때때로 까무러치며 기억나지 않는 그날 때
문에 식은땀을 흘린다.

그렇게 나는 열한 살에서 성장을 멈췄다.

1995년 10월 28일.

그날 밤의 일은 머릿속에서 뭉텅 사라졌다. 어쩌면 기억하
고 싶지 않은 일이어서 스스로 봉인해버렸는지도 모른다. 물
론 그전의 기억들도 듬성듬성 비어 있기는 하다. 하지만 그건
너무 어려서 떠올리지 못하거나 중요하지 않은 일이라 자연스
레 사라진 기억일 것이다.

1995년 10월 28일은 기억나지 않을 만큼 평범한 날도 아니
었고, 열한 살의 나는 그렇게 어리지도 않았다. 하지만 나는
그날 무슨 일이 있었는지 전혀 기억하지 못한다.

내 머리는 기억하지 못했지만, 나의 몸은 그날을 기록했다.

매일 샤워를 하면서 내 몸에 새겨진, 이제는 희미해진 상처
들을 만져보며 어렴풋이 그날을 짐작한다. 봉긋이 솟은 가슴
위 상처를 만지다가 배와 옆구리, 목 여기저기 흩어져 있는 상
처들을 하나씩 조심스레 쓰다듬고 달래며 속삭인다.

그날의 나는 많이 무서웠겠구나.

한편으론 다행이라는 생각도 든다.

기억은, 더구나 그렇게 끔찍한 기억이 머릿속에서 재생된다는 건 살을 찢는 아픔과 내 몸을 향해 수없이 날아드는 칼날을 지켜보는 공포, 몸에서 빠져나가는 피와 함께 서서히 죽음에 다가가는 감각을 고스란히 다시 느껴야 한다는 의미다. 그러니 봉인된 기억은 스스로 처방한 진통제일지도 모른다.

상처를 만질 때마다 문득 궁금해진다.

나를 찌른 사람은 무슨 생각이었을까? 왜 스물일곱 번이나 휘두른 것일까?

열한 살의 나는 지금보다 훨씬 작았을 텐데, 그 작은 아이의 몸에 찌를 데가 어디 있다고 끊임없이……

궁금해도 알 길이 없다. 범인은 잡히지 않았다.

그날 새아버지와 세 살 터울 언니도 죽었다. 나보다 한 살 어렸던 남자아이는 가벼운 타박상을 입고 그 끔찍한 일가족 살인사건에서 살아남았다.

함께 살게 된 지 4개월이 된 가족이었다.

두 가족이 만나 한 식구가 되었고 미처 친해질 시간도 없이 각각 한 명의 아이만 남았다.

닷새 동안 혼수상태로 중환자실에 누워 있을 때, 그 아이는 매일 나를 보러 내려왔다. 삼십 분 동안 나를 물끄러미 쳐다보다 면회 시간이 끝나면 자기 병실로 돌아갔다.

사건을 아는 간호사들은 매일 나를 보러 오는 아이를 안쓰러워했다. 유일한 생존자인 아이가 언제 깨어날지 모르는 누나를 걱정하는 모습에 모두가 마음 아파하며 눈시울을 붉혔다.

의식이 돌아오고 위급상황이 지난 후, 나는 그 아이와 같은 병실로 옮겨졌다.

상태가 안정되었다고는 해도 진통제를 맞으며 잠들어 있는 시간이 더 많았다. 어쩌다 잠에서 깨어나 고개를 돌리면 그 아이는 나를 노려보다가 슬그머니 시선을 돌렸다.

처음 그 아이와 눈이 마주쳤을 때는 의식하지 못했다. 하지만 점점 깨어 있는 시간이 많아지고 의식이 또렷해지면서 그 아이의 시선에 스민 분노와 증오를 느낄 수 있었다.

중환자실에 있을 때는 매일 의식도 없는 나를 보러 오던 아이였다. 그런데 둘만 있는 병실에서는 내 곁에 한 번도 가까이 오지 않고 가만히 지켜보기만 했다. 말을 걸지도 않고 일정한 거리를 둔 채 경계의 눈빛으로 어슬렁거렸다.

나는 그 아이가 왜 그런 눈으로 쳐다보는지 의아했다. 하지만 그보다 더 궁금한 게 있었다.

나는 왜 입원해 있는 거지? 내 몸의 상처는? 엄마는 왜 안 보이지?

간호사들에게 물었지만 그 누구도 제대로 대답해주지 않았다. 경찰이 와서 던진 질문을 통해 비로소 궁금했던 답을 얻었다.

그날 밤 사건과 내가 겪은 일. 그리고 엄마가 사라졌다는 사실. 그것은 내 몸에 있는 상처보다 더 끔찍한 일이었다.

엄마가 사라졌다니, 갑자기 눈앞이 캄캄해졌다. 아무 생각도 할 수가 없었다. 다시 의식을 잃을 만큼 며칠 동안 고열에 시달렸다.

겨우 정신이 돌아와 눈을 떠보니 병실에는 나뿐이었다. 그 아이는 친척이 와서 데려갔는지, 온다 간다 말도 없이 사라진 뒤였다.

나는, 엄마와 단둘이 살아오던 나는 그렇게 혼자가 되었다.

1995년 10월 28일. 그날, 나의 시간은 멈췄다. 몸은 자라도 마음은 자라지 못했다.

그날이 내 영혼을 옭아매고 나를 가두었다.

기억나지 않는 그날의 일, 온몸에 남아 있는 상처, 사라진 엄마. 나는 열한 살의 그날에 묶여버렸다. 오래도록 그 시간은 얼어붙은 채 내 가슴속에 빙하로 남았다. 그렇게 영원히 얼어붙은 대륙으로 남을 줄 알았다. 하지만 세상은 언제나 예측불허여서 내 의지와는 상관없는 일들이 벌어진다.

20년 동안 얼어붙어 있던 그 시간은 전혀 생각지도 못한 순간 금이 가기 시작하더니 조금씩 무너져내렸다. 누구도 열 수

없을 거라 생각했던 그날의 기억이 갑자기 툭, 봉인이 풀리며
열리기 시작했다.
　비로소 나는 왜 내 몸에 스물일곱 개의 상처가 남아야 했는
지 알게 되었다.

아린의 시선

1

전화기 버튼을 누르는 손가락이 부들부들 떨렸다. 다행히 제대로 눌렀는지 액정에 119라는 숫자가 뜨고 곧 연결음이 들렸다.

소녀는 숨을 쉬기도 힘들었지만 침착해야 한다고 스스로를 다독였다.

조금 전 거실로 내려가다 본 동생의 모습이 도무지 믿어지지 않았다. 더이상 저항도 하지 못한 채 헝겊 인형처럼 바닥으로 떨어지던 동생의 얼굴을 본 뒤로 제정신이 아니었다. 어떻게 그곳을 빠져나왔는지 기억도 나지 않는다. 겨우 정신을 차려보니 방으로 돌아와 문을 잠그고 있었다.

얼마나 시간이 흘렀는지, 어떻게 방으로 돌아왔는지도 떠오르지 않는다. 전화기를 손에 든 것도 거의 본능에 가까웠다.

소녀는 손에 들린 전화기를 보고서야, 자신이 침대 위에 놓인 무선 전화기를 집어들고 옷장 속으로 몸을 숨겼다는 사실을 기억해냈다. 친구와 통화하느라 거실에서 가져오길 다행이었다.

옷이 가득 걸려 있는 벽장은 소녀가 들어가기에는 비좁았다. 하지만 이 방에서 몸을 숨길 수 있는 곳은 여기뿐이었다. 무릎을 세우고 온몸을 잔뜩 웅크린 다음에야 겨우 문을 닫을 수 있었다.

동생을 생각하자 왈칵 뜨거운 눈물과 함께 울음이 터지려 했지만 얼른 입을 틀어막았다.

'진정해, 모든 건 나한테 달렸어, 동생을 살려야 해.'

공포와 두려움이 밀려들었지만 지금은 이런 것에 휘둘릴 시간이 없다. 거실에서 죽어가는 동생을 살리려면 최대한 빨리 사람을 불러야 한다. 무선 전화기를 챙긴 것은 아무래도 잘한 생각이었다. 뭐라도 해야 이 두려움을 견딜 것 같았다.

'이 전화만 연결되면 우리를 도와줄 사람이 달려올 거야.'

수화기 너머로 찰칵 하는 희미한 기계음과 함께 목소리가 들렸다.

─네, 119 응급센터입니다.

"도, 도와주세요. 동생이…… 칼에 찔렸어요. 누가 동생을 죽이려고 해요. 빨리 와주세요, 피를 많이 흘려요."

소녀는 최대한 목소리를 낮추고 긴급한 상황을 설명하려 했다. 두서없이 말해도 어떻게든 알아들을 거라 생각했다.

─잘 안 들리는데 조금 크게 얘기해주시겠습니까? 어른은 안 계신가요?

"어른들은……"

어른들이 집을 비웠다는 이야기를 하려다 멈췄다. 머리가 곤두섰다. 밖에서 인기척이 느껴졌다.

밖에는 비가 쏟아지고 있다. 그 소리에 자신의 기척을 감출 수 있다고 생각했다. 하지만 둔중한 발소리는 빗소리를 뚫고 소녀의 귓가로 들어왔다.

누군가의 기척이 문 앞에서 멈추는가 싶더니 이내 문 여는 소리가 들렸다. 분명 문을 잠근 줄 알았는데 아닌 모양이었다. 방 주인을 배신한 문은 너무나 쉽게 열렸다.

남자는 짙은 땀냄새와 피비린내를 풍기며 거침없이 방안으로 들어왔다. 닫힌 옷장 문틈으로 남자의 역한 냄새와 거친 숨소리가 새어들었다.

방안을 더럽히는 남자의 발걸음소리가 옷장 앞에서 멈추었다. 놀란 소녀는 본능적으로 뒤로 물러서다가 이내 인상을 찡그렸다. 소녀가 움직이는 바람에 걸어놓은 옷들이 스치며 작은 소리를 냈다. 간신히 버티고 있던 소녀의 신경들이 격렬히 요동쳤다.

흔들리는 옷소매를 서둘러 붙잡고 숨을 죽였지만 온몸을 돌던 피가 한꺼번에 심장으로 몰려드는 듯 쿵쾅거리는 맥박 소리가 점점 커졌다. 웅크린 몸이 저려왔지만 조금도 움직일 수가 없었다. 닫힌 옷장 안은 점점 더 답답해졌고 남자와 얇은 합판 하나를 사이에 두고 대치하는 이 고요한 시간이 소녀를 더욱 얼어붙게 만들었다.

긴장감에 묻혀 있던 방안의 소리들이 다시 들려왔다. 빗소리가 커졌다. 어쩌면 비가 더 거세지고 있는 것인지도 모른다. 지금 이 상황이 너무 싫다. 소녀는 비를 좋아한다. 평소 같았으면 창문을 열고 손을 내밀어 내리는 비와 빗소리를 반겼을 것이다. 하지만 지금은 그 소리조차 귀를 아프게 두드렸다.

이대로 눈을 감고 어디론가 사라지고 싶었다. 언젠가 읽었던 소설책처럼 벽장 뒤 옷을 헤치고 들어가면 하얀 눈이 펄펄 내리는 낯선 세계가 있었으면.

놈은 분명 옷장 앞에 서 있다. 그런데 지금은 아무 움직임도 없다. 밖이 어떤 상황인지 살펴보고 싶지만 머릿속에서는 자꾸 경고등이 울린다.

'움직이지 마. 꼼짝 말고 기다려.'

무심히 느리게 움직이는 시간이 소녀의 신경 위에 조약돌을 하나씩 올려놓는다.

잔뜩 힘이 들어간 몸의 관절 위로 시간의 무게가 하나씩 놓이고, 이제 소녀의 이마에는 땀방울이 새어나온다. 이마를 타고 내린 땀방울이 눈썹에서 잠시 멈추다가 다시 눈으로 내려온다. 점점 한계점에 다다르고 있다. 더이상 견디지 못할 것 같은 불안감에 위에서 신물이 올라온다. 두려움의 쓸쓸한 뒷맛이 느껴진다.

문 너머의 기척에 귀를 기울였지만 밖에서는 아무것도 들리지 않았다.

'어떻게 하지? 문을 열자마자 놀란 틈을 타서 밖으로 뛰쳐나가? 아니면 이대로 방에서 나갈 때까지 기다려?'

머릿속에서는 온갖 생각이 모였다 흩어졌다 했지만 어느 것도 확신이 들지 않았다. 남자를 상대하기에는 육체적으로 열세다. 밖으로 나가는 건 위험하다. 그렇다고 이대로 계속 있을 수도 없다. 이미 몸이 버틸 수 있는 한계에 다다르고 있다.

갑자기 남자가 움직이는 소리가 들리더니 벽장 틈으로 칼날 같은 빛이 새어들었다. 놈이 불을 켠 것이다. 좋지 않다. 아주 좋지 않다. 이제 놈은 얼굴을 드러내는 것도 두려워하지 않는다는 뜻이다.

소녀가 어떻게 해야 할지 결정하지 못한 채 우물쭈물하는 사이, 남자의 발소리가 다시 가까이 다가오더니 멈췄다. 소녀는 입을 벌린 채 문틈으로 새어들어와 자기 얼굴을 반으로 가르는 빛을 노려보았다.

'제발, 제발……'

소녀는 남자가 이대로 방을 나가기만을 바라지만 이미 그럴 가능성은 없어 보인다. 하지만 무엇 때문인지 남자는 전혀 움직이지 않는다.

숨 막히는 팽팽한 긴장감으로 방안의 공기마저 정지된 것 같은 기분이 드는 순간, 전화기에서 울리는 말소리가 정적을 깨뜨렸다.

―여보세요, 안 들려요. 말을 조금 크게……

소녀는 남자와 자신 사이를 간신히 지탱하던 유리 벽이 산산이 부서지는 것을 느꼈다.

남자가 옷장 문을 여는 순간, 틈새로 비추던 칼날 같은 빛은 수십, 수천 개의 화살이 되어 소녀의 얼굴 위로 쏟아졌다. 어둠에 익숙해진 소녀의 눈은 쏟아지는 빛의 파편을 고통스럽게 바라보았다.

눈이 시릴 만큼 강렬한 빛 속에 남자가 서 있었다. 그의 몸은 동생의 피로 흠뻑 젖어 번들거렸다.

소녀는 비명조차 지르지 못한 채 남자의 손이 다가오는 것을 보고만 있었다.

그의 손 역시 붉게 물들어 있었다.

2

소스라치게 놀라 눈을 떠보니 다행히 이불 속이다.

휴, 그제야 꿈이라는 것을 깨닫고 긴장하며 참고 있던 숨을 내쉬었다. 꿈이라고는 하지만 현실보다 더 생생했다.

옷장의 먼지와 희미한 나프탈렌 냄새. 머리와 어깨를 툭툭 치던 옷들의 감촉, 점점 굳어지며 경련이 일던 다리, 닫힌 공간 속에서 느껴지던 자신의 거친 숨소리와 터질 듯 두근거리던 심장박동.

오감을 자극하며 가슴을 옥죄어오던 공포와 긴장감이 얼마나 현실 같았는지 잔뜩 오그라든 손발이 뻣뻣하게 굳을 지경이었다.

나는 팔과 다리를 손으로 쥐었다 풀었다 하며 조금씩 몸을 움직여보았다. 얼마나 힘을 주고 있었는지 움직일 때마다 두들겨맞은 듯 온몸이 뻐근했다.

'그래도 더 끔찍한 일을 겪지 않고 잠에서 깨어나 다행이야.'

그렇게 생각했다. 만약 깨지 않고 꿈이 계속 이어졌다면 무슨 일을 당했을지 생각도 하기 싫다.

꿈에서 본 여자아이를 떠올려보았다.

옷장 속에 갇힌 여자아이는 나였지만 내가 아니었다. 겉모습도, 나이나 이름, 간직하고 있는 기억들도 전혀 나와는 상관없었다. 하지만 꿈속에서 나는 그 여자아이였다. 중학교 1, 2학년 정도는 되어 보이는 여자아이는 분명 나였다.

꿈이 시작되면서 그냥 알았다. 마치 여자아이의 몸속으로 들어가 그애의 영혼과 합쳐진 느낌. 원래 의식도 있었지만 여자아이의 기억도 고스란히 간직했다. 그래서인지 나는 여자아이가 방금 목격한 것이 무엇인지 알았다. 눈으로 보지 않았지만 여자아이의 기억 속에 있는 영상들을 꺼내 볼 수 있었으니까.

거실 소파 위에 누워 있는 동생.

낯선 남자에게 수없이 칼을 맞고 헝겊 인형처럼 축 늘어져 자신을 바라보던 동생.

얼굴에는 아무런 표정도 없다. 아픔과 고통, 두려움의 순간은 이미 지난 듯 보였다. 육신에서 서서히 생명의 기운이 빠져나가고 있는 동생. 인형처럼 예쁜 아이인데, 이제 얼굴은 밀랍 인형처럼 창백하고 차갑다.

위층 침실에서 자다가 이상한 소리에 잠이 깼다. 처음엔 빗소리 때문인 줄 알았다. 오후부터 시작된 가을비는 이상하게 세상을 조용하게 덮었다. 자면서도 간간이 빗소리를 느꼈다.

하지만 어느 순간 빗소리에 섞인 낯선 소리에 잠에서 깼다.

평온한 집안을 불길하고 흉포하게 만드는 소리. 그 소리에 이끌려 아래층으로 내려갔다가 거실에서 벌어지는 일을 보고 서둘러 방으로 돌아와 숨었다. 옷장에서 몸을 웅크린 채 숨죽이고 있으면서도 동생을 살려야 한다는 생각에 119로 신고 전화를 걸었다.

그 긴박한 순간이 스냅사진처럼 한 장 한 장 다시 떠올랐다.

꿈속에서 나는 내가 아닌 여자아이의 시선에서 보고 느꼈다. 하지만 이상하게 여자아이의 이름이 기억나지 않았다. 방금까지 나였던 아이다. 그애의 기억을 공유하고, 같은 불안과 두려움을 느꼈지만 정작 그 아이의 이름은 떠오르지 않는다.

그러다 문득 여자아이의 목을 조르기 위해 다가오던 남자의 붉은 손이 떠올라 나도 모르게 몸을 떨었다.

생생하지만, 너무나 생생해서 다시 떠올리고 싶지 않은 꿈. 더이상 생각하지 말자.

'그냥 꿈일 뿐이야. 이름 같은 건 잊어버려.'

나는 얼른 머리를 흔들어 생각을 털어냈다. 기억까지 말끔히 비울 수는 없었지만 덕분에 온몸에 남아 있던 긴장감은 조금씩 풀렸다.

침대에서 나와 탁자 위에 놓인 커피포트에 물을 담고 전원 버튼을 눌렀다.

포트는 이내 달구어져 물 끓는 소리를 냈다. 지난밤에 썼던 머그잔에 다시 스틱 커피를 털어넣고 물을 따랐다. 작은 원룸에 커피 향이 퍼지고 일상의 단순하고 익숙한 동작들이 거듭되면서 꿈의 세계는 빠르게 멀어져갔다.

살짝 벌어진 커튼을 힘껏 젖히고 창문을 여니 눈부신 아침 햇살과 시원한 바람이 방안 가득 밀려왔다. 햇살의 힘은 대단하다. 머릿속에 남아 있던 기분 나쁜 꿈의 잔재들이 말끔히 씻겨나갔다. 덕분에 가슴을 옥죄던 기분도 어느새 느슨하게 풀려버렸다.

나는 머그잔을 들고 싱크대 옆의 문을 연 뒤 옥탑 마당으로 나왔다.

시멘트 마당은 햇살에 잘 달구어져 기분좋은 온기가 전해졌다. 5월이긴 하지만 햇살이 강렬해지기 전 오전은 아직 시원했다. 더구나 오늘처럼 이따금 바람이 지나는 날의 옥탑 마당은 더할 나위 없이 상쾌하다.

나는 이곳에 있는 시간을 즐긴다. 남들 눈에는 5층 빌라에 딸린 보잘것없는 옥탑방일 뿐이지만 지금까지 살았던 그 어떤 집보다 이곳이 마음에 들었다.

여느 날처럼 느긋하게 커피를 마시며 옥상 난간에 기대어 골목을 내려다보았다.

내가 사는 건물은 언덕길 중간쯤에 자리잡고 있다. 주변에 하나둘 높은 건물이 들어서고 있지만 여전히 단층 주택이 훨씬 많다. 덕분에 멀리까지 시야가 트인다. 오른쪽의 약수터가 있는 언덕에서부터 왼쪽 저 아래 큰길까지 골목이 이어진다. 고개를 한 번만 돌리면 동네를 잇는 골목길이 한눈에 들어오는 것이다.

이곳에서 내려다보는 골목길 풍경은 혼자인 나의 외로움과 무료함을 달래준다. 골목길을 보고 있노라면 '나도 누군가와 섞여 살고 있구나' 하는 기분이 느껴진다.

아침 일찍 침대에 누워 눈을 감으면 등교하는 아이들이 재잘거리는 소리나 출근을 서두르는 사람들의 구둣발소리가 들려온다. 왠지 안심이 되면서 기운이 솟는다.

길에서는 보이지 않지만, 위에서 내려다보면 대문 너머 집 안 풍경까지 보인다. 마당에 빨래를 널거나 청소를 하는 모습도, 볕에 나와 졸고 있는 강아지도 보인다. 택배 트럭이 멈춰 서기도 하고, 전봇대 아래 놓인 종이상자와 재활용쓰레기를 가져가기 위해 매일 나타나는 할머니도 보인다.

평범한 일상이 곁에 있다는 게 얼마나 감사한 일인지 사람들은 알까?

전에 살던 원룸은 살벌했다. 신문지만한 창을 열면 건너편의 건물 벽이 보였다. 환기를 위해 잠시 창을 열기는 했지만 창가에서 밖을 볼 생각은 하지도 않았다. 고개를 빼고 봐도 어차피 보이는 것이라곤 건너편 건물의 벽밖에 없다는 걸 아니까.

내가 이곳으로 이사온 이유는 오로지 전망 때문이었다.

승강기도 없는 낡은 건물의 계단을 5층이나 터벅터벅 올라올 때만 해도 이곳은 아니라고 일찌감치 마음을 접었었다. 하지만 현관문을 열고 들어서는 순간 창밖으로 보이는 탁 트인 풍경이 시선을 사로잡았고, 방을 가로질러 옥탑 마당으로 나갈 때는 나도 모르게 '좋다' 소리가 새어나왔다. 몇 년 동안 막혀 있던 속이 뻥 뚫리는 기분이었다.

시야를 가리는 높은 건물이 없는 것도 좋았지만, 약수터로 향하는 산책로 쪽 나무가 무성한 언덕 아래로 길게 이어진 골목길의 아기자기한 풍경이 한눈에 들어오는 것도 마음에 들었다. 무엇보다 나를 사로잡은 건 옥탑 한편에 그늘을 만들어주는 키 큰 플라타너스였다.

방만 놓고 보면 침대와 가구 한두 개만 들어와도 제대로 움직일 공간이 없을 만큼 협소했다. 그렇지만 주방 쪽 문만 열고 나가면 그보다 다섯 배쯤은 넓은 옥탑 마당이 있고, 거기에 시원한 그늘까지 만들어주는 커다란 나무가 있으니 좁은 방도 전혀 좁게 느껴지지 않았다.

바람에 흔들리는 플라타너스 잎사귀들이 나에게 어서 이 집에 들어오라고 손짓하는 것 같았다. 보일러는 잘 돌아가는지, 물은 잘 나오는지 그런 것은 확인도 하지 않고 바로 계약했다.

이런 곳을 찾아낸 스스로가 대견하기만 했다.

이사온 그날부터 나는 창밖을 보거나 마당에 나와 나무 그늘에 자리를 깔고 누워 햇살을 마음껏 즐겼다. 그러다보니 어느새 옥탑 마당에서 시간을 보내는 게 버릇이 되었다. 옥탑방답게 여름엔 너무 덥고 겨울엔 벽 사이로 찬바람이 스며들었지만 그래도 좋았다. 혼자 살면서 이렇게 마음이 평화로운 적이 없었다.

두 눈을 감고 햇살을 받으며 공기를 깊이 들이마셨다. 그때 채소를 한가득 실은 트럭이 느리게 골목을 돌며 특유의 리듬으로 채소와 과일 이름을 외쳐댔다. 이제는 느긋한 아침의 여유를 끝내고 집을 나서야 하는 시간이었다.

나는 남은 커피를 한입에 다 마시고 돌아서다가 동작을 멈췄다. 팽팽한 신경줄 하나가 탁 하며 끊어지는 느낌? 무엇인가 신경을 건드려 고개를 돌렸다. 여전히 골목길은 한가롭기만 하다. 하지만 마음 한구석에 스멀스멀 올라오는 서늘한 기운이 목덜미를 잡았다.

'뭐지, 이 불길한 예감은?'

주위를 둘러봐도 어제와 다름없이 평온하고 익숙한 풍경들뿐이다. 하지만 아주 작은 무언가가 톱니바퀴에 낀 모래알처럼 나의 신경을 버석거리게 했다.

나는 촉각을 곤두세우고 골목을 지나는 사람들을 하나씩 살폈다. 어디에도 나의 신경을 불편하게 하는 얼굴은 보이지 않았다.

그러나 몸이 먼저 안다. 손끝이 저리고 머릿속에서 경고등이 요란하게 울린다. 식은땀이 나고 호흡이 가빠진다.

'설마, 그럴 리 없어. 벌써 5년은 지났잖아, 다시 날 찾아올 리 없어.'

말도 안 되는 일이라고 부정하고 싶었지만, 불길한 예감은 분명하게 나를 향해 다가오고 있었다.

평온하게 내려다보던 골목길이 어느새 기괴하게 뒤틀려 보였다. 꺾인 골목, 전봇대 뒤, 세워진 자전거 뒤 곳곳에서 그의 시선이 느껴진다. 그는 어디에나 있다.

내가 어디에 살든, 아무리 먼 곳으로 도망을 치든 나를 놓친 적이 없다. 매번 자신이 원하는 때 언제든 나를 찾아와 원하는 것을 얻었다.

'이제 그만 나를 놓아주기로 했잖아? 왜 다시 나타난 거야?'

하지만 그런 말조차 그에게는 통하지 않는다. 그의 앞에서 나는 무기력하기만 하다.

그가 다가온다는 느낌만으로 나는 이렇게 안절부절못하고 있다. 조금씩 가까워질수록 손끝부터 차가워지는 것을 느낀다. 온몸에 흘러야 할 따뜻한 피가 흐름을 멈추고 몸밖으로 서서히 빠져나가는 듯한 느낌. 위가 쓰리고 머리가 어지럽다.

드디어 그가 나를 찾아냈다. 나는 얼른 그 자리에 주저앉아 몸을 숨겼다.

어떻게 해야 할지 당황스럽기만 하다. 아직도 이 상황을 받아들이지 못하고 고개를 저으며 부정만 하는 미련한 스스로가 답답했고, 지칠 줄 모르고 나를 찾아내는 놈의 집요함이 끔찍했다. 하지만 무엇보다 화가 나는 건 그렇게 도망을 다니며 더 이상은 만나지 않을 거라고 확신하다가 그의 존재를 느끼는 것만으로도 또다시 이렇게 떨기 시작하는 자신의 모습이다.

나는 어떻게 해서든 이 상황에서 벗어날 방법을 찾아보려고 생각을 거듭했다. 하지만 놈의 존재를 느끼는 순간 이미 뇌가 마비된 듯 정상적인 생각을 할 수가 없었다. 나도 모르게 혼잣말을 중얼거렸다. 불안은 모든 것을 무력화한다.

"안 돼, 최아린. 또 끌려갈 수 없어. 도망쳐, 어서 도망쳐."

불쑥 이미 흩어져 희미해진 지난밤의 꿈이 떠올랐다.

피를 묻힌 채 옷장에 갇힌 여자의 목을 향해 다가오던 크고 억센 손과 그 손을 무기력하게 쳐다보고 있던 여자의 모습.

꿈속의 여자처럼 오도 가도 못하는 좁은 옷장에 갇힌 기분이었다. 가슴이 답답하고 숨이 막혔다. 이대로 웅크리고 기다리다간 그대로 발목이 잡힐 것 같았다.

나는 서둘러 옷을 갈아입고 가방을 챙겨들었다. 아직 도망칠 기회는 있다고 믿고 싶었다. 그와 마주치기 전에 나가야 한다. 이 집의 유일한 출입구를 막아서기 전에 건물을 빠져나간다면 가능성은 있다. 사방으로 뚫린 골목길은 환하게 꿰고 있었다.

다다다닥.

앞으로 꼬꾸라지는 게 아닐까 싶을 만큼 미친듯이 계단을 내달렸지만 건물 입구로 나서기도 전에 두려운 존재와 마주치고 말았다. 불과 1미터도 안 되는 거리를 사이에 두고 남자와 마주한 나는 그대로 얼어버렸다.

"어디 가?"

남자는 바로 어제 만난 사람처럼 태평하게 말을 건넸다. 그런 남자의 무신경함에 말문이 막혔다. 등줄기로 소름이 빠르게 올라왔다.

"……"

"오랜만이야. 누나. 나야, 재하."

남자가 내 앞을 가로막으며 가까이 다가왔다.

"설마 하나밖에 없는 가족을 잊어버린 건 아니겠지?"

재하가 내 팔뚝을 붙잡았다. 잔뜩 힘이 들어간 손아귀가 팔을 눌렀다. 비명이라도 지르고 싶을 만큼 고통스러웠다.

"……날, 내버려둬."

"그럴 순 없지. 그건 누나도 잘 알잖아. 도망칠 생각은 마, 어디 가든 찾아낼 거니까."

나는 그대로 눈을 질끈 감았다. 가슴이 뻐근해지며 통증이 밀려들었다. 답답해져서 숨을 쉴 수가 없었다.

다시는 볼 일이 없을 거라고 생각했는데 이렇게 또 날 찾아오다니, 거미줄에 걸린 파리처럼 무기력한 기분에 휩싸였다.

나는 깊은숨을 들이마시고 한 줌도 안 되는 용기를 쥐어짜내어 재하의 얼굴을 쳐다보았다.

3

"날씨 참 지랄맞네."

늦은 점심을 먹고 냉면집을 나서던 오성준 형사는 달려들 듯 사나워진 바람과 어두워진 거리를 보며 인상을 찡그렸다.

식당에 들어갈 때만 해도 맑던 하늘이었다. 그런데 서쪽 하늘에서 꾸역꾸역 밀려들던 먹구름이 어느새 하늘을 가리고 주위를 캄캄하게 만들었다. 겨우 냉면 한 그릇 먹고 나왔을 뿐인데 벌써 저녁이 되었나 싶어 시계를 확인했다.

4시 10분. 고작 사십여 분이 지났을 뿐이다.

식당 문을 열고 나오는 순간 갑자기 낯선 공간, 낯선 시간에 떨어진 느낌이다.

"한바탕 쏟아지겠는데요?"

계산을 마치고 뒤늦게 식당에서 나온 정우식 형사가 박하사탕을 건네며 말했다.

말이 끝나기 무섭게 빗방울이 하나둘 떨어지기 시작한다. 불어오는 바람에서 느껴지는 후덥지근한 열기와 흙냄새로 보아 잠깐 지나가는 소나기는 아닌 것 같다.

"우산이라도 빌릴까요?"

"그럴 거 뭐 있어, 코앞인데……"

우산을 빌리면 나중에 다시 가져다줘야 한다. 그런 사소한 일이 머리 한쪽에 남아 있으면 계속 신경에 거슬린다. 한마디로 귀찮고 번거로운 일은 질색이다. 게다가 경찰서까지 300미터도 안 되는 거리, 서둘러 가면 본격적으로 비가 내리기 전에 도착할 수 있을 것도 같다.

성준은 여전히 우산에 미련이 남아 미적거리는 정 형사의 팔을 잡아끌며 걸음을 재촉했다.

사거리를 지나 경찰서 쪽으로 돌아들면서 제대로 비가 온다 싶더니 순식간에 눈앞이 잘 보이지 않을 정도로 쏟아졌다. 거세게 내리는 비와 휘몰아치는 바람에 가로수가 휘청거렸다.

경찰서 건물이 지척이라 어디 들어가 비를 피하기도 애매해서 그대로 내달렸다. 하지만 너무 만만하게 생각했다. 경찰서 본관 건물에 들어설 때는 온몸이 흠뻑 젖어 있었다.

본관 현관에 도착한 성준은 티셔츠를 쥐어짜고 머리를 떨어내며 황당한 표정으로 거세게 쏟아지는 빗줄기를 바라보았다.

"야, 뭐 이렇게 쏟아지냐?"

하늘을 두텁게 덮은 먹구름을 보고 꽤 많은 비가 내릴 거라고 예상은 했지만 이렇게 쏟아질 줄은 몰랐다. 거기에 겹겹이 뭉친 구름들이 힘겨루기라도 하듯 잿빛 하늘 여기저기서 부딪치며 빛을 토해냈다. 나뭇잎을 때리는 빗소리와 비구름이 지나며 내는 성난 소리가 하늘과 땅 사이를 가득 메웠다.

폭포수 같은 비를 뚫고 철벅거리며 뛰어오는 정 형사의 모습이 보였다.

정 형사는 헉헉 가쁜 숨을 내쉬며 현관 계단을 올라왔다. 쏟아지는 비에 흠뻑 젖은 몸에서 김이 무럭무럭 피어오르고 있었다. 젖은 셔츠가 근육덩어리 몸매를 그대로 드러냈다. 씨름을 했다는 정 형사는 강력 2반의 누구보다도 몸이 좋았다.

"거봐요, 그냥 우산 빌리자니까."

이미 지난 일을 가지고 투덜거리는 정 형사에게 한마디하려는데 성준의 시야에 누군가의 모습이 들어왔다.

"저기 서 있는 거…… 사람 맞지?"

성준은 정 형사의 어깨 너머, 방금 지나온 경찰서 정문을 턱 끝으로 가리키며 물었다. 얼굴에 흐르는 빗물을 닦아내던 정 형사는 성준이 가리키는 곳으로 고개를 돌렸다.

"그런 거 같은데요? 근데 왜 저러고 있지?"

비를 피해 달릴 때는 미처 보지 못했던 여자가 거기에 서 있었다. 쏟아지는 비 때문에 시야가 흐리기도 했지만, 여자는 어디선가 갑자기 나타난 듯 난데없었다. 그곳을 지나칠 때만 해도 전혀 인기척을 느끼지 못했다.

여자는 폭포수처럼 쏟아지는 빗줄기에도 아랑곳하지 않고 마치 경찰서 건물을 노려보듯 서 있었다. 계절에 어울리지 않는 검은 긴팔 셔츠와 긴 치마 차림새도 그렇고 설명할 수 없는 기묘한 분위기를 풍겼다.

"뭐야, 공포영화 찍는 것도 아니고?"

정 형사의 말대로 여자는 공포영화에나 나올 법한 옷차림이었다.

5월 초긴 하지만 한낮에는 초여름처럼 더워서 대부분의 사람이 반팔 차림이었다. 하지만 계절과 상관없어 보이는 긴팔 셔츠도 발목까지 내려오는 긴 치마도 검은색이었다. 거기에 길게 늘어뜨린 머리까지 검고, 더구나 걷잡을 수 없는 비바람 속에 꿈쩍 않고 서 있는 모습이 흡사 흑백영화에 나오는 마녀 같았다.

"어떡해요? 그냥 두면 안 될 것 같은데?"

경찰서를 찾아오는 사람 대부분은 사건에 연루되어 있다. 피해자의 가족이거나 참고인, 어쨌거나 경찰서에 용무가 있어서 온 사람이다. 이렇게 비가 쏟아지는데 선뜻 안으로 들어오지 못한다면 이유가 있을 것이다.

물어볼 것도 없이 우선 비를 피하게 해주는 게 우선일 것 같았다.

"들어가서 수건이랑 우산 좀 챙겨와."

성준은 정 형사를 안으로 들여보내고 여자에게 달려갔다.

"이봐요, 괜찮아요?"

"……"

"여기 차도 드나들어요. 위험하니까 이쪽으로 오세요."

성준이 여자에게 걸어가며 말을 걸었지만, 그 소리를 듣지 못했는지 여자는 멍한 표정으로 본관 건물을 바라보며 서 있을 뿐이었다. 여자가 무엇을 보는지 궁금해서 본관 쪽을 돌아보고 싶을 정도였다.

그 순간, 눈앞에서 빛이 번쩍이더니 천둥이 울렸다. 얼마나 가까운 곳에 벼락이 떨어진 걸까. 공기를 가르며 내려온 빛의 궤적은 잠시 눈을 멀게 할 정도였다. 귀가 먹먹해질 만큼 거센 굉음이 머리 위를 지나갔다.

본능적으로 귀를 막고 몸을 웅크렸지만 성준도 한동안 일어설 엄두가 나지 않을 정도였다.

고개를 들어보니 여자 역시 머리를 감싸쥐고 그 자리에 주저앉아 있었다. 비 때문인지, 번개 때문인지 여자의 어깨가 심하게 떨리고 있었다.

“괜찮아요?”

성준이 큰 소리로 물었지만 여자는 대답하지 않았다. 조심스럽게 어깨로 손을 뻗자 화들짝 놀란 여자가 벌떡 일어나는가 싶더니 그대로 밑동 잘린 나무처럼 쓰러졌다.

성준은 반사적으로 손을 내밀어 넘어가는 여자의 몸을 안았다. 의식을 잃은 듯 보였다.

여자의 몸은 가볍고 차가웠다. 한 사람의 무게라고 느껴지지 않을 만큼 가벼웠고, 비에 젖은 몸은 얼음 같았다. 여자를 안은 성준은 어떻게 해야 할지 난감했다.

그때 우산을 쓴 정 형사가 수건을 들고 달려오는 모습이 보였다.

“왜 이래요?”

“내가 아냐? 이거나 좀 도와줘.”

성준은 정 형사의 손에 들린 수건을 받아 여자의 몸을 감싸고는 등에 들쳐 업었다. 비에 젖어 축 늘어진 여자는 자꾸 등에서 미끄러졌다. 안 되겠다 싶어 다시 여자를 두 팔로 안고 본관을 향해 뛰었다. 정 형사가 우산을 씌워주겠다고 옆으로 끼어들었지만 오히려 방해만 되었다.

“치워!”

“비 맞잖아요?”

이미 속옷까지 흠뻑 젖었다. 지금 우산을 써봐야 달라질 건 아무것도 없다. 성준은 눈치 없는 정 형사가 성가셨다.

"누구 죽일 일 있어? 번개 치는 거 안 보여?"

"가져오라고 할 땐 언제고……"

정 형사는 투덜거리며 우산을 접고 성준의 뒤를 따랐다.

급한 대로 형사 당직실 한쪽을 치우고 여자를 눕혔다. 정 형사를 별관 3층으로 보내 여성청소년과 홍진희 경장을 불러오라고 시켰다.

성준은 당직실 선반을 뒤져 여자의 몸을 닦을 만한 수건을 찾았다. 그러나 의식 없이 누워 있는 여자에게 선뜻 손을 댈 수가 없어 머뭇거렸다. 성준은 홍 경장을 기다리며 여자의 얼굴을 쳐다보았다.

실핏줄이 보일 정도로 새하얀 얼굴이 물기에 젖어 창백해 보였다. 길에서 마주쳤다면 한 번쯤 뒤돌아볼 미인이다. 여자는 여전히 깨어나지 못한 듯 눈을 감고 있다. 문득 구급차를 불러야 하는 게 아닌가 싶은 생각이 들었을 때 홍 경장이 문을 열었다.

"여자라니 무슨 소리……"

들어올 생각이 없었는지 빼꼼히 문만 열었던 홍 경장은 침상에 누운 여자를 보자 얼른 안으로 들어왔다. 성준은 들고 있던 수건을 홍 경장에게 건넸다.

"……?"

“우선 물기 좀 닦아주라고.”

홍 경장은 묘한 눈빛으로 성준을 쳐다보다가 여자의 머리와 얼굴의 물기를 닦기 시작했다.

“누구예요?”

“뭔 소리야? 내가 어떻게 알아?”

“아는 여자 아니에요? 오 형사님이 업고 왔다면서?”

“이 비에, 기절한 사람을 내버려두고 와?”

“까칠하긴, 그냥 그렇다는 얘기예요.”

별스럽지 않게 넘기는 홍 경장의 말에 괜히 울컥해졌지만, 더 말을 섞어봐야 안 좋은 소리만 나올 듯해 입을 닫아버렸다. 정작 성준의 속을 뒤집어놓은 홍 경장은 여자의 몸을 닦느라 여념이 없었다.

“몸이 차네.”

“구급차 불러?”

그렇지 않아도 기절까지 한 것이 걱정스러웠던 성준은 얼른 이 일을 홍 경장에게 떠넘기고 방을 빠져나가고 싶었다. 구급차를 부르든, 여자를 안정시키든 자신보다는 홍 경장이 훨씬 나을 것이라 생각했다.

그때 눈을 감고 있던 여자의 입에서 가느다란 신음이 흘러나왔다. 다행히 깨어나는 것 같았다. 홍 경장은 여자의 이마에 손을 대보고 안색을 살핀 뒤, 벽 한쪽에 개어둔 이불을 꺼내며 성준에게 시선을 돌렸다.

"구급차는 된 것 같고, 운동복이나 티셔츠 같은 거 뭐 없어요?"

"그건 왜?"

"갈아입혀야죠."

"아, 진짜 귀찮네……"

말은 그렇게 하면서도 성준은 얼른 옷장을 열어 여자가 입을 만한 옷가지를 찾아보았다. 조금 전 여자를 안고 왔을 때를 생각하면 티셔츠가 아니라 전기장판이라도 찾아 깔아야 하는 게 아닌가 싶었다.

다행히 서랍 한쪽에 봄 체육대회 때 만들어둔 단체 티셔츠가 몇 장 남아 있었다.

티셔츠를 받아든 홍 경장은 여자에게 옷을 갈아입힐 생각은 하지 않고 티셔츠를 쳐다보기만 했다.

"그럼, 부탁해."

성준이 방을 나서려고 하자 홍 경장이 팔을 잡았다.

"왜 또?"

"지금 일부러 그러는 거예요? 아님 진짜 무신경한 거야?"

"……?"

홍 경장은 언짢은 표정으로 성준의 코앞에 불쑥 티셔츠를 내밀며 흔들어 보였다.

무슨 말인지 몰라 어리둥절한 성준은 티셔츠와 홍 경장을 번갈아 보았다. 홍 경장이 왜 화를 내는지 알 수 없었다. 영문을 몰라하는 성준의 표정을 본 홍 경장은 짧게 한숨을 내쉬며 고개를 돌렸다.

"됐어요. 나가요."

"뭔데? 말을 해줘야 알 거 아냐?"

기가 막히다는 얼굴로 성준을 돌아보던 홍 경장이 입을 떼려는 순간, 여자가 깨어났다.

몇 번 눈을 깜빡이던 여자는 낯선 곳에 누워 있다는 것을 깨닫고 벌떡 일어났다. 이곳이 어딘지, 자신이 왜 이곳에 있는지 몰라서 당혹스러운 얼굴이었다. 침상에 걸터앉은 여자는 긴장한 표정으로 성준과 홍 경장을 번갈아 쳐다보았다.

"괜찮아요?"

홍 경장은 얼른 여자의 몸에 마른 수건을 둘러주며 다정하게 물었다.

"……여기 어디예요?"

"경찰서 당직실이에요. 경찰서에 온 건 기억나요?"

아, 여자는 그제야 기억이 나는 듯 고개를 끄덕이다가 자신의 몸을 더듬거렸다. 어깨에 멘 가방이 그대로 있음을 확인하고는 안도했다. 여자는 뭔가 생각난 듯 가방끈을 꼭 잡고 자리에서 일어났다.

“저기…… 살인사건은 어디에서 담당하나요?”

살인사건이라는 말에 성준의 눈이 커졌다. 홍 경장은 성준을 돌아보며 여자에게 대답해주었다.

“그건 강력반에서 담당해요. 여기 이분이 강력반에 계신 오성준 형사님이시고요.”

여자의 시선이 성준에게로 향했다.

경찰서 앞뜰에서 멍하니 본관 건물을 올려다볼 띠와는 완전히 다른 눈빛이다. 차분하고 단단한 성품이 느껴지는 눈빛. 여자는 안심이 된다는 표정으로 가볍게 성준을 향해 고개 숙여 인사를 했다.

성준은 여자의 눈을 들여다보다가 질문할 타이밍을 놓쳤다. 뒤늦게 그런 사실을 깨닫고 어버버하다가 어설프게 시선을 돌렸다.

홍 경장은 샐쭉한 눈으로 성준을 노려보고 있었다. 한눈에 봐도 ‘이 한심한 놈아’라는 눈빛이었다. 괜히 이마가 근질거렸다.

성준은 얼른 정신을 차리고 여자에게 물었다.

“무슨 일 때문에 그러시죠?”

여자는 말을 하려다가 금세 입을 다물었다. 주저하고 망설이며 머뭇거리는 게 한눈에 보였다. 여자는 입술을 깨물겨 골똘히 혼자만의 생각에 빠졌다.

나이는 20대 후반 정도. 긴장하고 있는 것 같지만 딱히 어둡거나 걱정스러운 얼굴은 아니다. 사건과 관련이 있어 보이지는 않는다. 사건 때문에 연락을 받았다면 바로 강력반으로 찾아가 담당 형사를 만나려고 했을 것이다.

주저하는 여자를 안심시키려는지 옆에 있던 홍 경장이 여자와 눈을 맞추며 고개를 끄덕였다.

"괜찮아요, 무슨 일인지 얘기해보세요."

다행히 여자가 곧 입을 열기 시작했다.

"제 말이 황당하게 들릴 거예요, 말도 안 되는 소리라고 하실 수도 있어요."

무슨 이야기를 하려고 이렇게 서두가 긴가 싶을 즈음 여자가 옅은 갈색 눈을 반짝이며 성준을 똑바로 바라보았다.

"어떤 사건…… 살인사건이죠. 죽은 사람이 묻힌 곳을 알아요."

뜻밖의 얘기에 성준은 잠시 말을 잊은 채 여자를 쳐다보았다.

"어디예요? 우리 관할이에요?"

"그게, ……아마 그럴 거예요."

"죽은 사람이 누군데요?"

"이제 좀 빠지시지? 홍 경장 말대로 살인사건은 우리 담당이잖아?"

호기심 때문에 자꾸 끼어들어 맥을 끊는 홍 경장이 신경에 거슬렸다. 성준은 퉁명스러운 말투로 홍 경장의 참견을 차단

했다. 사건이라면, 더구나 살인사건에 대한 제보라면 보안이
철저해야 할 뿐 아니라 혼자 처리할 문제도 아니었다.

"아니, 부를 때는 언제고,"

"그러니까 이제 됐다고."

얼굴이 확 달아오른 홍 경장은 뭐라 대꾸도 못하고 성준을
노려보다가 세차게 문을 닫고 나가버렸다.

요란한 문소리에 여자가 깜짝 놀라 몸을 움츠렸다.

성준은 열이 확 치밀었다. 당장이라도 뛰쳐나가 따지고 싶
었지만, 여긴 둘만 있는 자리가 아니었다. 지금 사건을 신고하
러 온 민원인이 앞에 있었다.

사실 요즘 왜 그렇게 신경을 건드리는지 묻고 싶었다.

전에는 죽이 잘 맞는 편이었다. 부서는 달랐지만 강력반 회
식에 함께 어울릴 만큼 친한 사이였고, 복도를 오가며 마주치
기라도 하면 기분좋은 인사를 나누며 지나치곤 했었다. 그런
데 언제부턴가 말을 걸면 날을 세우고 면박을 주기 일쑤였다.
갑자기 왜 이렇게 사람을 함부로 대하는지 따지고 싶었다.

하지만 지금은 일이 먼저였다. 살인사건과 관련된 제보라면
한시가 급한 사안이다. 홍 경장과의 일은 머릿속에서 밀어둔
채, 성준은 제대로 여자의 얘기를 들어봐야겠다 싶었다.

성준은 여자와 함께 당직실을 나와 강력반 사무실로 들어
섰다.

평소라면 누가 들어오건 말건 자기 일에 바쁠 형사들인데, 어찌 된 일인지 여자가 사무실로 들어서는 순간, 다들 하던 일을 멈추고 이쪽을 쳐다보았다. 빗소리를 배경으로 묘한 적막감이 사무실 안을 맴돌았다. 잠시 후 어색함을 느꼈는지 형사들은 이내 자기 일로 돌아가 업무를 보기 시작했다.

어느새 옷을 갈아입은 정 형사가 책상 위에 둔 수건을 들고 성준에게 다가왔다.

"선배님도 좀 닦으셔야죠."

그러고 보니 여자에게 신경쓰느라 제대로 물기를 닦을 정신도 없었다. 성준은 정 형사가 내미는 수건을 받아 대충 얼굴과 머리를 닦고는 여자를 자신의 책상 쪽으로 안내했다.

열어놓은 창문 너머에서 요란한 빗소리가 들려왔다. 여전히 비가 쏟아지고 있었다. 성준은 여자의 이야기에 집중하기 위해 창문을 닫았다. 빗소리가 한결 줄어들었다.

"먼저 이름부터 얘기해주시겠습니까?"

"아린이라고 해요, 최아린."

"신분증 있어요?"

아린이 한쪽 어깨에 메고 있던 가방을 열어 지갑을 꺼냈다. 신분증을 건네는 아린의 손이 가늘게 떨리는 게 느껴졌다. 신분증을 받아들던 성준은 비에 젖어 추운 건가 싶어, 옆 책상에서 돌아가고 있던 선풍기를 껐다.

최아린 850914 — 2xxxxxx

서울특별시 은평구 수색동 413 — 2 산들빌라 501호

신분증에 붙은 증명사진은 지금보다 훨씬 짧은 머리였다.

"서울시 은평구…… 현재 이 주소지에 살아요?"

"네."

"직업은?"

"그런 것도 얘기해야 하나요?"

"얘기하기 힘든 일인가요?"

"아니요. 바리스타로 카페 매니저 일을 하고 있어요."

그러고는 무언가 생각난 듯 다시 가방을 열고 지갑에서 명함을 꺼내 내밀었다. 카페 이름이 적힌 명함이었다. 아마도 최아린이 일하는 곳 같았다.

성준은 명함을 받아 슬쩍 훑어본 뒤 수첩에 끼워넣고 아린에게 집중했다.

"살인사건이라고 했죠? 어떤 사건인지 얘기해주시겠습니까?"

"……여자가 살해당했어요. 누군지는 몰라요. 묻힌 곳만 알아요."

"어떻게 알게 된 겁니까? 직접 목격하셨나요? 아니면 누구

에게 들은 건가요?”

“그냥…… 봤어요.”

“직접 목격하신 거군요. 언제, 어디서 본 거죠?”

“직접 목격한 건 아니고요, 그냥 봤어요.”

수첩에 ‘직접 목격’이라고 쓰고 동그라미를 그리던 성준은 고개를 들어 아린을 쳐다보았다.

“봤다고, 방금. 그게 ‘직접 목격’한 거죠.”

“보긴 봤는데 ‘직접 목격’한 건 아니에요.”

성준은 자신이 지금 이 여자의 말을 못 알아듣는 건가, 아니면 이 여자가 말장난을 하는 건가 선뜻 머리가 돌아가지 않았다.

“그게 무슨 소리죠?”

“보긴 봤어요. 그런데…… 꿈에서 봤어요.”

갑자기 온몸의 힘이 풀렸다. 메모하던 볼펜도 떨어뜨렸다.

성준은 잠시 아린을 쳐다보다가 피식 어이없는 웃음을 흘렸다. 황당하기보다는 허탈했다. 살인사건이라는 말에 바짝 긴장했던 자신이 한심하게 느껴졌다.

김빠진 웃음이 지나가자 피곤이 몰려왔다. 뒤늦게 여자를 안고 뛰었던 팔과 어깨가 뻐근했다. 성준은 상체를 뒤로 젖히고 피곤하다는 듯 고개를 좌우로 꺾으며 슬며시 밀려오는 짜증을 눌렀다.

더 들어볼 것도 없다. 성준은 수첩을 닫고 정색한 얼굴로 아린을 노려보았다.

사건과 관련된 신고나 제보 중에는 제대로 된 정보도 있지만, 장난이나 잘못된 정보들도 적지 않다. 아린처럼 황당한 소리를 하는 경우도 흔하다. 누가 들어도 말이 안 되는 얘기를 장황하게 늘어놓으면서도 정작 신고자는 진지하기만 하다. 그런 사람을 볼 때면 '도대체 저들은 왜 아까운 시간과 노력을 들여서 이런 장난을 하는 것일까?' 하는 의문이 들었다.

하지만 경찰서까지 찾아와 이런 소리를 하는 경우는 거의 없었다. 살인사건을 꿈속에서 봤다며 아무렇지도 않게 말하는 저 여자는 도대체 뭔가 싶었다. 정신이 이상한 것 같지도 않다. 그렇다면 왜 최아린이라는 이 여자는 이런 말도 안 되는 거짓말을 하는 것일까?

성준은 말없이 아린을 쳐다보다가 스스로 본색을 드러내도록 기다려보기로 했다.

거짓말을 하는 사람은 자신이 쳐놓은 덫에 상대가 걸려들기를 끊임없이 시도한다. 말을 걸고, 반응을 보고, 그 반응에 따라 다음 단계로 나아간다. 거짓말은 혼자 하는 게 아니라 맞장구를 쳐주는 상대에 의해 더 정교하게 구축되어간다.

그런 빌미를 주지 않는다면 여자가 어떻게 나올까 궁금했다. 아마도 심리적인 압박을 받을 것이다. 자신이 짜놓은 거짓말이 먹히지 않는다는 것을 알면 즉석에서 새로운 거짓말을 만들어야 한다. 그렇게 즉흥적으로 성글게 짜놓은 거짓말을 늘어놓다보면 결국 허점이 하나씩 떠오른다.

성준은 그때까지 기다려보기로 했다.

한동안 성준의 표정을 살피던 아린은 이런 반응을 예상했다는 듯 고개를 끄덕였다.

"그래요. 믿기 힘들죠, 저라도 그럴 거예요."

아린은 성준의 반응을 이미 예상하고 있었다는 듯 무심한 표정으로 사무실 안을 둘러보더니 창밖으로 시선을 돌렸다. 그리고 마치 비가 오는 것을 이제 막 발견한 것처럼 한동안 쏟아지는 비를 바라보았다. 경찰서 사무실이 아니라 카페에 앉아 창밖을 보고 있는 사람처럼 태연하기만 했다.

여자는 자신을 믿어주지 않는 상대방을 설득할 생각이 전혀 없는 것 같았다. 씨도 안 먹히는 거짓말이라는 것을 이제야 깨달았는지도 모른다.

성준은 이 쓸데없는 자리를 끝내야겠다고 생각했다. 하지만 쉽사리 말이 나오지 않았다. 여전히 당당한 여자의 모습이 마음에 걸렸다.

문득 당직실에서 아린이 맨 처음 꺼냈던 말이 생각났다.

'제 말이 황당하게 들릴 거예요, 말도 안 되는 소리라고 하실 수도 있어요.'

분명 아린은 자신이 하는 말이 얼마나 황당하고 어이가 없는 소리인지 알고 있었다. 그리고 이 얘기를 듣는 상대방이 어떻게 반응할 것인지도 알았다. 그럼에도 그녀는 이런 날씨에 서울에서 이곳 인천에 있는 경찰서까지 일부러 시간을 내어 찾아왔다.

왜?

성준은 아린이 자기 집 근처 경찰서를 두고 한 시간 이상 걸리는 이곳까지 온 이유가 궁금해졌다.

"집은 서울인데, 왜 여기까지 온 거죠?"

"그 여자가 묻힌 곳이 여기 관할이니까요."

꿈에서 봤다는, 말도 안 되는 전제에 비해서 비교적 합리적인 설명이었다.

사실 어딜 가서 신고를 해도 상관은 없다. 관할이 어디든 사건을 먼저 인지하고 접수하면 그 경찰서가 사건을 처리한다. 사건을 먼저 해결한 곳은 특진 등의 실적이 생기기 때문에 다른 관할이라고 해서 돌려보내는 경우는 없다. 오히려 실적을 올릴 기회라서 경찰서 간의 경쟁이 치열하다.

범행이 두 군데 이상의 지역에서 발생하는 경우, 공조수사를 해야 하는 상황인데도 불구하고 서로 먼저 사건을 해결하기 위해 정보를 감추거나 기싸움을 하며 갈등을 빚기도 한다.

아린이 일부러 관할 구역까지 와준 것은 사실 감사해야 할 일이다. 실제로 일어난 사건이라면 말이다. 하지만 아린은 꿈에서 보았다고 했다. 그 얘기만으로 움직이기에는 무리가 있다. 어느 경찰서를 가든 그 정도의 정보만으로는 수사를 시작하지 않는다. 쫓겨나지 않으면 다행이다.

성준은 여자의 말을 좀더 들어보기로 했다. 어차피 시작한 일, 오 분 더 듣는다고 크게 달라질 것도 없다.

"꿈에서 봤다고 했는데, 그냥 꿈일 뿐이라는 생각은 안 해봤어요?"

아린은 이미 성준의 질문을 예상한 듯 고개를 끄덕이고 말을 받았다.

"고작 꿈일 뿐인데, ……어떤 꿈은 고작 꿈이 아니라는 생각이 들 때가 있죠. 형사님은 그런 경험을 하신 적이 없나요?"

성준은 선뜻 뭐라 말하지 못했다.

베개에 머리만 대면 바로 곯아떨어져서 '기절한다'는 표현이 적합할 정도로 아침까지 깊은 잠을 잔다. 꿈을 꾼 적이 없는 것은 아니지만 기억에 남는 꿈이라고 해봐야 정말 꿈속에서나 가능한 엉뚱하고 기막힌 상황이 벌어지는 게 다였다.

꿈이라, 꿈……

"왜 그냥 꿈이 아닐 거라고 생각했죠?"

"……반복해서 같은 꿈을 꿔요. 그리고 거듭될수록 점점 더 선명해지고 구체적인 것들이 하나씩 보이죠."

성준은 자신이 어떤 꿈을 꾸었는지 설명하는 아린의 눈빛을 따라 조심스럽게 꿈 얘기로 빠져들었다.

4

　아린이 돌아가고 난 뒤 한동안 멍하니 앉아 있던 성준은 비가 갠 것을 확인하고 주섬주섬 지갑과 핸드폰을 챙겨서 일어났다.

　정 형사의 자리를 돌아보니 비어 있다. 두리번두리번 주위를 둘러봐도 정 형사의 모습은 보이지 않는다. 그대로 혼자 나갈 생각으로 문 쪽을 향해 걸어가는데, 정 형사가 안으로 들어왔다.

　"시간 있어?"

　"퇴근할 때 다 됐는데?"

　"약속 있냐?"

　"아뇨, 어디 가시게요?"

　"비도 그치고 했으니 맥주나 한잔 할까 하고."

　아직 마음을 정하지 못한 상황이라 섣불리 이야기하긴 뭐해서, 성준은 두루뭉술 대답하며 정 형사를 데리고 나왔다.

　사실 성준은 최아린이 이야기한 곳에 가볼 생각이었다.

　아린이 얘기한 두학산은 관할구역 중에서도 가장 남쪽에 위치한 곳이다. 인천에서는 계양산, 소래산 다음으로 높은 편에 속하는 산이라 주변에 사는 주민들이 자주 애용하는 등산 코스이기도 하다.

두학산을 사이에 두고 남쪽에 송도 신도시가 들어서면서 바닷가까지 몰라보게 번화해졌다. 반대로 북쪽은 재개발 계획이 무산되는 바람에 수십 년 된 시영아파트와 크고 작은 빌라들이 생기 잃은 모습으로 자리잡고 있다.

송도 신도시가 있는 두학산 남쪽은 연수 경찰서 관할이고 그 위쪽은 남구 경찰서 관할이다. 시체를 어디에서 발견하느냐에 따라 관할구역이 달라진다. 설령 우리가 먼저 시체를 발견한다고 해도 그쪽 관할구역이라면 연락을 해줘야 한다.

여기까지 생각하던 성준은 피식 웃음이 나왔다. 벌써 관할구역을 따지기에는 좀 성급한 감이 있다. 우선 아린의 꿈이 실제인지 확인부터 해야 한다.

꿈 얘기만 듣고 어딘가에 묻혀 있는 시신을 찾아 나서다니, 평소의 성준이라면 콧방귀도 안 뀔 일이다. 하지만 아린의 이야기를 들으면서 묘하게 신경쓰이는 부분이 있었다.

그곳에 직접 가지 않으면 알 수 없는 등산로에 대한 세세한 설명도 그렇지만, 시신이 있다는 장소는 성준도 지나친 적이 있어서 눈에 훤히 그려지는 곳이다. 단지 꿈을 꾸었을 뿐인데, 꿈이 반복되며 선명해졌다고 해도 현장을 가보지도 않은 사람이 그렇게 구체적이고 명확하게 설명할 수는 없다.

둘레길에 만들어놓은 계단에 대한 설명이나 중간 갈림길에 세워진 풀벌레 모양 조각상은 등산객들이 이용하니 알 수도 있다. 하지만 입산 금지구역 같은 건 직접 보지 않고는 설명이 되지 않는다.

아린이 이야기하는 동안 성준은 이미 머릿속으로 그곳을 걷고 있었다.

사람의 눈이 미치지 못하는 곳. 아니, 그곳은 아예 내려갈 생각조차 하지 않는 곳이다. 그렇다면 시신을 은닉하기에 충분히 적절한 장소라는 생각이 들었다. 최아린의 말대로 여자가 묻혀 있다면, 그곳에 살해당한 여자가 있다면 그때는 강력팀에서 정식으로 사건을 맡게 되겠지.

"여기는 왜요?"

경찰서를 나와 십 분도 되지 않아 두학산 아래 주차장에 도착했다. 차를 세우고 시동을 끄자, 정 형사는 어리둥절한 표정으로 성준을 쳐다보았다.

"설마 등산을 하자는 건 아니죠?"

"그럼 산에 왜 왔겠냐?"

성준은 차에서 내려 트렁크를 열고 잡다하게 실려 있는 물건들을 뒤적거리기 시작했다. 조수석에서 내린 정 형사가 성준의 옆으로 다가와 황당한 듯 쳐다보았다.

“맥주나 한잔 하자면서요?”

“그건 일 끝나고 먹으면 되고.”

“……뭔데 이렇게 빙빙 돌리고 말을 안 해줘요? 날도 어두 워지는데.”

정 형사는 주위를 둘러보며 계속 툴툴거렸다.

“어두워지려면 아직 멀었거든.”

성준은 공구함 아래 있는 삽을 찾아 꺼내들고 정 형사에게 내밀었다. 얼떨결에 삽까지 받아든 정 형사는 더더욱 어이가 없는 얼굴이었다.

“이건 또 뭐예요?”

“따라와보면 알아.”

성준은 혹시나 시간이 걸려 어두워질 것을 대비해 손전등까 지 챙기고 트렁크를 닫았다.

평소라면 이 시간에도 오르내리는 등산객이 제법 있는 곳이 지만 비가 온 뒤라 등산로 입구는 한적하기만 했다.

“길도 미끄러운데……”

“거참, 그냥 좀 따라오면 안 되냐?”

“이유를 알면 안 그러죠. 이 시간에, 비까지 왔다고요.”

“너 묻으려고 그런다, 됐냐?”

아린의 이야기를 꺼내봐야 질문만 많아질 게 뻔해서 면박을 주는 걸로 입을 막아버렸다. 그런다고 가만있을 정 형사는 아니지만 한동안은 조용히 따라올 것이다.

비가 내린 뒤의 숲은 물에 젖은 나무가 뿜는 짙은 향과 땅에서 올라오는 흙냄새로 상쾌했다. 걸음을 옮기며 숨을 들이쉬고 내쉴 때마다 시멘트와 매연에 찌든 폐가 정화되는 기분이었다. 일만 아니라면 잠시 걸음을 멈추고 피톤치드를 마음껏 들이마시고 싶을 정도였다.

"비 온 뒤의 숲도 괜찮은데요?"

투덜거리던 정 형사도 어느새 나무의 짙은 향기에 빠진 듯했다.

그때 정 형사의 핸드폰이 울리며 한적한 산행이 주는 여유로움이 깨졌다. 주머니에서 핸드폰을 꺼내 문자를 확인하던 정 형사가 성준에게 액정화면을 내보였다.

"오 형사님 어디 있냐고 물어보는데요?"

"신경 *끄라* 그래."

"직접 전화하면 되지, 왜 나한테 물어? 내가 방자야?"

정 형사는 핸드폰을 주머니에 집어넣으며 투덜거렸다.

"홍진희 진짜 왜 그러냐?"

"왜요?"

"아니, 아까 당직실에서 나한테 짜증을 내더라니까."

"이유 없이?"

"그 여자 갈아입힐 옷 찾아달라길래, 티셔츠 찾아준 거밖에 없어.”

“혹시 홍 경장 옷 아니었어요?”

“아니라니까, 지난번 봄 야유회 때 쓰고 남은 단체복인데 무슨……”

정 형사는 잠시 고개를 꺄웃거리더니 이내 성준을 쳐다보며 눈을 반짝였다.

“하여튼 눈치는 절벽이라니까.”

“왜?”

“봄 야유회! 홍 경장이 술 먹고 오 형사님한테 고백했잖아요. 그뒤로 대답 안 했죠?”

“술주정에 무슨 대답이야?”

“술주정 아니거든요? 옆에서 보는 나도 아는데, 왜 오 형사님은 시침 뚝, 일부러 그러는 거죠?”

“됐어, 시끄러워.”

성준은 단칼에 정 형사의 입을 막았다.

잊고 있었다. 머릿속에서 한번 정리가 되면 아예 지워버리는 성격이라 그때의 일은 이미 성준의 머릿속에 없었다.

홍 경장이 쉽게 한 말이 아니라는 건 성준도 안다. 술의 힘을 빌려서라도 감정을 표현하고 싶었던 그 심정을 모르는 바도 아니다. 하지만 전혀 그럴 마음이 없는 상대에게, 더구나 직장 동료들 앞에서 받는 일방적인 공세는 그다지 유쾌하지 않은 경험이다.

성준에게 홍 경장은 직장 동료, 후배 그 이상도 이하도 아니다. 설령 자신에게 좋은 감정을 가지고 있다 해도 거기에 응해줄 마음이 없다면 조금의 여지도 주지 않는 게 오히려 상대에 대한 배려라고 생각한다.

성준이 일부러 홍 경장의 일에 더 냉정하게 반응하는 것은 그런 측면도 있다. 잠시 흔들리는 바람이라면 어서 빨리 지나가기를 바라는 것이다.

나무계단으로 된 등산로를 지나자 산성과 약수터로 가는 갈림길이 나왔다.

잘 정비된 둘레길은 바닥에 물기만 살짝 있을 뿐 산을 오르는 데 아무런 무리가 없었다. 하지만 둘레길을 벗어나 맨땅이 드러나는 구간부터는 조금씩 미끄러워지기 시작했다. 그나마 운동화를 신고 온 덕분에 크게 불편하지는 않았다.

성준은 아린이 얘기했던 곳을 찾아 걸어가며 자신이 얼마나 아린의 말을 믿는지 생각해보았다.

이렇게 산속을 헤매는 걸 보면 그녀의 꿈 이야기를 조금은 믿는 게 아닌가 싶다가도, 한편으로는 순전히 자신의 정신건강을 위한 확인일 뿐이라고 치부했다.

조금이라도 신경을 건드리거나 찜찜한 구석이 있으면 잠을 못 자는 자신의 성격상, 아린의 이야기를 무시하고 넘어간다면 계속 머리 한구석에 남아 이리저리 굴러다닐 게 뻔하다. 손가락 끝에 박힌 가시처럼 끊임없이 마음을 불편하게 하는 일이라면 일찌감치 확인을 해보는 게 좋다.

둘레길을 벗어나 입산 금지구역 푯말을 지나고 바위투성이 언덕을 내려오면서 다시 정 형사가 툴툴거리기 시작했다.

"아, 진짜 어디 가냐고요!"

"다 왔어."

앞서가던 성준은 잠시 걸음을 멈추고 주위를 둘러보았다.

상수리나무와 밤나무가 높게 자라 하늘이 잘 보이지는 않았지만 서쪽 하늘에 붉은빛이 도는 걸 보니 해가 지고 있다는 것은 알 수 있었다. 높은 산은 아니라고 하지만 그래도 산이다. 곧 사위가 어두워지다가 금세 캄캄해질 것이다. 한 치 앞도 보이지 않는 상황이 되면 여자가 말한 위치를 찾는 것은 어려워진다.

성준은 여자가 했던 말을 떠올리며 서둘러 주위에 표식이 될 만한 것들을 찾았다.

그나마 이 지역은 사건 때문에 언젠가 한 번 온 적이 있어 눈에 익은 곳이다. 우선 자신이 알고 있는 표식부터 찾았다.

돌을 삼킨 나무에서 두학동 쪽으로 내려가는 경사면에 버섯 모양의 바위가 있었다.

'버섯처럼 생긴 바위가 있어요. 그곳을 지나면…… 폐허가 된 시설이 보여요. 시멘트로 만든 것 같은데, 다 허물어지고 낙엽과 수풀에 덮여 있어요. 사람이 한두 명 들어갈 만한 크기인데, 뭔지는 잘 모르겠어요.'

아린은 잘 모르겠다고 했지만 그곳은 '감시호'라고 불리는 군 시설이다. 십몇 년 전 이전한 군부대가 남긴 시설물 중 하나였다.

버섯 바위를 지나 감시호를 찾는 일은 어렵지 않았다. 아린의 말대로 뚜껑은 어느새 무너져내렸고 그 위로 나뭇가지와 낙엽이 쌓이고 쌓여서 수풀이 우거져 있다.

성준이 감시호를 확인한 뒤 주위를 두리번거리자, 뒤따라온 정 형사는 무엇을 찾아야 하는지도 모르면서 함께 주위를 기웃거렸다.

"뭘 찾아야 하는 거예요?"

"시체."

"예?"

성준은 감시호 아래로 거침없이 걸음을 옮겼다.

이제는 아린의 목소리를 따라 주저 없이 자신을 내맡기고 있었다. 이 순간, 여자의 말을 믿고 안 믿고는 중요하지 않다. 그저 형사의 감으로 사냥개처럼 범죄의 냄새를 쫓아가고 있을 뿐이다.

사람의 발길이 닿지 않은 곳은 몇 년 동안 쌓인 낙엽으로 푹

신했다. 하지만 비탈길이라 발을 잘못 디디면 푹 꺼지는 곳도 있어 속도를 내기가 어려웠다.

'여기 근처야. 여기 어딘가라고 했어.'

성준은 숲을 둘러보며 여자가 말한 장소와 닮은 곳을 찾으려고 했다.

감시호 아래 20여 미터를 내려가다보면 넘어진 나무들이 모여 있는 곳이라고 했다. 하지만 그런 나무들은 눈에 띄지 않았다. 아무리 둘러봐도 온통 서 있는 나무들뿐이다. 조금씩 사위가 어두워지자 성준의 마음은 조급해지기 시작했다.

아린이 했던 이야기를 생각하다 문득 성준의 머릿속에 다른 생각이 끼어들었다.

범인은 시체를 감추기 위해 이곳에 왔었다.

그가 정말 이곳에 시체를 은닉했다면 티가 날 수밖에 없다. 자연스럽지 않고 어딘가 어색한 곳. 인위적으로 사람의 손길이 닿았던 곳. 시체를 묻고 사람들의 눈에 띄지 않도록 위장해놓은 곳. 그래서 오히려 더 부자연스러워 보이는 곳. 그런 곳을 찾으면 된다.

그러자 한 곳이 눈에 들어왔다.

여기저기서 끌어모은 돌이 한쪽에 모여 돌무덤을 이루고 있었다. 그 위에 낙엽을 흩뿌려놓기는 했지만 다른 곳에 비해 유난히 돌멩이가 많이 모여 있었다.

성준은 얼른 달려가 쌓인 돌을 유심히 살펴보았다. 즈변을
관찰해보니 사람의 손길이 닿지 않고 한자리를 오래 지키고
있는 돌은 주변 흙에 묻힌 채였다. 계절이 지나면서 쌓인 낙엽
들이 삭거나 바스러져 자연스럽게 덮인 것이다. 하지만 모여
있는 돌멩이들은 낙엽 위에 새로 얹은 흔적이 분명했다. 누군
가 그곳에 일부러 돌을 모아둔 것이다.

성준은 쌓여 있는 돌을 하나씩 치우기 시작했다.

뒤늦게 내려온 정 형사가 성준을 물끄러미 보더니 삽을 한
쪽에 던져놓고 말없이 돌을 집어 주변으로 옮겼다. 묻고 싶은
게 잔뜩 있는 얼굴이었지만 이번에는 말이 없었다. 시체를 찾
으러 왔다는 성준의 말이 진심이라는 것을 아는 눈치였다.

돌을 모두 치우고 나자 다른 곳과 달리 뿌리가 뽑혀 말라 죽
은 풀들이 여기저기에 있었다. 한번 흙을 뒤집은 것이다.

성준은 정 형사가 던져놓은 삽을 들고 땅을 파기 시작했다.

한번 뒤집어졌어도 그사이 땅속 깊이 뻗은 풀뿌리 때문에
생각보다 삽이 잘 들어가지 않았다. 얼마 되지 않아 숨이 거칠
어졌다. 잠시 삽질을 멈추고 땀을 닦는 사이 곁에 서 있던 정
형사가 얼른 삽을 건네받았다.

정 형사는 땀을 뻘뻘 흘리며 삽질하던 성준이 무색할 만큼
순식간에 주변을 헤집어놓았다. 그러면서도 힘은 전혀 들지
않는 듯 숨소리도, 동작도 흔들리지 않았다.

“제가 고향이 문경이잖아요, 아버지가 산 아래 돌밭을 얻어서 온 식구가 일일이 삽질에 호미질, 그렇게 돌을 골라서 과수원을 만들었어요. 사형제가 진짜 요만할 때부터 밥만 먹으면 나가서 삽질을 했어요.”

정 형사는 묻지도 않았는데 자신이 어떻게 노련한 삽질 실력을 갖게 되었는지 그 기원을 이야기했다. 오 분도 채 되지 않아 숨을 헐떡이던 성준에 비하면 정 형사는 한 시간이라도 땅을 팔 기세였다.

“군대 가서도 이걸로 선임들한테 사랑 좀 받았죠.”

능숙하게 삽을 휘두르며 이야기하던 정 형사가 갑자기 동작을 멈추고 성준을 쳐다보았다. 삽에 뭔가 걸리는 게 있는 눈치였다.

성준은 얼른 정 형사의 손에 들린 삽을 빼앗아 주위를 파기 시작했다.

몇 삽 파기도 전에 뭔가 걸려 버거웠다. 풀뿌리 같지 않았다. 금속성의 뭔가가 삽에 긁히는 느낌이었다.

성준은 삽을 던지고 손으로 땅을 파기 시작했다.

차가운 흙의 감촉이 손끝에 서늘하게 닿았다. 그러다 문득 손가락에 걸리는 감촉이 달랐다. 움켜쥐고 잡아당겨보니 불쑥 사람의 손이 올라왔다.

성준이 기겁하며 얼른 손을 놓고 뒤로 물러났다.

여자의 말이 맞았다. 여기에 누군가의 시체가 묻혀 있다.

한동안 움직일 수도, 아무 생각도 할 수가 없었다. 새소리도, 바람도 없다. 숲속에 있는 모든 것이 숨을 죽이고 성준을 주시하는 느낌이었다.

성준은 말없이 한쪽에 떨어진 여자의 절단된 팔을 바라보았다. 손목에는 시계가 채워져 있었다. 삽에 닿았던 것이 시계였던 모양이다. 땅을 더 파보지 않아도 뭐가 기다리고 있을지 짐작할 수 있었다.

갑자기 목이 마르고 위가 뒤틀렸다. 겨우 입을 떼었지만 목소리가 거칠게 올라왔다.

"······서에 연락해서 상황 설명하고 감식반 보내라고 해."

성준은 정 형사에게 뒷일을 맡긴 채 잠시 근처 나뭇더미에 주저앉았다. 몇 달 전에 끊은 담배 생각이 간절했다.

성준은 마른침을 삼키며 그제야 주위를 둘러보았다.

어느새 안개처럼 서서히 스며든 어둠이 나무 뒤로 보이기 시작했다. 말없이 어둠을 기다리는 나무는 유령처럼 낯설고 멀게 느껴졌다.

문득 그 나무들 사이로 아린이 서 있는 듯한 기분이 들어 눈을 깜빡였다. 그럴 리 없다는 것을 알면서도 목덜미를 타고 흐르는 전율에 척추가 불편했다. 비가 온 뒤여서인지, 삽질을 하며 흘린 땀이 식어서인지 한기가 느껴졌다. 자신도 모르게 온

몸을 부르르 떨었다.

'꿈이라고? 이걸 꿈에서 봤다고?'

성준은 처음부터 아린의 말을 믿지 않았다. 그녀가 말한 장소를 찾아와 시체를 찾아냈지만 그래도 꿈에서 보았다는 아린의 말은 믿을 수가 없다.

꿈이라는 허황된 매개가 아니라도 얼마든지 이 일을 설명할 방법은 있다.

시체를 묻는 걸 우연히 봤을 수도 있고, 누군가에게 들었을 수도 있다. 어쩌면 이 사건과 관련이 있을지도 모른다. 아무튼 꿈 얘기는…… 그런 비상식적인 이야기만은 받아들일 수가 없다. 하지만 아린은 그렇게 말했다. 꿈에서 보았노라고.

통화를 끝낸 정 형사가 성준의 곁으로 다가왔다.

"곧 출발한답니다."

성준은 말없이 고개를 끄덕였다. 정 형사는 그런 성준을 잠시 쳐다보다 조심스럽게 입을 열었다.

"그 여자죠?"

"……"

"어쩐지…… 근데 왜 얘기도 없이 오신 거예요? 바로 사건 접수를 하고 왔으면."

"꿈에서 봤단다."

"에? 뭔 소리예요?"

"여기 사람이 묻혀 있는 꿈을 꿨대. 그 말 듣고 사건 보고하고 출동할 수 있겠어?"

"꿈이라고 했는데, ……왔잖아요."

"확신도 없이 온 거야. 그냥 확인이나 하려고."

한동안 말없이 서 있던 정 형사가 그제야 생각난 듯 입을 열었다.

"그 여자 처음 봤을 때부터 뭔가 이상하다 싶긴 했어요."

"……?"

"그렇잖아요, 비바람이 몰아치는데 검은 옷으로 휘감고 서서 그 비를 다 맞고. 난 영화나 그런 데 나오는 마녀인 줄 알았다니까요."

"마녀는 무슨, 요즘 같은 시대에."

말은 그렇게 했지만 성준도 다르지 않았다. 날씨 때문일 수도 있다. 거센 비바람도 아랑곳하지 않고 서 있던 아린의 모습은 꽤 인상적이었다. 아무튼 정 형사가 오해할 만큼 묘한 분위기를 가진 것만은 사실이다.

"데리고 올게. 말로 해서는 찾지도 못할 거야."

성준은 바지를 떨고 일어나 감시호가 있는 곳으로 다시 걸음을 옮겼다. 정 형사도 얼른 성준의 뒤를 따랐다.

"뭐해? 여기 지키고 있어야지."

"누가 있다고 지켜요?"

"……혼자 있기 겁나냐?"

"겁나긴요, 제가 뭐 어린앤가요?"

그 말이 끝나기도 전에 성준이 정 형사의 어깨 너머를 쳐다보며 놀란 표정을 짓자, 얼굴이 굳은 정 형사가 얼른 뒤를 돌아보았다.

주위를 둘러보다 뒤늦게 성준의 장난이라는 것을 눈치챈 정 형사가 인상을 쓰며 성준을 쳐다보았다.

"하지 마요. 이런 거 싫다고요."

"무섭냐?"

"무서운 게 아니라, 숨 막힐 거 같은 긴장감이 싫은 거죠."

평소라면 이렇게 유치한 짓을 할 성격이 아니다. 하지만 지금은 이런 장난이라도 치지 않으면 어둠이 내리는 숲에 압도당할 것 같은 기분이 들었다. 점점 조여오는 불편한 기운을 이렇게라도 깨고 싶었다.

성준은 정 형사와 함께 서둘러 등산로를 거슬러 올라갔다. 둘레길을 지나 입구로 내려가다가 전화를 받았다.

막 입구에 도착한 감식반과 강력 2반 박원철 형사가 어느 방향으로 올라가야 할지 길을 물었다. 곧 내려갈 테니 기다리라고 하고 서둘러 걸음을 옮겼다.

주차장에 가보니 감식반은 물론 박 형사에 황병태 팀장까지 와 있었다. 성준은 잠깐 인상을 찡그리다 얼른 달려가 황 팀장에게 인사를 건넸다.

"어떻게 팀장님까지?"

"저 아래가 우리집이야."

그제야 두학산 아래 용문동이 황 팀장이 사는 동네라는 것을 기억해냈다.

"시신을 발견했다고?"

"예, 지금 확인하고 내려오는 길입니다."

성준의 말에 고개를 끄덕이던 황 팀장은 등산로 쪽을 올려다보며 턱을 긁었다. 뭔가 생각할 때면 나오는 버릇이다.

"시간이…… 어두워지는데 괜찮겠냐?"

"그렇긴 한데, 우선 시신은 옮겨서 감식부터 해야 할 거 같아서요."

황 팀장은 고개를 끄덕이더니, 감식 가방을 든 요원들과 형사를 격려했다.

"자, 서두르자고. 정 형사, 길 알지?"

황 팀장은 정 형사를 앞세워 감식 요원들을 올려보내더니 성준을 따로 불러 뒤에 남게 했다. 성준에게 따로 하고 싶은 이야기가 있는 눈치였다.

성준은 조급한 마음을 누르고 황 팀장과 함께 등산로를 오르기 시작했다.

사는 동네라고는 하지만 이곳에 자주 올라오는 것은 아니라는 둥, 여기저기 두리번거리며 이런 시설이 있는 줄 몰랐다는 둥, 앞으로 자주 와야겠다는 둥 애먼 소리로 변죽만 울려대더니 성준이 답이 없자 본론을 꺼냈다.

"신고하러 왔던 여자는 어디 있어?"

"일단 돌려보냈어요."

"꿈 얘기 듣고 확인하러 온 거고?"

"어떻게 아셨어요?"

"옆자리라 다 들리는데, 그걸 왜 몰라?"

이럴 때 보면 귀신같다. 가끔 황 팀장의 날카로운 안테나에 놀랄 때가 많다. 어디에 있든 사건과 관련된 일이라면 늘 주시하고 있다는 느낌이 드는 것도 이런 경우 때문이다.

황 팀장은 호기심어린 눈으로 성준을 힐끗 보더니 의외라는 듯 고개를 흔들었다.

"네가 그런 걸 믿을 줄은 몰랐다?"

여자의 말을 믿은 건 아니지만, 어쨌든 지금 상황은 그렇게 되어버렸다. 괜히 구구절절 여기까지 오게 된 경위를 설명해 봐야 구차할 뿐이다.

"그런가요?"

"사실 우리 때만 해도 CSI다 과학수사다 이런 게 어디 있어? 그땐 오로지 현장에서 익힌 나의 감! 형사로서 가지고 있는 육감. 이게 최고였지. 사건 현장에서 뒹굴며 몸으로 익힌 감각이 그 육감이라는 거거든."

"그걸로 재판에 이길 수 있나요? 증거 없으면 기소도 못하는 세상이에요."

"그렇지. 내 말이 그거야! 요즘엔 현장 감식에 증거 확보, 유전자 분석까지 하면 그냥 끝이지."

"……"

"솔직히 요즘 수사하는 재미는 좀 없어. 맨날 감식 결과나 기다리고, 어느새 우리는 그냥 들러리 같다니까."

말을 하면서 등산로 계단을 오르자니 힘이 드는지 황 팀장은 이내 숨을 헐떡였지만 이야기를 멈추지는 않았다. 하지만 말을 할수록 황 팀장이 무슨 얘기를 하고 싶은 것인지 감이 잡히지 않았다. 더구나 아무리 집 근처라고 해도 이렇게 현장에 나와보는 경우도 드물다.

"하지만 말이야, 그게 정말 정확한 거거든. 유전자 감식 이런 거 돈 처들여서 하는 건 다 이유가 있는 거야. ……이건 노파심에 하는 말인데 말이지."

그렇게 긴 서론을 늘어놓고도 선뜻 본론을 꺼내지 못했다. 황 팀장은 도대체 무슨 이야기를 하려고 이렇게 뜸을 들이는 것일까 궁금했다.

"꿈이니 뭐니 이런 얘기는 입 밖에 꺼내지도 마. 시체는 오늘 내린 비 때문에 산이 허물어지면서 발견된 거고, 그래서 우리는 신고를 받고 출동한 거야. 알지?”

“그 얘기 하러 일부러 오신 거예요?”

“여자 얘기 퍼져봐야 좋을 거 없어. 시작이 어떻게 되었든 그건 우리끼리 묻어두고. 일단 사건은 확인됐으니까, 초동수사 끝내고 평소처럼, 매뉴얼대로 하면 돼. 괜히 여자 불러다가 더 물어보고 그런 짓 하지 말고.”

“다시 연락할 생각인데요?”

“뭐? 너 진짜 꿈 얘기 믿는 거야?”

결국 성준은 걸음을 멈추고 황 팀장에게 진심을 털어놓았다.

“그런 황당한 소릴 믿는 사람이 어디 있어요? 다만 이 사건이 여자와 어떤 식으로 연결고리가 있는 건지 확인해봐야죠. 꿈 얘기는 그 여자 주장이고, 그거만 빼면 가장 의심스러운 게 그 여자잖아요?”

성준의 말에 잠시 고민하던 황 팀장은 다짐이라도 받듯 한 단어씩 꾹꾹 힘줘가며 말을 이었다.

“꿈 얘기 빼고, 오로지 참고인 자격! 통상적인 수사 선에서! 알지?”

“예.”

대답을 들은 황 팀장은 갑자기 발길을 돌려 다시 등산로 입구 쪽으로 걸음을 옮겼다.

“어디 가세요, 현장은?”

"그건 너희들이 알아서 하는 거지. 나중에 보고나 해. 입단속 제대로 시키고."

계단 오를 때는 벅차하던 사람이 내려갈 땐 다람쥐 같다. 황 팀장은 순식간에 모습을 감췄다.

성준은 헛웃음을 짓다가 다시 현장으로 발길을 돌렸다

어느새 숲에는 더 짙은 어둠이 내리기 시작했다. 하늘은 아직 푸른빛이 남아 있었지만 숲에는 어둠이 밀려들고 있었다. 버섯 바위 아래 사건 현장은 더욱더 어둠이 짙었다. 현장의 감식반과 형사들이 밝힌 불빛이 멀리에서도 선명하게 보이기 시작했다. 마치 반딧불같이 보였다.

아무래도 지금 무리하게 진행하는 것보다 날이 밝은 두 현장을 제대로 감식하고 시신 발굴을 하는 게 낫겠다 싶었다.

마음이 조급해진 성준은 경사진 길을 서둘러 내려가다 발이 미끄러지며 균형을 잃었다. 넘어지지 않으려고 버티다가 주위에 서 있는 나무에 부딪쳤다. 간신히 넘어지는 것은 면했지만 어딘가에 긁힌 듯 팔이 쓰라리고 화끈거렸다. 손으로 만져보니 다행히 피가 나지는 않았다.

팔을 주무르던 성준은 팔의 흉터를 발견하고 움직이던 손을 멈췄다. 반팔 소매 아래로, 어깨부터 팔뚝까지 이어진 상처가 눈에 들어왔다.

성준은 길게 난 상처를 손가락으로 더듬었다. 2년이라는 시간 덕분에 많이 희미해지기는 했지만, 칼에 찢긴 흉터는 여전히 손끝에 느껴진다. 술을 마시거나 몸이 긴장하거나 하면 어김없이 상처가 붉게 올라오고 근질거려 자꾸만 긁거나 만지게 된다.

'꿈이라고 우습게 생각하지 마'라고 말하던 어머니가 떠올랐다.

그날 어머니는 출근하는 성준을 불러 세우고 주의를 주다가 건성으로 듣는 성준의 등짝을 세게 후려쳤다.

그랬었다. 간밤에 기분 나쁜 꿈을 꾸었다며, 절대로 오늘은 몸조심하라고, 범인을 잡아야 하는 상황이 닥쳐도 나서지 말고 몸을 사리라고. 그렇게 신신당부를 했었다.

범인과 추격전을 벌인 뒤 길바닥에 놈을 눕혀두고는 다 끝났다는 생각에 잠깐 방심했다. 완전히 제압했다고 믿고 뒷주머니에 있는 수갑을 꺼내는 순간, 번쩍이는 칼날을 느끼고 얼른 고개를 뒤로 젖혔지만 완전히 피하지는 못했다. 어깨부터 팔뚝까지 놈이 휘두른 칼에 그대로 깊은 상처가 생겼다.

어머니의 예감이 맞았다. 비록 말을 하지는 않았지만 그날 성준은 어머니의 꿈 이야기가 아니었다면 더 끔찍한 일을 겪었을지도 모른다고 생각했다.

그때 어머니가 꾸었던 꿈은 뭐라고 설명해야 할까? 성준에게 벌어질 일을 꿈에서 본 것일까? 아니면 단순히 아들에게 안 좋은 일이 있을 것 같은 느낌만 받은 것일까?

성준은 어머니의 꿈과 아린의 그것은 다르다고 생각한다.

어머니와 아들은 피로 이어진 관계다. 자식의 안전에 대한 어머니의 육감은 본능에 가깝다. 아들에게 위기가 닥치면 어머니는 본능적으로 알아챈다. 그것은 너무나 자연스러운 일이다.

반면 아린은 숲속에 묻힌 여자에 대해 설명할 때 어떤 감정적인 동요도 보이지 않았다. 자신은 모르는 사람이라고 했다. 아무 연결고리도 없는, 만난 적도 없는 사람의 일을 꿈에서 볼 수 있을까?

성준은 고개를 저었다.

아린은 거짓말을 하고 있다. 그 연결점이 어디든 간에 분명 아린은 피해자와 관련이 있다.

성준이 다시 아린을 만나려는 것은 바로 그 연결고리를 찾기 위해서였다. 그것이야말로 피해자의 신원을 확인하는 것과 함께 이번 사건을 해결할 가장 첫번째 열쇠라는 생각이 들었다.

5

무엇 때문에 잠에서 깼는지는 모르겠다.

오후부터 내리기 시작한 비 때문에 세상은 고요했다. 세상의 모든 소리가 차단된 채 빗소리만 들렸다. 그 소리가 잠든 소년의 귀에는 자장가처럼 들렸다. 그러다 번쩍이는 번개에 잠이 깼는지 이상하게 몸을 뒤척이게 되면서 잠자리가 불편해졌다.

눈을 떠보니 아직 한밤중이었다.

소년은 잠시 눈을 깜빡거렸다. 잠투정할 나이는 지났지만 왠지 이 시간에 잠에서 깬 것이 짜증스러웠다. 다시 잠을 자야 할지, 아니면 일어나서 누나의 방으로 가야 할지 결정을 내리지 못하고 있었다.

이대로 눈을 감는다면 다시 잠 속으로 빠져들어갈 것 같았다. 하지만 문득 혼자 잠드는 게 무서워졌다. 자장가처럼 들리던 빗소리도 지금은 왠지 기분을 가라앉게 만들었다. '일어날까?' 하고 생각하다가 앞으로는 혼자 자는 것에 익숙해져야 한다고 말하던 새엄마 얼굴이 떠올랐다.

소년은 눈을 감고 다시 잠을 자려고 애썼지만 이런저런 생각을 하는 동안 잠이 완전히 달아나버렸다. 하는 수 없이 말똥말똥 눈을 뜨고 가만히 누워 있었다.

방은 어두웠지만 그렇다고 완전히 깜깜하지는 않았다. 아직 혼자 자는 일이 익숙하지 않은 소년을 위해 아버지가 만들어 준 스탠드가 천장에 별빛을 뿌려주었다.

소년은 책에서 본 별자리를 찾아보려고 했지만 어느 별과 어느 별을 이어야 하나의 별자리가 되는지 알 수 없었다. 천장에 있는 수많은 별을 보니 아무것도 생각이 나지 않았다.

'누나한테 물어볼까?'

하지만 재경 누나의 방은 어둡기만 하다. 자는 것 같았다.

며칠 전에도 자다가 깨서 누나에게 간 적이 있었다. 아침에 누나를 깨우러 들어온 새엄마는 누나 침대에서 자고 있는 소년을 발견하고 잔소리를 늘어놓았다.

누나는 새엄마의 잔소리를 아무 변명도 없이 듣고만 있었다. 소년이 제멋대로 침대에 들어온 것뿐인데 야단은 누나가 맞았다.

동생은 이제 다 컸으니까 혼자 자야 한다고, 응석을 받아줄 나이는 아니라고 했다. 뭐든 다 들어주다보면 소년은 응석받이가 될 거라는 말에 누나는 작은 목소리로 '알았어요'라고 대답했다.

잠에서 깨어난 소년은 자기 때문에 누나가 혼나자 누나에게 미안해졌다. 새엄마가 나간 뒤 소년은 자리에서 일어나 누나에게 미안하다고 말했다. 하지만 누나는 괜찮다며 소년의 머리를 쓰다듬어주었다.

소년은 나중에 응석받이가 무슨 말인지 찾아보았다. 그건 아기한테나 쓰는 말이었다.

소년은 아기 취급하지 말라는 새엄마가 오히려 더 자기를 그렇게 대한다는 생각이 들었다. 응석받이라는 소리를 다시 듣지 않으려면 무서워도 누나 방에 가는 것은 참아야 한다.

소년은 다시 잠을 자려고 눈을 꼭 감았다.

그때 밖에서 이상한 소리가 들렸다. 누나 방에서 나는 것 같았다.

소년은 잠시 어떻게 할까 망설이다가 마침내 자리에서 일어나 복도로 나왔다.

누나의 방문이 열려 있었다. 불도 켜졌다. 그런데 이상하게 머리가 쭈뼛 서는 기분이 들었다.

소년은 손톱을 깨물며 조심스럽게 누나의 방으로 걸어갔다. 누나를 부르고 싶었지만 목이 막혀 소리가 잘 나오지 않았다. 한 발 한 발 누나가 있는 곳으로 걸어가는데 점점 더 가슴이 쿵쾅거렸다.

열린 방문 앞에서 살짝 고개를 내민 소년은 방안의 풍경을 보고 그대로 얼어버렸다.

시뻘건 피투성이 남자가 침대 위에서 누나를 깔고 앉아 목을 조르고 있었다. 누나는 깊이 잠든 것처럼 움직임이 없었다. 소년은 직감적으로 누나가 죽었다는 것을 알았다.

3년 전 엄마가 죽었을 때도 그랬다.

병실에서 엄마를 마지막으로 만난 날, 소년은 침대에 누워 있는 엄마의 손에 집에서 가지고 온 노란 오리를 쥐여주었다.

그 오리는 엄마와 함께 목욕할 때마다 늘 욕조에서 가지고 놀던 고무 장난감이었다.

'오리는?'

'꽥꽥—'

'재하는?'

'나는 뭐?'

'우리 아들은…… 뽀뽀.'

그럴 때마다 엄마는 두 손으로 재하의 볼을 잡고 장난스럽게 당기다 뽀뽀를 해주었다. 다시 엄마가 깨어나 볼을 잡고 입맞춤을 해줄 것만 같았다.

하지만 침대에 누운 엄마의 손은 차갑고 딱딱했다. 엄마는 소년이 왔는데도 눈을 감은 채 가만히 누워 있기만 했다.

소년은 겁먹은 얼굴로 아빠를 쳐다보았다.

아빠는 고무 오리를 다시 엄마 손에 쥐여주고 그 손을 꼭 잡아주었다. 엄마는 하늘나라로 간 것이라고, 작별인사를 하라면서 소년의 손을 엄마에게 가져갔지만 소년은 얼른 손을 뺐다.

죽은 엄마의 손은, 차갑고 뻣뻣하고 움직이지 않는 엄마의 손은 무서웠다.

소년은 그때 처음으로 사람이든 동물이든 죽으면 움직일 수 없다는 것을 알았다.

'누나……'

소년은 한 발짝도 움직이지 못하는 누나가 무서웠다. 죽은 누나의 목을 조르고 숨을 헐떡이며 알아들을 수 없는 말을 중얼거리고 있는 남자도 무서웠다. 자기도 모르게 눈물이 뺨을 타고 흘렀다.

그때 갑자기 끔찍한 비명소리가 아래층에서 들려왔다.

소년은 그 자리에 얼어붙어 귀를 막고 주저앉았다.

방안에 있던 남자가 누나의 몸에서 떨어지며 일어서다 방문 앞에 있는 소년을 발견했다.

방을 나온 그는 소년의 목덜미를 거칠게 움켜쥐고 아래층 계단 쪽으로 향했다. 소년은 그대로 얼어붙어 아무런 저항도 못한 채 남자의 손에 끌려내려갔다.

비명을 지르는 사람은 새엄마였다. 외출하고 돌아온 새엄마가 비명을 질렀다. 소파 위에 쓰러진 피투성이 누나를 보며 어쩔 줄 몰라했다.

"이제 돌아왔군."

남자는 새엄마와 아는 사이인지, 다가가며 말을 걸었다.

남자를 발견한 새엄마는 놀란 눈으로 보더니 그에게 잡힌 소년을 보고 자신도 모르게 신음소리를 냈다. 소파에 누운 소녀를 다시 한번 쳐다보던 새엄마는 믿을 수 없다는 듯 고개를 흔들었다.

"당신…… 미쳤어?"

"그래, 미쳤어. 누가 이렇게 만들었지?"

남자는 새엄마에게 한 걸음씩 다가가며 이를 갈듯이 격하게 말했다. 남자가 다가오자 위협을 느낀 새엄마는 재빠르게 주방으로 달려갔다. 남자는 소년을 팽개치고 새엄마에게 달려갔다.

바닥에 떨어진 소년은 장식장 앞까지 미끄러졌다. 남자에게 잡혔던 목덜미가 얼얼하고 팔이 조금 아프긴 했지단 심하지는 않았다.

소년은 넘어지면서 다친 팔을 주무르며 일어나려고 했지만 쉽지 않았다. 바닥은 온통 붉은 피로 가득했다. 스년의 발은 피에 젖어 미끈거렸다. 걸음을 옮기려고 해도 미끄러워 쉽지 않았다.

고개를 빼고 보니 어느새 새엄마는 칼을 빼들고 남자가 다가오는 것을 막아서고 있었다.

"일어나, 정신 차려. 도망가, 얼른 도망가."

누구에게 고함을 지르는 건가 싶었는데, 소년을 향한 소리였다. 아마도 남자의 시선을 잡아두고 있는 동안 소년더러 어서 집을 빠져나가라는 것 같았다.

새엄마는 어떻게든 남자를 막아보려고 식칼로 위협을 하며 저항했지만 소년이 보기에도 오래 버티지 못할 것 같았다. 남자는 칼을 든 새엄마가 가소로운 듯 어이없다는 표정을 지으며 한 걸음씩 다가갔다.

“그걸로 날 막으려고? 어디 찔러봐, 찔러보라고.”

“얼른 도망치라고! 빨리!”

새엄마의 날카로운 목소리에 정신이 번쩍 들었다. 소년은 지금이 아니면 자기도 누나들처럼 죽을지도 모른다고 생각했다. 소년은 다리를 다시 세우고 현관문을 향해 발을 내디뎠지만 그대로 미끄러지고 말았다. 피가 묻은 발은 역시나 미끄러웠다.

소년이 넘어지면서 내는 소리를 듣고 남자의 주의가 흐트러졌다. 그가 고개를 돌리고 소년을 보는 사이, 새엄마는 그 틈을 놓치지 않고 번쩍이는 식칼을 남자에게 휘둘렀다.

갑작스러운 공격에 칼날을 피하던 남자의 몸이 비틀거리며 흔들렸다. 남자의 팔에 칼날이 스치며 피가 흘렀다. 남자가 놀라 새엄마를 쳐다보자, 새엄마는 주저 없이 남자를 밀어내고 주방 옆에 있는 문으로 향했다.

소년은 바닥에 누워 뒷마당으로 난 문을 열고 뛰쳐나가는 새엄마를 쳐다보았다. 남자는 새엄마를 뒤따라갔다.

소년은 지금이 마지막 기회라는 것을 알았다.

‘난 응석받이가 아니야.’

소년은 스스로를 지켜야 한다고 생각했다. 어떻게 해야 남자가 쫓아와도 안전할 수 있을지 생각하다가 엄마와 숨바꼭질하던 게 기억났다.

소년은 화분을 치우고 벽장 문을 열었다. 청소도구나 오래된 책, 소년과 누나의 어릴 적 장난감 같은 것을 넣어두던 곳이다. 엄마가 죽은 뒤 이제 그곳을 쓰는 사람은 없다. 새엄마도 이 장소는 모른다.

소년은 그곳으로 들어가 문을 닫았다. 그리고 눈을 꼭 감았다.

이대로 잠들어야 한다. 잠들었다가 아침이 되어 눈을 뜨면 모든 것이 예전으로 돌아와 있을 것만 같았다. 쉽게 잠이 올 것 같지 않았지만 소년은 애써 잠을 청했다.

내일 아침이면 익숙한 침대에서 깨어날 거라고 믿었다. 아침이 되면, 이제 혼자서도 잘 잔다면서 새엄마가 머리를 쓰다듬어주며 칭찬을 해줄 것만 같았다.

정신을 잃은 소년은 바지에 흥건하게 오줌을 싸고 말았지만 아무것도 느끼지 못했다.

6

이른새벽부터 등산로는 사람들로 붐볐다.

신선한 공기를 마시며 아침 운동을 나온 주민들은 왜 등산로 입구 주차장에 경찰차와 과학수사대 승합차가 세워져 있는지 의아해했지만, 산을 오르내리는 동안 아무것도 보지 못했다.

날이 밝기가 무섭게 현장에 도착한 성준은 사건 현장이 사람들 눈에 띄지 않는 곳이라는 사실에 안도했다. 등산로 옆이었다면 지나가는 사람들의 눈길도 신경이 쓰였겠지만 무엇보다 현장이 훼손될 위험이 컸을 것이다.

다행히 사건 현장은 등산로에서 한참 떨어진, 사람들의 시야에 들어오지 않는 곳이었다. 그래서 충분히 시간을 두고 수사진끼리 의견을 나누며 현장을 살필 수 있었다.

사건이 사건이니만큼 정 형사 말고도 어제 지원을 나왔던 강력 2팀의 무뚝뚝이 박 형사와 올봄에 발령받아 온 막내 이대구 형사까지 합류했다.

전날 날이 어두워 미루었던 시신 발굴은 이른 시각부터 시작되었다. 무엇보다 해가 뜨면 날씨가 금세 뜨거워지는 터라 오전 중에 서둘러 끝내야 했다.

시신 수습은 한쪽에 따로 흰 천을 펼쳐놓은 뒤에 시작되었다. 그곳에 땅에서 파낸 시신을 놓아둘 예정이었다. 어제 찾아냈던 토막 난 팔이 가장 먼저 그곳에 놓였다.

땅속에서 검은 비닐봉지 여러 개가 발견되었다. 봉지를 흰 천 위로 옮겨 안을 풀어헤칠 때마다 시신의 일부가 들어 있었다. 정 형사와 박 형사가 땅을 파고 비닐봉지를 찾아내 흰 천 쪽으로 옮기는 일을 맡았다. 봉지를 옮긴 뒤에는 하나씩 열어 토막을 확인하고 맞추기 시작했다.

이 형사는 카메라를 들고 현장의 모든 것을 담았다. 마스크를 쓰고 있었지만 긴장한 기색이 역력했다. 현장 경험이 적은 이 형사에게 이런 사건은 처음일 듯싶었다.

"미친 새끼, 참 잘게도 썰었네."

흰 장갑을 끼고 봉지를 열어 조각난 시신을 하나씩 꺼내 신체 부위대로 나열하던 정 형사가 인상을 찡그리며 중얼거렸다. 성준은 그가 현장에서 산전수전 다 겪어본 형사라는 게 다행스러웠다.

이런 참혹한 현장을 한번 겪고 나면 한동안은 잠을 설치고 샤워도 몇 번씩 하게 된다. 몸에 묻은 냄새는 샤워 몇 번으로 지워낼 수 있지만 머릿속에 스며든 잔상들은 쉽게 씻기지 않는다.

성준도 재작년쯤 공단 옆 담벼락 아래에 누군가 버려둔 짐 가방에서 토막 시체를 발견한 이후로는 한동안 이렇게 끔찍하고 참혹한 현장을 보지 못했다.

성준은 주위를 둘러보며 지형을 살폈다.

시신이 묻힌 곳은 감시호에서도 떨어져 있는데다 바위와 나무가 시선을 차단해주는 최적의 위치였다. 이런 장소를 찾아내어 시체를 유기했다면 이 일대 지형에 대해 잘 아는 사람이라고 볼 수 있다. 등산로를 이용했다면 사람들 눈에 띌 위험이 크다. 따라서 아래쪽 어딘가에 아는 사람들만 다니는 길이 있을 확률이 높았다.

성준은 다른 형사들이 땅을 파고 시신을 정리하는 동안 길도 나지 않은 수풀 속을 걸어가기 시작했다.

이른아침이라 채 마르지 않은 이슬이 그대로 바지를 적셨다. 초여름의 까슬하고 따끔거리는 잎사귀들은 계속 성준의 발길을 붙잡았다. 얇은 바지 천을 찌르고 맨 발목에 닿는 느낌이 영 불편했다. 성준은 '하다못해 지팡이라도 가져와 앞을 헤치며 나갔으면 한결 수월했을 텐데'라는 생각을 했다.

범인은 여자의 시체를 이 길로 옮겼을까?

무성한 수풀을 보면 그런 것 같지는 않았지만, 풀들이 하루가 다르게 자라는 계절이라는 것을 감안하면 그럴 가능성도 충분해 보였다.

등산로를 이용하는 것은 사람들의 눈 때문에 위험하다.

동네와 가깝고 별로 높지 않은 산이다보니 대부분의 등산객은 맨손이거나 작은 생수 한 병을 드는 게 고작이다. 그런 사람들 사이에서 검은 비닐봉지는 아무래도 눈에 띌 확률이 높다.

그렇다면 반대쪽, 아래에서 올라오는 길을 택했을 것이다. 등산로가 조성되었다고 해도 동네 사람들이 이용하는 샛길은 얼마든지 있다.

범인이 올라왔을 법한 길을 찾아 십여 분쯤 내려가자, 나무들 사이로 재개발 지역으로 묶여 철거된 주택가 골목이 불쑥 드러났다.

주민들은 모두 이사를 가고 빈집만 서서히 허물어지고 있는 골목 끄트머리쯤에 언제 들어섰는지 모를 고물상이 자리잡고 있었다. 남아 있는 사람의 흔적이라고는 그곳밖에 없는 것 같았다.

성준은 을씨년스러운 주변 풍경을 둘러보며 고물상의 녹슨 철문을 열고 안으로 들어갔다.

"계십니까?"

말이 끝나기 무섭게 사나운 짐승의 소리가 들렸다.

쓰다 버린 온갖 가전제품과 고물, 폐지가 쌓여 있는 마당 한편에 묶어둔 도사견 두 마리가 성준을 향해 격하게 짖어대기 시작했다. 귀가 먹먹할 정도로 짖어대는 도사견을 쳐다보고 있는데, 고물 더미 뒤편에서 한 남자가 쇠파이프를 질질 끌며 나왔다.

40대쯤 되어 보이는 남자는 쇠파이프를 휘두르며 도사견들을 위협했고, 도사견들은 그제야 짖는 것을 멈추고 자기 집으로 들어갔다.

"뭐요?"

남자는 작업을 방해받은 것이 몹시 짜증스럽다는 듯 멀찍이서 퉁명스럽게 물었다.

성준은 말없이 남자를 쳐다보다가 지갑을 꺼내 경찰 공무원

증을 보여주었다. 빨리 입을 열게 하려면 이 방법이 가장 효과
적이다.

남자는 쇠파이프를 질질 끌며 다가왔다. 성준이 꺼내든 공
무원증을 노려보던 남자는 퉁명스러운 표정 대신 짜증 섞인
얼굴이 되어 성준을 노려보았다.

"용건이 뭐냐고?"

"여기, 언제부터 있었어요?"

"우리 다 허가받고 하는 거야. 개나 소나 찾아오면 곤란하
지."

남자는 엉뚱한 쪽을 생각했는지 계속 아니꼽다는 표정을 지
우지 않았다.

성준은 어처구니가 없어 헛웃음이 툭 터졌다.

"어떤 양아치에게 약을 치고 있는지 모르겠는데, 그건 나랑
상관없고 뭐 좀 물어봅시다."

그제야 남자의 표정이 풀리면서 쇠파이프를 한쪽으로 던져
놓고 손을 툭툭 털었다.

"이해하슈, 먹고살기도 힘든데 하도 뜯어가는 것들이 많아
서……"

"……여기 다 빈집들뿐입니까?"

남자의 사정 따위는 듣고 싶지도 않았다.

제대로 허가받고 하는 거라 큰소리쳤지만 불법적인 일이 없

다면 괜히 뒷돈을 줘야 할 이유도 없다. 남자는 앞뒤가 안 맞는 말을 하고 있었지만 성준은 신경쓰고 싶지 않았다. 지금 자신에게 필요한 건 살인사건에 대한 정보뿐이다.

"이 구역은 다 철거된 걸로 아는데요? 저 아래까지 다 빈집일 거요."

"이쪽에서 두학산을 오르는 사람은 본 적 없어요?"

"예전에 뒷길이 있기는 했는데, 둘레길이 생긴 뒤로 여기로 올라가는 사람은 본 적이 없지. 뭐, 누가 올라가나 지켜보질 않으니 올라간다고 해도 여기서는 알 리도 없고."

산에서 내려오면 사방으로 뚫린 주택가 골목이라서 남자 말대로 누군가 지켜보지 않으면 사람이 오르내리는지 확인하는 것은 불가능해 보였다. 이렇게 버려진 골목이 된 마당에 CCTV가 있기를 기대하는 건 더욱 무리 같았다.

성준은 난감한 표정으로 주위를 두리번거리다 문득 한쪽에 쌓아둔 고철에 눈길이 갔다.

"여기서 먹고 자고 다 해요?"

"집은 따로 있어요. 밤엔 집에 가야지."

"밤엔 비겠네? 요즘은 고철 훔치는 놈들도 있던데, CCTV 같은 거 없어요?"

성준은 남자가 도사견 두 마리만으로 이곳을 지키지 않기를 바라며 질문을 던졌다.

"CCTV는 없어도, 블랙박스는 있는데."

고물상 남자가 자랑스럽게 이야기했지만, 성준의 입장에서는 실망스러웠다. 잠시 피어올랐던 희망의 불씨가 이내 흔적도 없이 사라졌다.

거기에 범인에 관한 정보가 담겨 있다는 보장도 없지만 지푸라기라도 몇 개 있어야 엮을 기회라도 생기는 법인데, 블랙박스로는 기대하기가 힘들다. 블랙박스는 용량이 큰 것도 길어봐야 이삼일이 녹화 한계치다.

남자는 심드렁한 표정으로 철문 한쪽에 매달아둔 인형을 떼어내더니 연결된 줄을 따라 폐지 더미 한쪽에 숨겨져 있던 블랙박스를 꺼냈다. 굳이 꺼낼 필요는 없다고 말하려는데, 남자가 뜻밖의 이야기를 했다.

"이거 주행 녹화가 아니라, 이벤트 녹화로 해놓으면 그래도 꽤 오래 녹화되더라고요."

남자는 집으로 돌아가기 전 이벤트 녹화로 설정해놓고 아침에 오면 끄는 식으로 용량을 고려한 최소한의 영상만 저장해두었다고 했다.

성준이 알기로 블랙박스의 이벤트 녹화는 정차 혹은 주차 시 충격이나 흔들림 같은 특수한 상황에서만 녹화가 되는 것을 말한다. 그 말인즉, 용량이 적다고 해도 매일 밤 별다른 일이 없다면 녹화 대기 상태였고, 특별한 상황이 발생했다면 그 장면이 고스란히 찍혔다는 말이다. 그렇다면 적어도 이 주에서 삼 주 정도는 녹화가 되어 있다는 소리였다.

영상을 한번 검토해볼 필요는 있을 것 같았다.

남자는 성준이 블랙박스를 빌려달라는 말을 하기도 전에 그에게 블랙박스를 건네주었다.

"뭔 사건인지 몰라도 필요하면 가져가고, 나중어 제대로 돌려주기나 하쇼."

수풀 속에서 바늘 찾기일 뿐이지만 이 정도면 수풀 사이로 무언가 반짝이는 빛을 본 정도는 된다. 영상 속에서 어떤 정보를 얻게 될지는 모르지만 없는 것보다는 낫다.

성준은 지갑에서 명함을 꺼내 남자에게 건네주었다.

"확인하고 곧 돌려드리겠습니다."

생각지도 못한 수확물을 들고 다시 현장으로 돌아오자 시신 수습은 거의 끝나 이미 보디백에 담겨 있었다.

정 형사는 인상을 쓰면서 도대체 어딜 다녀오는 거냐며 툴툴거렸다. 성준은 들고 온 블랙박스를 흔들어 보였다. 궂은일을 떠맡기고 돌아다닌 전리품으로는 약하지만, 그것만으로도 정 형사의 투덜거림은 줄었다.

주변을 둘러보니 과학수사요원들도 현장 증거물 채취를 모두 끝냈는지 잠시 한숨을 돌리고 있었다. 박 형사도 멀찌감치 떨어져 생수를 마시고 있었다.

막내 이 형사가 안 보이길래 정 형사에게 물었더니, 토하는 시늉을 해 보인다. 아무래도 못 견디고 어딘가에서 구토를 하는 모양이었다. 이 일을 하다보면 어쩔 수 없이 거쳐야 하는 관문이다.

성준은 더 심했다.

처음 맡은 살인사건의 현장이 하필이면 베테랑들도 힘들어할 정도로 참혹했다. 그뒤 성준은 한동안 불면증에 시달렸다. 신고를 받고 현장에 출동할 때면 숨을 제대로 쉬지 못하고 공황장애 비슷한 증상을 느끼기도 했다. 지금은 무뎌진 척, 덤덤한 척하지만 누구도 그런 일에 무뎌지거나 덤덤해질 수는 없다.

그저 일의 과정이니 견디는 것뿐이다.

보이지 않던 이 형사가 얼굴이 파리해져서 나타났다. 박 형사가 생수병을 건네니 말없이 받아 입을 헹군다. 성준도 이 형사에게 다가가 말없이 등을 토닥여주었다.

"시신 말고 추가로 발견된 건?"

정 형사는 한숨을 내쉬며 고개를 저었다. 입고 있던 옷도 없고, 시체가 담긴 비닐봉지도 특색이 없다. 신원을 확인할 수 있는 것은 오로지 시신뿐이라는 뜻이다.

"팔에 있던 시계는?"

"아, 그거 따로 챙겨놨어요."

"지문은 나올 거 같아?"

여름이 시작되는 시점이라 부패 속도가 빠르게 진행되었을 것이다. 그 점이 가장 걱정스러웠다.

"일단 시도는 해봐야죠."

성준과 수사진은 현장에서 채취한 증거물들과 수습한 시신을 가지고 산을 내려왔다.

경찰서로 돌아온 성준은 정 형사와 함께 별관에 위치한 과학수사팀 사무실로 올라갔다.

성준은 블랙박스를 내밀며 영상분석을 의뢰했고, 정 형사가 지문검출을 위해 준비하는 모습을 보며 먼저 사무실로 돌아왔다.

사무실로 들어서자 창가에 서 있던 황 팀장이 손을 들어 보였다. 황 팀장을 향해 걸어가던 성준은 팀장의 책상 앞에 앉아 있는 인물을 보고 인상을 구겼다.

어디서 냄새를 맡았는지 K일보 기자 손태원이 손을 흔들며 반가운 척했다.

"야, 손 기자가 뭔 이상한 얘기를 한다?"

황 팀장의 어설픈 연기는 손발이 오그라들 지경이었지만 성준은 어쩔 수 없이 장단을 맞췄다.

"무슨 얘기요?"

"두학산 토막 살인사건, 그렇게 이름 붙이게 되겠죠? 그 사건을 신고한 사람에 대해 재미있는 얘기를 들어서 말입니다."

제멋대로 이번 사건의 제목까지 붙이더니, 손 기자는 자기가 들은 얘기는 쏙 빼고 슬쩍 간을 본다. 생긴 것만큼이나 능글맞은 게 성준과는 영 맞지 않는 타입이다.

"무슨 재미난 얘긴지 말을 해줘야 가타부타 답을 하지?"

성준은 자기 책상에서 의자를 빼고 앉으며 덤덤하게 표정 관리를 했다.

손 기자가 냉큼 성준 곁으로 다가와 앉았다.

"이거 왜 이러시나? 다 들었는데. 신고자가 꿈에서 사건 현장을 봤다며? 실제로 현장에서 시체가 발견됐고."

"손 기자, 기자 때려치우고 소설가로 전업했어?"

"다 들었다니까. 어떤 여자야? 연락처 있어?"

성준은 자기도 모르게 피식 웃음이 새어나왔다.

고작 하루가 지났을 뿐인데 먹잇감을 향해 달려드는 손 기자의 설레발도 감탄스러웠지만, 벌써 최아린의 이야기가 제대로 부풀려질 준비를 하고 있었다. 초반에 바로잡지 못하면 이상하게 전개될 것 같았다. 사건이 아니라 엉뚱한 쪽으로 관심이 쏠리는 것. 황 팀장이 우려했던 게 바로 이런 것이리라.

"요즘 클릭 수로 먹고사느라 자극적으로 기사 쓰는 건 알겠는데, 그래도 없는 얘기를 쓰면 안 되지. 선량한 시민의 신고 정신을 그렇게 몰아가면 되겠어?"

철벽같이 수비하는 게 영 못마땅했는지 손 기자는 잠시 성준을 노려보더니 한발 물러났다.

"그럼 연락처나 좀 줘요. 어떻게 신고하게 됐는지 직접 취재할 테니까."

"신고자의 신원은 비공개가 기본입니다. 나 지금 좀 바쁜데, 다음에 얘기하죠."

성준이 정색을 하고 손 기자에게 물러나달라고 이야기했다. 이미 끝난 상황인데 뒤늦게 황 팀장이 끼어들어 호들갑을 떤다.

"거봐, 내가 뭐랬어? 별거 없다고 했잖아?"

결국 손 기자는 졌다는 듯 두 손을 들고 한발 물러났다.

"좋아요, 그럼 사건에 관한 건 취재 가능하죠?"

순간 성준이 황 팀장을 향해 눈길을 보냈고 황 팀장은 재빨리 손 기자의 의자를 자기 쪽으로 돌렸다.

"현재는 1보에 올린 내용이 전부야. 신원이라도 밝혀지면 보도자료 돌릴 테니까 걱정하지 말라고."

그 말에 손 기자는 아쉬운 듯 입맛을 다시며 자리에서 일어났다. 더 버텨봤자 나올 만한 게 없다는 판단이 선 모양이었다. 그래도 그냥 순순히 물러서기는 싫었는지 한마디를 덧붙였다.

"같이 먹고삽시다. 서로 좋은 게 좋은 거죠."

손 기자는 성준의 어깨를 한 번 꾹 눌러쥐고 가는 걸로 작별인사를 대신했다. 손 기자가 나가는 것을 확인한 뒤에야 성준은 몸을 돌려 황 팀장을 돌아보았다.

"누가 냄새를 풍긴 거예요?"

"냄새를 풍기기는, 지나다 우연히 들었겠지."

"팀장님이 맡으세요. 지금 저런 거까지 신경쓸 겨를 없어요."

"알지, 걱정 마. 내가 다 알아서 한다니까."

그래도 여전히 기분은 좋지 않다. 조금 전 사무실을 나가는 손 기자의 뒷모습을 보던 성준은 한순간 등골을 지나는 싸한 기분을 느꼈다.

'이대로 쉽게 물러날 사람이 아닌데……'

성준은 책상 서랍을 열어 수첩에 끼워넣었던 아린의 명함을 꺼내 보았다.

손 기자가 혹시라도 아린의 연락처를 알고 찾아가기라도 한다면 성가신 일이 생길지도 모른다. 먼저 아린에게 연락해서 언질을 줘야 하나 망설이다 다시 명함을 집어넣었다.

몇 시간 뒤, 지문검출 작업을 마쳤는지 정 형사가 사무실로 돌아왔다.

성준은 벌써 결과가 나왔나 싶어 기대에 찬 얼굴로 정 형사를 바라보았다. 하지만 정 형사의 표정은 밝지 않았다. 아니나 다를까, 정 형사는 길게 한숨을 내쉬며 난감한 표정을 지었다.

“아무래도 힘들겠는데요? 부패도 꽤 진행됐지만 일부러 뭉개놓은 거 같아요.”

“열 개 다?”

“예.”

시체가 부패했을 때도 새로 개발한 단백질 응고법을 이용한 지문검출 방법을 쓰면 속 지문을 확인할 수 있다. 그걸 모를 리 없는 정 형사가 이렇게 얘기하는 건 할 수 있는 방법은 이미 다 써봤다는 얘기다.

끙 소리가 절로 나왔다. 피해자의 신원이 노출되는 것을 꺼릴 때 범인이 가장 먼저 하는 게 지문 훼손이다. 범행 후 시체 유기를 하면서 이런 점까지 고려했다는 것은 범인이 범죄 환경에 익숙하다는 것을 의미한다.

“비닐봉지는?”

“묶은 매듭부터 다 확인해봤는데, 거기서도 안 나오는데요?”

피해자나 범인의 신원을 확인하면 수사의 절반은 끝난다. 아니, 그 이상의 진척이 있다고 봐야 한다. 하지만 신원이 확인되지 않는다는 건 수사의 출발점에서 한 걸음도 나아가지 못했다는 것을 의미한다.

어느 쪽 지문도 확보하지 못한 현재로서는 어떻게 해야 할지 판단이 서지 않았다.

우선 현장 탐문으로 발품을 파는 일과 실종자 명단을 찾아 피해자와 신체조건이나 실종 일자를 맞춰보는 등의 일명 '무대뽀'식 수사를 해야 할 상황이다. 먼저 블랙박스 영상 결과를 기다리며 수사 방법을 찾아보자 싶었다.

"⋯⋯거기 연락해보면 어떨까요?"

"어디?"

"신고한 그 여자요."

성준은 정 형사를 쳐다보다 힐끗 황 팀장 쪽으로 눈길을 돌렸다. 황 팀장은 누군가와 통화하느라 등을 돌리고 있었다.

사실 어제 사건 현장을 찾아가며 '혹시나' 하던 가능성이 갑자기 현실이 되던 순간부터, 오늘 시신을 찾아내고 현장을 둘러보는 순간까지 성준은 내내 아린이 했던 꿈 이야기를 되짚어보고 있었다.

평소의 성준이라면 그런 황당한 신고는 무시하고 잊어버렸을 것이다. 하지만 선배들이 흔히 말하는 '형사의 감'이 현장에 가보라고 재촉했었다. 아린의 어떤 점이 자신의 촉을 건드린 건지 알고 싶었다. 그저 꿈 이야기로만 끝나지 않고 현실감을 가지게 만든 것은 어떤 부분일까?

성준은 아린과의 대화를 녹취해놓지 않은 것이 못내 아쉬웠다.

입을 다물고 있는 성준을 보던 정 형사는 답답하다는 듯 그를 재촉했다.

"꿈에서 본 상황을 자세히 들어보면 더 많은 정보를 얻을 수 있을지 누가 알아요?"

"……"

"어차피 참고인 조사는 해야 하잖아요?"

"……그거 통상적인 수사 방법인가?"

"예?"

그렇지 않아도 다시 한번 아린을 불러 꿈 이야기가 아닌, 그녀에 대해 좀더 알아볼 생각이었다. 그러면 어떻게 이 살인사건을 알게 되었는지, 혹시 이 사건과 관계가 있는 건 아닌지 수사의 실마리가 나올 것 같았다.

성준은 아직 아린을 어느 쪽으로도 정의하지 못하고 망설이고 있었다.

순수한 제보자인지, 아니면 사건과 관련된 참고인인지는 수사를 더 진행하면서 판단하려고 했다.

그러나 시체를 찾은 뒤에도 아무런 단서를 얻지 못한 채 두 손이 묶여 있다면 아린에 대해 판단하기가 어려워진다. 게다가 그녀로부터 실마리를 얻는다면 객관적인 판단이 더 흐려질 수도 있다.

성준은 일단 수사팀에서 할 수 있는 선까지는 하고, 그래도 길이 안 보이면 그때 아린을 만나리라 마음먹었다.

7

남자는 늦은 아침을 먹기 위해 원룸 근처 해장국집에 들어갔다.

전날 먹은 술 때문에 아직도 머리가 아팠지만 쓰린 속이 먼저였다. 속을 확 풀어주는 해장국을 먹고 나면 속 쓰림도 지끈거리는 두통도 한결 나을 것 같았다.

남자는 한가한 식당 안을 둘러보다가 한쪽 구석에 자리를 잡았다. 직원이 탁자에 물병을 내려놓기가 무섭게 벌컥벌컥 물을 들이켰다. 차가운 물이 들어가니 울렁거리던 속이 조금은 가라앉는 것 같았다.

뼈해장국을 시켜놓고 주위를 두리번거리다가 리모컨을 찾았다. 이미 아침 드라마 시간도 지나서인지 텔레비전은 꺼져 있었다.

남자는 리모컨으로 텔레비전을 켜고 수저를 꺼내 밥 먹을 준비를 했다.

뉴스채널에서는 여당 국회의원이 한국수력원자력의 한 간부로부터 뇌물을 받은 혐의로 구속되었다는 속보가 나오고 있었다. 불량 원전 부품과 관련해 일을 잘 무마해달라는 청탁을 받아 수사기관에 압력을 넣은 정황까지 드러났다는 소식이었다.

해장국이 담긴 쟁반을 가지고 와 탁자에 내려놓던 여자가 혀를 차며 텔레비전을 쳐다보았다.

"아주 미친 새끼들이여, 뇌물 받아 처먹을 게 따로 있지 원전이면 방사능 아니여, 그게 얼마나 무서운지 후쿠시마 보고도 저 지랄들이여, 지랄이……"

"저것들이 나라 팔아먹은 게 하루이틀이야? 국딘이야 죽든 말든."

누군가 주방에서 받아쳤다.

주방 아줌마와 대거리를 하는 바람에 반찬 그릇을 내려놓는 여자의 손길이 거칠어졌다. 남자는 인상을 쓰며 여자를 쳐다보았지만, 여자는 미처 눈치채지 못하고 잔소리를 늘어놓았다.

"내 고향이 울산이여. 부모 형제, 친지까지 다 겨신데 원전이라도 터져봐."

"쌍, 거 똑바로 못 놔?"

해장국 그릇을 들다 헛손질하는 걸 보고 남자는 인상을 쓰며 거칠게 말했다.

"죄송합니다. 뉴스 보다 그만."

여자는 남자의 서슬에 놀라 얼른 쟁반에 든 것들을 내려놓고는 입술을 삐쭉거리며 주방 쪽으로 달려갔다.

해장국 그릇을 가까이 끌어오자 남자의 얼굴로 뜨거운 김이 확 밀려들었다. 남자는 얼른 숟가락을 들고 뜨거운 국물을 한입 떠넣었다. 뜨겁고 칼칼한 국물이 식도로 넘어가는 게 그대로 느껴졌다.

그때 새로운 뉴스를 전하는 남자 앵커의 목소리가 귀를 찔렀다.

"……한편 두학산 토막 살인사건을 수사중인 경찰은 현지의 지리를 잘 아는 사람이 저지른 소행으로 보고 인근 CCTV를 확보하는 등 다각도로 범인의 행방을 쫓고 있습니다."

숟가락을 든 손이 파르르 떨렸다. 갑자기 입맛이 뚝 떨어졌다.

"CCTV라……"

인근이라고 하면 두학산 인근을 말하는 거겠지? 두학산 인근 어디에 CCTV가 있다는 거지?

남자는 혹시나 자신이 모르는 보안카메라가 있던 것은 아닌가 생각했지만 이내 고개를 저었다. 아무리 생각해도 그럴 만한 곳이 없다.

한때 사람들이 살던 골목이라고 해도 몇 년 전 재개발지역으로 정해져 주민들이 모두 떠난 지 오래다. 폐허가 된 곳에 보안카메라가 있을 턱이 없다.

사람들이 드나드는 등산로 쪽으로는 아예 가지도 않았다. 더구나 이미 이 주일도 넘은 일이다. 그 정도 시간이 흘렀으면 이미 영상은 남아 있지 않다. 결국 확보했다는 CCTV는 보도용일 가능성이 크다.

그렇게 생각하면서도 마음 한구석에 불안한 기운이 스며들었다. 한편으로 어쩌다 시체가 발견되었을까 하는 생각도 들었다.

그곳은 쉽게 발각될 만한 장소가 아니다. 더구나 시체를 그냥 내버린 것도 아니고 땅에 묻었다. 설령 길을 벗어나 우연히 그곳을 지나쳤다고 해도 등산로 가까이에 시체가 묻혀 있을 거라고 생각하는 사람은 거의 없을 것이다. 그런 자신감이 없었다면 굳이 거기 묻을 이유가 없었다.

물론 불안감이 없지는 않았다. 하지만 시체를 묻고 돌아온 뒤 일주일이 지나고 이 주일이 지나도 아무런 뉴스가 나오지 않자 남자는 차츰 마음을 놓았다. 뉴스를 찾아보고 신문도 뒤졌지만 살인사건에 대한 기사는 없었다. 남자는 자신의 판단이 옳았다고 믿었다.

애초에 찾을 사람조차 없는 여자라서 실종 신고가 접수되거나 수색이 시작될 일도 없다.

집을 나와 가족과 연락을 끊고 산 지도 몇 년 됐다고 했었다. 1년 넘게 알고 지냈지만, 남자가 생기면 친구도 거의 안 만나는 성격이라 자주 연락하는 친한 친구도 몇 없었다. 세상에 그녀 하나쯤 사라진다고 해도 눈치챌 사람이 없다는 얘기였다. 처음부터 그런 걸 계산하고 살해한 것은 아니었지만 막상 일이 벌어지고 난 뒤 생각해보니 다행이다 싶었다.

남자는 몇 가지 일만 처리하고 곧 이곳을 뜰 생각이었다. 외국으로 가버리면 그뒤에 시체가 발각되든, 살인사건이 세상에 알려지든 아무 상관이 없다. 길어봐야 하루이틀이면 될 거라고 생각했다.

하지만 일은 남자의 뜻대로 풀리지 않았다. 벌써 삼 주 가까이 사방으로 뛰어다니고 있지만 실마리가 풀리지 않는다. 마음 같아서는 묻어버린 여자를 꺼내 물어보고 싶을 지경이다.

찾는 게 이렇게 어려울 줄 알았으면 여자를 죽이기 전에 물어봤을 것이다.

여자를 죽인 뒤 여자의 원룸을 샅샅이 뒤졌다. 하지만 남자가 찾는 물건은 나오지 않았다. 여자를 너무 만만하게 봤다. 어딘가 다른 곳에 숨겼을 거라는 생각은 해보지도 않았다. 뒤늦게 후회했지만 이미 늦은 일이었다.

'그때 잘 구슬려서 입을 열게 했어야 했는데.'

여자가 남자의 신경을 건드리지만 않았다면 이렇게 일이 꼬이지는 않았을 것이다.

남자는 입맛을 잃었지만 꾸역꾸역 해장국을 먹었다. 배를 채우고 기운을 차려야 한다. 경찰까지 들러붙게 된 이상, 이제는 정신을 바짝 차리고 움직여야 한다.

해장국을 바닥까지 싹싹 비우면서 머릿속으로는 앞으로 어떻게 할 것인가를 생각했다. 일단은 몸을 숨기고 원래 계획대로 움직여야겠다는 결론이 섰다. 일이 꼬여 계획이 지체되기는 했지만 이대로 포기하기엔 너무 많은 것이 걸려 있다.

물론 더 버티다가 잘못하면 감방에 가는 일이 생길 수도 있다. 그것은 최악의 상황이다. 그것만은 어떻게든 피해야 한다. 남자는 경찰이 과연 어디까지 알아낼지 염려스러웠다. 턱밑까지 쫓아왔다고 느끼는 순간에는 더 욕심부리지 말고 한국을 뜨기로 마음먹었다. 그렇게 생각하니 한시가 급해졌다.

남자는 얼른 일어나 주머니에 든 지폐를 꺼내 계산대에 던지고 다급하게 식당을 빠져나갔다.

8

"여긴 왜 들어온 거야?"

"그건 알 거 없고, 경찰서 갔다 온 얘기나 좀 해봐."

"뉴스 봤으면 알 거 아냐?"

"내가 지금 밖에 있어?"

재하는 답답하다는 듯 손가락으로 둘 사이를 가로막고 있는 희뿌연 아크릴판을 툭툭 쳤다.

재하와 이렇게 구치소에서 마주보고 앉는 날이 올 거라고는 생각도 못했다.

재하는 늘 이런 식이다. 생각지도 못한 상황에서 갑작스럽게 나타나 나를 괴롭히다가 홀연히 사라진다.

갑자기 구치소라니 무슨 일인가 싶지만 신경쓰지 않기로 했다. 한편으로는 마음이 놓였다. 구치소에 있다면 아무때고 불쑥 내 집에 찾아오는 일은 없을 테니까.

피 한 방울 섞이지 않은 동생의 부탁 같은 건 들어주고 싶지도 않았다. 동생이라고 생각해본 적도 없다. 하지만 나는 재하가 어떤 무리한 부탁을 해도 들어줘야 한다. 재하 역시 그 사실을 너무나 잘 알고 있다.

그날 재하가 찾아와 터무니없는 이야기를 했지만, 결국 나는 재하가 시키는 대로 했다.

"그뒤로 연락 없었어?"

"언제까지 괴롭힐 거야?"

"까칠하게 왜 이래?"

"……엄마 얘기만 아니었으면 네 부탁 같은 거 안 들어줬어."

"20년 전에 도망간 엄마라도 소식은 듣고 싶나보네?"

"엄만, ……연락처나 내놔."

'엄만, 도망간 게 아니야'라고 얘기하고 싶었지만 그 말은 꿀꺽 삼켰다.

그렇게 믿고 살았지만 시간이 지나면서 점점 확신할 수 없게 되어버린 이야기. 엄마의 입으로 직접 듣기 전까지 나는 어떤 판단도 내리지 않기로 했다.

엄마는, 내가 기억하는 엄마는 자신의 삶으로부터 몇 번이고 도망친 경험이 있는 사람이다.

술만 취하면 주먹을 휘두르던 아버지를 피해 두 살배기 나를 끌어안고 야반도주를 했고, 몇 년 신세 진 고향 언니의 식당에서도 도망을 쳤고, 숙식을 해결하며 일하던 교회에서도 그랬다.

엄마와 함께 산 시간은 고작 11년밖에 되지 않았지만, 그동안 열 번도 넘게 엄마의 손에 이끌려 낯선 곳으로 가야 했다. 엄마는 한곳에 머무르지 못하고 몇 번이나 도망을 쳤다. 그래도 내 손만은 놓지 않았다.

엄마는 나를 두고 도망갈 사람이 아니다. 만약 그랬다건 진작 버리고 갈 기회는 많았다.

엄마가 사라졌다면 그럴 만한 이유가 있을 거야.

나는 그렇게 믿고 있다. 고작 4개월을 같이 산 재하는 엄마와 나의 그런 과거를 모른다. 재하가 아는 것이라곤 20년 전 그날 밤 엄마가 사라졌다는 사실뿐이고, 그것만으로 엄마가 도망쳤다고 생각하는 것이다.

20년 전, 병원에서 나온 뒤 나는 보육원으로 보내졌다.

재하의 친가에서는 나를 받아들이지 않았다. 보육원에 나를 맡기고 두 번 다시 얼굴을 보이지 않았다. 어차피 그곳을 내 집이라고 생각하지도 않았으니 돌아갈 생각도 없었다. 억울할 것도, 서운할 것도 없었다. 엄마가 없는 곳은 어디든 마찬가지, 어디에서 어떻게 살게 되든 아무래도 상관없다는 허탈감이 가득했다.

재하는 이따금 몰래 나를 찾아왔다. 내가 보육원에 있는지, 엄마가 찾아오지는 않았는지 살피는 것 같았다. 올 때마다 멀리서 나를 노려보다가 말없이 돌아가는 재하가 불편하고 부담스러웠다. 생각지도 못한 때 불쑥 나타나 나를 흔들어놓는 재하가 점점 참기 힘들어졌다.

시간이 지나 보육원을 나가게 되었을 때 어떻게 알았는지 재하가 찾아왔다. 여전히 멀찌감치 떨어져서 내 뒤를 따라왔다. 그렇지 않아도 살던 곳에서 나와 막막해진 나는 예민할 대로 예민해져 있었다.

나는 소리를 지르며 다시는 찾아오지 말라고 화를 냈다. 너와는 가족도 아니고 아무 관계도 아니라고 소리쳤다.

"가족? 누가 너랑 가족이래?"

재하는 차갑게 비웃으며 처음으로 입을 열었다.

"그럼 왜 이렇게 찾아오는 건데?"

재하는 나를 노려보다가 비로소 자신이 찾아오는 이유를 알려주었다. 그때 처음으로 재하가 감추고 있던 비밀을 알게 되었다.

"알아? 그 남자는 너희 엄마랑 아는 사이였어."

"남자라니, 누구 얘기야?"

"그 살인자, 우리 아버지랑 누나를 죽인 놈! 그놈이 그랬어. 이게 다 너희 엄마 때문이라고!"

"……무슨 소리를 하는 거야?"

귀로는 들었지만 머리로는 선뜻 받아들여지지 않았다.

엄마가 살인자랑 아는 사이라니, 재하가 하는 말이 무슨 의미인지 차츰 와닿으면서 머릿속이 뜨거워졌다. 간신히 버티고 있던 정신이 와르르 무너지는 기분이 들었다. 아물고 있던 상처들이 툭툭 다시 불거지며 통증이 밀려왔다.

"네 엄마 때문이야. ……너희만 없었으면 우리 가족은 살아 있었을 거라고!"

재하가 주먹을 휘두르며 울음을 터뜨렸다. 나는 꼼짝도 하지 않은 채 재하의 울분을 받아냈다. 재하가 휘두른 주먹에 몸이 휘청거렸지만 아무것도 느낄 수 없었다.

"기억나지 않는다고? 거짓말하지 마. 다 알고 있잖아, 넌 알잖아?"

내가 쓰러져 넘어질 때까지 재하는 주먹질을 멈추지 않았다.

머릿속에서는 그럴 리 없다고 고개를 저었지만 재하가 던진 돌은 내 가슴에 무거운 파문을 일으켰다. 그 사건 이후 병원에

서 나를 노려보던 재하의 시선도, 이따금 찾아와 차갑게 지켜
보던 것도 그제야 이해가 되었다.

"기억해! 우리 가족을 죽인 게 누군지, 왜 죽었는지 기억해
내란 말이야."

"……"

"네 입으로 말할 때까지 찾아올 거야. 그리고 살인범이 누군
지 알아내면, ……내가 죽여버릴 거야."

아니야, 뭔가 잘못 알고 있는 거야. 재하가 잘 알지도 못하
면서 멋대로 지어내는 거라고. 그렇게 소리치고 싶었다. 하지
만 나는 아무 말도 할 수가 없다.

재하가 돌아가고 난 뒤 생각했다.

기억나지 않는 부분들과 듬성듬성 기억하는 것들. 무엇보다
엄마가 사라졌다.

정말 엄마는 살인자와 아는 사이였을까? 함께 도망친 걸까?

아니다. 엄마는 나를 두고 가지는 않아. 그건 절대 흔들리지
않는 믿음이다.

그날 무슨 일이 있었는지 알아야 한다. 지워진 기억만 떠올
려도 뭔가 알아낼 수 있을 텐데, 엄마와 아는 사이라면 나도
아는 사람일 가능성이 크다. 우리는 거의 24시간 붙어 지냈으
니까.

재하보다 내가 먼저 엄마를 찾아야 한다. 그렇게 생각하자,

보육원을 나와 어디로 가야 할지 막막했던 기분이 사라졌다.

'그래, 엄마를 찾자.'

오래전 사라진 사람을 찾는 것은 생각보다 어려운 일이었다.

보육원에서 나온 뒤 몇 년 동안 엄마와 함께 살던 동네, 엄마가 알던 사람들을 찾아다녔지만 어디에도 엄마의 흔적은 없었다.

사실 엄마를 찾으러 다니는 순간에도 엄마를 찾고 싶은 마음과 이대로 엄마가 사라졌으면 하는 모순된 감정이 서로 싸우고 있었다. 나를 버리고 간 것이 아니라는 사실은 확인하고 싶었지만, 한편으로 찾아낸 엄마가 그 사건과 관련이 있을까 봐 두려웠다.

시간은 내 몸의 상처를 희미하게 만들었듯이, 엄마를 찾으려는 열망도 서서히 가라앉게 만들었다.

무엇보다 이 세상에 혼자 남은 나는 어떻게든 살아남아야 했다.

보육원을 나오면서 먹고사는 일이 무엇보다 우선이 되었다. 숙식이 제공되는 일자리면 어디든 가서 일했다. 엄마를 찾는 일은 뒤로 미뤄질 수밖에 없었다.

그때부터 애써 기억해내려 했던 그날의 일들을, 이제는 잊어버리기 위해 안간힘을 쓰기 시작했다. 되돌릴 수 없는 일을 계속 생각하고 스스로를 괴롭혀봐야 나만 망가질 것 같았다.

그렇게 생각하니 전부 잊어버리고 싶었다. 하지만 재하가 걸림돌이었다.

재하가 나타나면 겨우 잠재웠던 고통과 두려움의 기억들이 되살아났다. 겨우 아물어가는 상처를 물어뜯어 덧나게 했다. 몇 달에 한 번, 몇 년에 한 번 내 앞에 나타날 때마다 재하는 광폭해져갔다.

살인자를 찾아다니는 재하의 생활도 정상일 수는 없었다. 제대로 학교에 다니는 것 같지도 않았고 친구도 없어 보였다. 잠도 제대로 자지 못하는 것 같았다. 자기 인생이 엉망이 되고 있다는 것은 본인이 가장 잘 아는 법이다. 재하는 자신이 이렇게 살고 있는 이유를 모두 살인자와 엄마 탓으로 돌렸다.

그날 이후 재하도 나와 마찬가지로, 인생의 시계가 열 살에서 멈췄다.

눈앞에 없는 살인자와 엄마 대신, 눈앞에 있는 내게 자신의 분노와 원망을 쏟아냈다. 재하가 나타날 때마다 아물고 있던 상처들은 다시 터지고 피가 흘렀다. 이따금 몇 시간씩 기절하거나 하루이틀 기억이 사라질 만큼 나를 힘들게 했다.

재하만 나타나면 나는 두려움에 떨게 되었다.

어느 날 더 버티다가는 죽을 것만 같아 되받아치며 울부짖었다.

"힘들다고? 아프다고? 진짜 아픈 게 뭔지 알아?"

나는 옷을 찢어 던지고 몸에 난 상처들을 재하에게 보여주었다. 재하는 충격을 받은 듯 벽에 몸을 기대고 손으로 얼굴을 감싸더니 이내 울음을 터뜨렸다.

이상하게 그때 처음으로 재하가 동생처럼 느껴졌다. 피는 섞이지 않았지만 같은 고통을 겪으며 나눠 가진 기억들이 우리를 강하게 연결시켜주는 것 같았다.

이제 그만 잊어버리고 네가 있어야 할 세상으로 돌아가라고 이야기하고 싶었지만 그럴 수가 없었다.

고개를 돌려 외면한 채 잊은 척 살아갈 수도 있지만, 과거는 여전히 그림자처럼 나의 발끝에서 계속 서성거렸다 털어버리지도, 지워버리지도 못한다. 그건 의지로 되는 문제가 아니다. 재하 역시 그날을 떨쳐내고 싶을 거란 생각이 들었다.

다시는 만나지 않았으면 좋겠다고 말했다. 서로 만나봐야 상처만 건드릴 뿐이다. 재하는 대답도 없이 돌아갔다. 다행히 몇 년 동안은 얼굴을 보이지 않았다.

2010년 10월 28일. 공소시효가 끝나는 날 재하가 찾아왔다. 갑작스럽게 찾아온 재하가 당혹스러웠지만 '공소시효'라는 말에 그애를 피할 수 없었다. 허탈감 때문인지, 좌절감 때문인지 나는 제정신이 아니었다.

"알고 있으면서 왜 안 잡는 거야? 왜 기억해내지 않는 거야?"

재하는 귀가 먹먹해지도록 소리를 질러댔다. 기억이 나지 않는다고 했지만 재하는 코웃음을 쳤다.

"아니, 누나는 알고 있어. 알면서도 기억하지 않으려는 것뿐이야. 난 알아."

그날 재하는 오랫동안 횡설수설하며 내 곁을 떠나지 않았다. 넋이 나간 사람처럼 앉아 있다가 내게 화를 내다가, 훌쩍훌쩍 울다가 결국 새우처럼 잔뜩 몸을 웅크리고 옆으로 돌아누웠더니 혼잣말을 중얼거렸다.

"누나, 그거 알아? 난 지금도 누워서 못 자. 하늘을 보고 똑바로 눕지도 못해. 누군가 위에서 내 목을 조를까봐. ……정말 기억나지 않아? 그날의 기억은 하나도 없는 거야?"

나는 아무 말도 할 수 없었다. 내 기억이 어떻든 이미 죽은 사람은 돌아오지 않는다.

"나도 누나처럼 하나도 기억나지 않았으면 좋았을걸……"

재하는 어미 잃은 병아리처럼 여전히 길을 찾지 못하고 과거를 맴돌고 있었다.

기억나지 않는다고 고통이 없는 것은 아니다. 고통은 기억과 상관없이 느껴지는 감정이다.

엄마가 사라졌다는 것도 내게는 견디기 힘든 일이고, 스물일곱 개의 상흔도 고통이다. 나 역시 내 몸을 감추기 위해 늘 긴팔을 입고 사람들과 눈도 잘 마주치지 못한다. 집에 들어오면 열몇 개의 자물쇠를 잠그고 그걸 몇 번이나 확인하고 또 확인한다.

겨우 잠이 든 재하의 얼굴을 보며 우리의 고통스러운 기억도 공소시효나 유통기한이 있었으면 좋겠다는 생각을 했다. 그날이 지나면 머릿속에서 깨끗하게 삭제되면 좋으련만.

이번에야말로 제대로 재하와의 인연을 끝내고 싶었다. 4개월을 함께 살았다는 이유로 재하는 지난 15년 동안 내 곁을 계속 맴돌면서 나를 괴롭혔다. 이제는 그 굴레에서 벗어나고 싶었다.

아침에 일어나니 이미 재하는 없었다. 메모 한 장 없었다. 그래서 정말 그걸로 끝인 줄 알았다.

재하가 다시 날 찾아올 거라고는 생각도 하지 못했다. 마지막으로 본 게 벌써 5년 전이다.

"네 말대로 신고했어. 약속대로 엄마 연락처 줘."

"그건 이번 일 마치고. 그게 약속이잖아?"

못 본 사이에 많이 능글맞아졌다. 구치소에 갇힌 사람이라고는 믿기 어려울 만큼 여유도 넘쳤다. 5년 만에 나타나 말도 안 되는 일을 시킨 것치고는 지나치게 느긋하다.

재하는 가만히 나를 쳐다보더니 재미있다는 듯 싱글거리며 물었다.

“경찰서에 가서 뭐라고 얘기했어?”

“네가 시키는 대로 했어. 암매장된 여자가 있다고.”

“자세히 좀 얘기해봐.”

도대체 왜 이렇게 집요하게 물어보는지 이해할 수가 없다. 하지만 결국 나는 재하가 원하는 대로 경찰서에 다녀온 이야기를 털어놓았다. 물론 전부 사실대로 말하지는 않았다.

“이상하지 않아? 꿈에서 봤다고 하는데도 그걸 믿다니.”

“……”

“하지만 내가 이상하다고 생각하는 건 그게 아니야.”

나는 가만히 내 눈을 바라보는 재하의 눈길이 두려워졌다. 어린 시절 병원에 입원해 있을 때 나를 노려보던 바로 그 눈빛이었다.

“나는 그냥 두학산에 여자가 묻혀 있다는 얘기만 했어. 그런데 어떻게 그렇게 쉽게 찾아낼 수가 있지?”

“그, 그게 무슨 소리야? 네가 말해준 거잖아?”

“아니, 잘 생각해봐. 난 그냥 산 이름만 말했을 뿐이야.”

“아니야, 분명 네가 말했어. 안 그럼 내가 어떻게 알아?”

“분명히 그렇게 기억해?”

“꿈에서 봤다면서 이상한 걸 시키더니 이제는 왜 없는 얘기를 만들어내? 그건 다 네가 얘기해준 거잖아? 너야말로 이 일을 어떻게 알게 된 거야?”

“그러게, 어떻게 알게 됐을까?”

“너 설마 이 살인사건과 연관이 있는 건 아니지?”

“내가? 아니야. 난 그냥 우연히 들었을 뿐이야.”

“그럼 네가 경찰서에 갔으면 좋았잖아, 왜 나를 시킨 거야?”

“그러게, 이유가 뭘까?”

나는 화를 내며 자리에서 일어났다.

“그런 바보 같은 부탁을 들어주는 게 아니었어. 다시는 만나지 말자.”

“그래도 만나야 할걸?”

나는 돌아서려다 가만히 재하를 노려보았다. 뒤늦게 후회가 밀려들었다.

처음부터 알은척을 하지 말았어야 했다. 귀를 막고 눈을 피해야 했다. 눈을 맞추고 이야기를 들어주는 게 아니었다. 그랬다면 이렇게 엉뚱한 이야기에 휘말리지는 않았을 텐데.

“후회하는 거야?”

내 속까지 잘도 안다.

“그냥 좋은 일 한다고 생각해. 덕분에 범인을 잡으면 좋잖아?”

“……”

“설마 못 잡거나 하는 건 아니겠지? 20년 전 그 사건처럼.”

결국 재하의 시선을 피해 눈길을 돌렸다. 또다시 내 목을 조여오는 재하의 질책을 더는 듣고 싶지 않았다. 이번 일이 끝나고 엄마의 연락처를 받으면 재하의 말을 확인할 기회가 있겠지. 그때까지 나는 재하의 어떤 비아냥도 받아들일 수밖에 없다.

"더 할 얘기 있어?"

"아니, 없어. 이제는 내가 아니라 누나가 얘기할 차례거든."

재하는 그 말을 하고 눈앞에서 사라졌다.

나는 재하가 사라진 줄도 모르고 한동안 멍하니 재하가 한 말의 의미를 곱씹었다.

나에게 무슨 말을 하라는 거지?

9

며칠 동안 별다른 소득 없이 시간만 흘러갔다.

손 기자가 말한 대로 '두학산 토막 살인사건'이라는 제목으로 사건 기사가 나갔고, 잔혹한 범행에 대한 대중의 호기심을 채우기 위해 자극적이고 부풀려진 기사들이 쏟아졌다.

취재진이 후속기사를 쓰기 위한 정보를 하나라도 더 얻고자 강력반을 드나들었지만, 수사팀에서도 해줄 얘기가 별로 없었다. 매일 반복되는 취재 요청과 '추가 내용 없음'이란 말이 기자들의 신경을 건드렸는지 경찰의 안이한 초기대응으로 사건 해결의 단서를 놓쳤다는 기사가 나오기 시작했다.

그렇지 않아도 새로운 경찰서장이 취임한 뒤로 지난 1년 동안 전국을 떠들썩하게 한 몇 건의 강력사건이 관내에서 일어나 특별경계를 지시한 상황이었다. 여기에 또다시 강력사건이 발생하고 수사가 지지부진하게 진행되면서 경찰의 무능을 운운하는 기사까지 터지자 서장의 불편한 심기가 수사진에게까지 전달되었다.

황 팀장이 대표로 서장에게 불려가 사건 진행 상황에 대해 보고를 한 뒤 하루빨리 사건을 해결하라는 특별지시가 떨어졌다. 서장과의 독대를 마치고 나온 황 팀장은 성준을 불렀지만, 그 시각 성준은 과학수사팀 사무실에서 블랙박스 영상을 분석한 자료를 보고 있었다.

고물상 주인 말대로 퇴근 후 밤에만 촬영된 것이라 내내 검은 화면만 나왔다. 대략 삼 주 정도의 분량이 녹화되어 있었는데, 날짜별로 저장되어 있어 일일이 확인하고 녹화된 부분들은 사진으로 출력해놓았다.

고물상 앞에서 차를 돌리다 철문을 들이받은 자동차의 모습이 녹화되어 있었고, 주변에 유기견으로 보이는 무리가 철문을 사이에 두고 도사견들과 으르렁대며 짖어대는 장면, 철문 앞에 트럭을 세운 사람이 차에서 내려 철문을 흔들어보다가 주인이 없다는 것을 깨닫고 돌아가는 장면, 철문을 넘어 들어가다 도사견에 놀라서 달아나는 사람 등이 찍혀 있었다.

"살인사건과 관련있는 건 없어 보이는데요?"

"그래도 확인은 해봐야지. 사건 현장에서 가장 근거리에 있는 곳인데."

아직 국과수로 보낸 시신의 부검 결과를 받지 못한 상황이라서 사망 추정 시간, 즉 사건의 날짜를 모르기 때문에 우선은 날짜별로 조사해야 할 사진들만 추렸다.

"이거 차량 번호 확인할 수 있어?"

블랙박스에 찍힌 차량은 어두운 밤이라 번호판이 잘 보이지 않았다. 반대편 자동차 불빛이 번호판에 반사된 터라 영상으로 다시 확인해보고 차량 번호를 확보할 수 있는지 알아보기로 했다.

과학수사팀 사무실을 나와 복도를 걸어가는데 계단 쪽에서 올라오는 황 팀장이 보였다. 황 팀장은 성준을 보자 얼른 손을 잡아끌고 은밀히 할 이야기라도 있는 듯 주위를 두리번거리며 복도 구석으로 향했다.

"너 내가 협심증 있는 거 아냐, 모르냐?"

"그래요? 첨 들었네요."

"'그래요' 할 때가 아니야, 내가 누구 때문에 서장이랑 독대를 했는데? 진전이 있으면 있다든지, 뭔 말을 해줘야 나도 가서 입이라도 뻥긋하고 나오지.”

“할 얘기가 있어야 말이죠.”

“그럼 같이 들어가서 얘길 하던가, 아무튼 아침저녁으로 보고받을 테니까 빠릿빠릿하게 좀 움직여.”

“뭔 단서가 있어야 움직이죠……”

몸을 돌려 계단으로 향하던 황 팀장이 혼잣말처럼 중얼거린 성준의 푸념을 들었는지 다시 되돌아왔다.

“안 되면 출발점에서 다시 시작한다. 몰라? 안 보이면 찾아야지. 그, 그 여자라도 만나보든지.”

“최아린씨요?”

“실마리를 찾으려면 뭐든 해야지.”

서장과의 독대가 스트레스이긴 했나보다. 황 팀장은 대놓고 아린을 만나 실마리를 풀어보라는 식으로 운을 떼었다. 그렇지 않아도 아린을 만날 생각이던 성준은 못 이기는 척 황 팀장의 제안을 받아들였다.

황 팀장과 성준은 취재진이 버티고 있는 경찰서로 아린을 부르는 것은 괜한 논란을 불러올 수 있다는 데 의견을 같이했다. 신고자에 대한 손 기자의 호기심이 식지 않은 상황이라 아린의 존재를 노출시키지 않는 게 낫겠다 싶었다.

성준은 직접 아린을 만나기로 하고 전화로 정 형사를 불러냈다. 늘 해오던 탐문수사를 위한 외출인 척하며 경찰서를 나왔다. 모처럼 관내를 벗어나 서울까지 오는 동안 성준은 아린과의 첫 만남을 떠올려보았다.

처음 만나던 날 폭우 속에 서 있던 모습부터 사무실에서 진술을 멈추고 창밖을 바라보던 모습까지, 수사하는 내내 아린의 얼굴이 머릿속에서 떠나지 않았다. 무엇보다도 성준의 신경을 건드리는 건 역시 꿈 이야기였다.

상수역에서 극동방송 쪽으로 걸어가다 오른쪽 골목인 독막로 19번길로 들어가면 외진 골목에 '호루스의 눈'이라는 작은 카페가 있다. 겉으로 보기에는 그저 차를 마시는 보통의 가게처럼 보이지만 이곳을 한 번이라도 와본 사람들은 다른 목적으로 다시 찾게 된다.

홍대 앞, 일명 피카소 거리 주차장에 차를 세운 뒤 명함에 적힌 주소를 보고 근처를 한참 헤맸다. 다시 한번 전화로 위치를 확인한 후에야 가게를 찾을 수 있었다.

가게 앞에 도착한 성준은 '호루스의 눈'이라고 적힌 노란 간판과 그림을 보고는 이곳이 여느 카페와는 다른 곳임을 직감했다.

아린이 있다는 카페 '호루스의 눈'은 아린의 첫인상만큼이나 강렬했다. 노란 간판에 그려진 검은 눈은 이집트 파라오 유적에서 보던 그림이었다. 아마도 그 눈을 호루스의 눈이라고 하는 것 같았다.

"호루스의 눈이라, 그림은 어디서 많이 봤는데…… 호루스가 뭐예요?"

같이 온 정 형사가 카페 간판을 보더니 물어본다. 그림을 본 적은 있지만 호루스가 뭘 뜻하는지는 모르는 성준은 그저 어깨를 으쓱하며 카페 문을 열었다.

가게 문에 매달린 방울이 딸랑거리자 가게 안으로 청량한 소리가 퍼졌다.

가게 안에는 아무도 없었다. 창가에만 약간의 햇빛이 들어올 뿐, 가게 전체가 어두웠다.

창가 쪽 진열장에는 색색의 작은 유리병 수백 개가 놓여 있었다. 무엇을 담아둔 것인지는 알 수 없지만 실내 장식으로는 무척 인상적이었다. 가게 중앙에는 몇 개의 원형 테이블이 놓였고 벽 쪽으로 사각의 테이블이 서너 개 줄지어 있었다. 벽 쪽은 유독 어두워 그곳에는 탁자마다 노란 조명이 낮게 달려 있었다.

노란 조명 뒤 어두운 벽에는 즉석사진이 수십 장 넘게 붙어 있었다. 중년의 여자와 함께 찍은 사진이 대부분이었다. 아마도 가게의 주인과 손님이 같이 찍은 사진 같았다.

성준은 가게를 다녀간 사람들의 사진을 한번 훑어보다가 고개를 돌렸다.

“영업하는 거 맞아요?”

정 형사는 가게의 분위기에 압도되었는지 한껏 목소리를 낮춰 성준에게 물었다.

성준도 가게 안의 적막함이 낯설었다. 그 흔한 음악도 없고, 문을 닫으니 거리의 소음도 들리지 않았다. 귀를 기울여도 희미하게 조명등 같은 곳에서 나는 전류 흐르는 소리뿐이었다.

방금 햇살이 환한 거리에서 문을 열고 들어왔다고는 믿기지 않을 만큼 낯선 공간이었다. 조금 어둡기는 하지만 그렇다고 불안하거나 불편하지는 않았다. 마치 비를 피해 들어온 동굴 같은 아늑한 기운이 가게 안을 채우고 있었다. 그런 분위기는 길게 늘어진 몇 겹의 커튼 때문이기도 했다.

차분하고 낮은 명도의 다양한 색깔의 천들이 벽 쪽에 길게 늘어져 있었다. 깊은 바닷속 같은 서늘한 청색 계열의 천이 있는가 하면, 금방이라도 폭설이 내릴 것같이 낮게 내려앉은 회색 구름을 닮은 천도 있었다.

성준은 천천히 가게 안을 둘러보며 길게 드리워진 천들을 만져보았다.

그때 갑자기 사막의 모래바람이라도 맞은 듯 누르스름한 천이 출렁이더니 그 사이로 검은 고양이가 불쑥 나타났다.

가까이 서 있던 성준은 기척도 없이 나타난 검은 고양이에 놀라 그 자리에 얼어붙었다. 오히려 검은 고양이는 그런 상황에 익숙한지 가만히 성준을 쳐다보다 눈을 깜빡거리더니 야옹, 낮게 울면서 가게 중앙을 가로질러갔다.

고양이는 유리병들이 진열된 곳으로 훌쩍 올라가더니 다시 한번 야옹, 짧은 울음소리를 내고는 이내 자리를 잡고 앉았다. 네발은 모두 흰 양말을 신은 듯 하얀 털로 뒤덮이고 나머지는 온통 검은 털인 고양이였다. 윤기 있는 털 위로 유리병을 투과한 햇살이 비쳤다. 창가에 놓인 방석 위에 올라앉은 걸 보니 거기가 놈의 지정석인 듯싶었다.

"오셨네요."

성준과 정 형사 모두 고양이에게 정신을 빼앗기고 있던 터라 뒤에서 들리는 여자의 음성에 화들짝 놀라고 갈았다. 고개를 돌리자 성준의 바로 뒤에 중년의 여자가 서 있었다.

나이는 50대 후반에서 60대 정도, 푸른빛이 짙은 긴 원피스에 흰색의 얇은 카디건을 걸쳤다. 거기에 희끗한 파마머리를 대충 틀어올린 모습까지, 이런 어두운 카페보다는 햇살이 눈부신 그리스의 해변가에 앉아 있는 게 어울릴 것같이 이국적인 인상이었다.

인사도 제대로 못하고 두 남자가 머뭇거리는 동안 여자는 가볍게 고개를 끄덕이고는 두 사람의 곁을 지나 주방으로 걸어갔다.

"생각보다 잘 찾아오셨네요. 어떤 사람들은 이 골목에서 길을 잃고 한참 헤매기도 하는데……”

애기하는 걸 보니 조금 전 통화를 했던 카페 주인 같았다. 목소리만 들을 때는 이렇게 나이가 있는 사람이라고 생각하지 못했다. 그만큼 목소리가 맑고 가벼웠다.

“앉으세요, 앉아요.”

가게의 낯선 분위기에 채 적응하지 못하고 엉거주춤 서 있던 성준과 정 형사는 여자가 이끄는 대로 자리를 잡고 앉았다. 여자는 진열장에 있던 찻주전자를 꺼내 물을 끓이기 시작했다.

성준은 비로소 중년의 여자에게 인사를 건넸다.

“인천 남부서 오성준 형삽니다.”

“안녕하세요. 난 루나예요. 루나가 무슨 뜻인 줄 알아요?”

“아니요, 잘……”

갑작스러운 질문에 당황한 성준은 대답을 얼버무렸다.

“보통 달의 여신이라고 하죠. 그래서 사람들은 내 이름을 달의 여신에서 따온 줄 아는데, 사실은 우리 어머니가 우주선 이름에서 따온 거예요. 우주선 알죠?”

아폴로나 컬럼비아, 혹은 발사되자마자 폭발하는 바람에 잊을 수 없게 된 챌린저호는 알아도 ‘루나’라는 우주선은 처음 들어봤다.

성준은 넌지시 정 형사를 쳐다보았지만 그는 아무 생각이 없는 듯 가게 안을 두리번거리고 있을 뿐이었다.

"루나는 소련이 처음 쏘아올린 달 탐사선이에요. 무인 우주선이긴 했지만. 엄마가 아가씨 때 일이죠. 몇 년 뒤 미국이 아폴로를 쏘아올렸다고 하면서 사람이 달 착륙에 성공한 것처럼 세상을 속였지만, 그건 소련에게 뒤처졌다는 걸 인정하기 싫어서 꾸민 사기극이에요."

"아, 그거 저도 봤어요. 작년인가, 아폴로 우주선에 탔던 비행사가 직접 고백했대요. 달에 가기는커녕 스튜디오에서 찍은 거라고."

정 형사는 신이 나서 루나의 이야기에 맞장구를 쳤다.

성준은 처음 듣는 얘기였다. 아폴로에 관한 음모론이 있다고 듣기는 했지만 그 얘기를 믿는 사람들의 이야기를 듣고 있자니 뭔가 황당한 기분이 들었다.

"진짜야?"

"진짜라니까요? 인터넷에서 봤는데."

의심스럽지만 그 얘기는 넘어가기로 했다. 사실 아폴로보다는 루나의 이야기가 더 궁금했다.

'소련'이라는 단어는 역사책에서나 본 것이라 생소하면서도 신기했다. 더구나 보통 사람은 알기도 어려운 소련의 구인 우주선 이름을 딸의 이름으로 붙였다는 어머니도 의아했다.

"아, 우리 엄마는 소련 사람이에요."

조금 이국적인 분위기가 있기는 하지만 외국인일 거라는 생각은 못했다. 외모도 그렇지만 억양이나 말투에서도 그런 느낌이 전혀 나지 않는 터라 뜻밖이었다.

"할머니 할아버지가 고려인. 카레이스키. 그러니 아버지도 고려인. 고려인과 슬라브인의 결합이죠."

그제야 이해가 되었다.

루나는 쟁반에 찻잔을 올리고 차를 내올 준비를 하면서도 말을 계속했다. 목소리가 컸으면 수다스러운 느낌이었을 텐데, 차분하고 부드러운 말투다보니 다정다감하다는 생각이 들었다.

"이 시간엔 문을 열지 않아요. 아린이 손님이라고 하니 특별히 허락한 거예요."

"그런데 최아린씨는요?"

아린의 명함에는 카페 '호루스의 눈' 전화번호밖에 없었다. 개인 핸드폰은 없다고 했었다.

"올 때가 됐는데, 조금 늦나보군요."

루나는 쟁반에 주전자와 찻잔, 유리병을 내왔다.

탁자 위에 찻잔을 내려놓은 루나는 투명한 병에서 새끼손톱만한 마른 꽃잎을 꺼내 몇 개씩 잔에 넣고 물을 부었다. 더운 물에 잠긴 노란 꽃잎이 금세 활짝 펴지며 송이송이 피어나기 시작했다. 더운 김과 함께 은은한 향이 올라왔다.

"국화, 그중에서도 소국이 가장 향도 좋고 맛도 좋죠. 마셔

봐요."

성준은 루나의 말을 들으며 찻잔 속을 떠다니는 국화를 쳐다보다 조심스럽게 잔을 들었다. 정 형사는 꽃차가 낯선지 퍼진 꽃잎을 스푼으로 툭툭 건드렸다.

"국화차는 스트레스와 불면증에 좋아요. 두 분 다 필요한 것 같으니 물을 더 따라서 계속 마셔요. 몸이 가벼워질 겁니다."

그제야 창가 쪽에 진열되어 있던 투명한 유리병들의 용도가 무엇인지 이해가 갔다. 각양각색의 말린 꽃송이들이 든 유리병은 다양한 꽃차의 재료였던 것이다.

국화꽃의 향기가 이랬었나? 성준은 부드러운 맛과 은은한 향이 마음에 들어 단숨에 잔을 비웠다. 루나는 기다렸다는 듯 찻잔에 물을 따라주었다.

루나는 두 사람이 차 마시는 모습을 지켜보다가 조심스럽게 성준을 향해 손을 뻗었다.

성준은 자신도 모르게 팔을 내밀었다.

"기다리는 동안 잠깐 당신의 미래를 봐드릴까요?"

"예?"

성준은 어리둥절한 얼굴로 루나를 바라보았다.

"내가 먼저 봐주는 경우는 거의 없는데, 형사님은 꼭 봐주고 싶네요."

옆에 앉은 정 형사는 장난스러운 표정으로 한번 보라고 눈짓을 했다. 성준이 별 거부반응을 보이지 않자, 루나는 성준의 팔뚝을 잡고 눈을 감았다.

잠시 두 눈을 감고 가볍게 몸을 흔들던 루나가 다시 눈을 떴다.

성준은 자신도 모르게 마른침을 삼켰다.

"……죽을 고비를 넘긴 적이 있군요."

강력반 형사는 남들보다 거칠게 살아가는 직업이다. 죽을 고비라는 게 어느 정도를 말하는지는 모르겠지만, 강력반 형사라는 직업 특성상 그 정도 일은 당연히 경험하기 마련이다.

루나는 이미 성준의 직업을 알고 있다. 그러니 그런 말을 해도 그다지 마음에 와닿지가 않았다. 사실 성준은 사주니 점이니 하는 것에 관심도 없을뿐더러 믿지도 않는다. 그런 것은 마음 약한 사람들이 어디엔가 의지하고 싶어서 하는 가벼운 상담 같은 거라고 생각하는 편이다.

성준의 속마음을 아는지 모르는지, 루나는 진지한 표정으로 가만히 성준의 눈을 들여다보다 팔로 시선을 옮겼다. 손가락 끝에서 어깨까지 이어진 흉터를 만져보던 루나는 고개를 끄덕였다.

"어머니가 당신을 살렸네요."

갑자기 찬 기운이 성준의 뒷머리를 타고 들어왔다. 정신이 번쩍 들었다.

이 일은 어머니와 자신만 알고 있는 일이다. 동료들조차 모르는 일을 처음 본 사람이 알아맞힌 것이다. 루나가 얘기했던 죽을 고비라는 게 무엇인지 그제야 깨달았다. 죽을 고비라면 그때가 가장 위험한 순간이긴 했다.

성준은 자신도 모르게 마른침을 삼키며 루나의 다음 말을 기다렸다.

"곧 당신 인생에 중요한 사람을 만날 거예요. 그 여자는……베일에 가려져 있네요. 이런 여자들은 위험해요. 정체를 알 수 없으니까요."

옆에서 함께 이야기를 듣던 정 형사가 낮게 휘파람을 불었다.

성준은 자신도 모르게 미간을 찌푸렸다. 집중을 방해하는 정 형사가 짜증스러웠다. 성준은 처음과 달리 그만큼 진지해져 있었다.

성준의 얼굴을 쳐다보던 정 형사도 그런 분위기를 알아챘는지 곧 입을 다물었다.

"조심해요. 그 여자 때문에 당신이 죽을 수도 있어요."

루나는 안타까운 눈으로 성준을 바라보다 한숨을 내쉬었다. 그러더니 성준의 팔을 힘주어 잡았다.

"하지만 고비를 넘기면 그 여자는 당신의 이니스가 될 거예요."

"이니스요?"

성준은 점점 낮아지는 루나의 목소리에 자신도 모르게 어깨를 움츠리고 루나 쪽으로 몸을 기울였다. 루나의 얼굴이 바로 앞에 있었다. 그녀는 뚫어질 듯 강렬한 눈으로 성준을 쳐다보았다. 왠지 그녀의 눈이 성준의 의식을 빨아들이는 것 같았다. 갑자기 현기증이 밀려들었다. 최면에 걸린 사람처럼 정신이 몽롱해지는 기분이었다.

야옹.

검은 고양이가 창 쪽으로 고개를 들더니 앞발로 창을 긁어대며 울기 시작했다. 덕분에 성준은 루나가 만들어내던 묘한 분위기에서 벗어날 수 있었다.

루나는 성준의 팔에서 손을 떼고 자리에서 일어났다.

"아린이 오나보네요."

루나의 말이 끝나기가 무섭게 문이 열리고 아린이 들어왔다.

가게 안으로 들어오던 아린은 성준과 정 형사를 보자 잠시 멈칫하다가 고개를 끄덕여 인사했다.

"여기까지 찾아오실 줄은 몰랐네요."

"몇 가지 물어볼 게 있어서 왔습니다."

"……"

아린은 루나를 의식한 듯 가볍게 인사를 하고는 주방 쪽으로 걸어가더니 가방을 내려놓았다. 고양이가 아린에게 다가갔다.

"차는 이미 내왔어."

"죄송해요. 제가 늦었죠? 시간이 이렇게 된 줄 몰랐어요."

"괜찮아, 이 시간엔 손님도 없는걸 뭐."

루나는 다정한 눈길로 아린을 보다가 성준 쪽을 돌아보더니 이내 자리에서 일어났다.

"에디, 이리 온. 우리는 산책이라도 갈까?"

루나가 고양이를 향해 손을 내밀자 고양이는 아린의 다리에 다가가 몸을 비비고는 이내 루나를 따라 가게 밖으로 나가버렸다. 루나가 나가는 모습을 물끄러미 쳐다보던 정 형사가 고개를 갸웃거리며 "어디서 봤는데" 하며 혼자 중얼거렸다.

루나가 자리를 피해주자 긴장한 표정의 아린이 주춤거리며 성준이 있는 테이블 쪽으로 다가왔다.

"괜찮으면 잠깐 앉으시죠."

성준의 말에도 아린은 잠자코 그 자리에 서 있었다. 그녀의 표정이 복잡해 보였다. 아니, 어떻게 보면 혼란스러워하는 것 같기도 했다. 하지만 성준은 미처 그녀의 표정을 눈치채지 못했다.

"왜 여기까지 오신 거죠?"

목소리가 차가웠다. 성준은 뜻밖의 반응에 어리둥절해졌다.

"네? 지난번 신고하신 사건 때문에……"

"전화를 하면 되죠. 왜 여기까지……"

"죄송합니다. 미처 생각을 못했군요."

일단은 사과부터 했다. 생각해보면 무신경했다. 여기는 아린의 직장이다. 허락을 받지 않고 불쑥 쳐들어온 격이니 화를 내도 충분히 이해할 만한 일이다. 아린에 대한 배려가 없었다는 것을 성준은 뒤늦게 깨달았다.

"……"

성준의 사과에도 아린의 표정은 풀릴 줄 몰랐다. 성준은 잠시 아린을 쳐다보다 자리에서 일어났다.

"그럼, 언제 시간이 되시죠? 그때 다시 오죠."

아린의 눈동자가 잠시 흔들렸다. 성준의 말에 당혹스러워하는 표정이 역력했다.

"……전화드릴게요."

그렇게 얘기하면 더이상 버틸 수가 없다.

성준은 쓴 입맛을 다시며 정 형사에게 눈짓을 보냈다. 시선을 외면하는 아린에게 가볍게 인사하고 가게를 나왔다.

밖은 가게 안과 달리 강렬한 햇살이 눈을 찔렀다. 갑자기 햇살이 쏟아지는 거리로 나오니 저절로 눈이 찡그려졌다.

"갑자기 황당하네요."

정 형사도 예상치 못한 아린의 반응에 당황한 눈치다. 성준은 자기도 모르게 한숨이 새어나왔다. 이렇게 허탕을 치리라곤 생각도 못했다. 황 팀장이 작은 눈을 부라리며 경과보고 운운할 생각을 하니 목덜미가 화끈거렸다.

"⋯⋯여기 죽여주는 팥빙숫집이 있다던데 그거나 먹고 갈까요?"

성준은 단것을 싫어하지만 군말 없이 정 형사의 의견을 따르기로 했다.

"가자, 머리 좀 식혀야겠다."

정 형사가 앞장서서 팥빙숫집을 찾아 나섰다. 인터넷에서 봤다며 연신 핸드폰으로 검색하고 주소를 따라 가보았지만 골목 구석에 있다는 팥빙숫집은 쉽게 찾아지지 않았다.

몇 번이나 같은 골목을 지나고 막힌 골목을 돌아 나오며 이십 분이라는 시간을 허비했다. 성준의 이마에 땀이 배어나고 짜증이 슬슬 올라올 때쯤 드디어 정 형사가 소리를 질렀다. 그 죽여준다는 팥빙숫집을 찾아낸 것이다.

가게를 찾느라 지치기도 하고, 말을 할 기분도 아니라서 팥빙수를 시켜놓고 기다리는데 정 형사가 핸드폰을 들여다보며 뭔가를 찾더니 고개를 끄덕였다.

"호루스의 눈이 무슨 뜻인지 드디어 알았어요."

"⋯⋯"

"고대 이집트 부적의 일종인데 파라오의 왕권을 상징하기도 한다네요. 고대 이집트어로는 '우자트'라고 하는데 '모든 것을 보는 것' 혹은 '완전한 자'라는 의미도 있대요. 오른쪽 눈은 태양을 의미하고 왼쪽 눈은 달을⋯⋯"

그때 성준의 핸드폰이 울렸다. 전화번호를 보니 조금 전까지 있던 '호루스의 눈' 같았다.

성준은 얼른 전화를 받았다.

"여보세요?"

최아린이었다. 성준이 어디에 있는지 물었다. 근처 팥빙숫집에 있다며 상호를 알려주니, 어딘지 안다며 금방 가겠다고 하고는 전화를 끊었다.

성준은 멍하니 정 형사를 보며 황당한 표정을 지었다.

"내쫓을 때는 언제고 여기로 온다는데?"

"가게로 찾아간 게 정말 불편했던 모양이네요."

정 형사의 말에 수긍이 갔지만 기분이 썩 개운하지는 않았다.

단숨에 달려온 듯 아린은 가쁜 숨을 내쉬며 가게에 나타났다. 안으로 들어오자마자 성준을 보고는 바로 맞은편에 와 앉았다.

"조금 전엔 죄송했어요. 저도…… 어떻게 해야 할지 혼란스러운 상태라서 당황했었어요."

"……"

"오 형사님은 저를 믿으시나요?"

"예? 그건……"

"아니, 믿지 않아도 상관없어요. 중요한 건 그게 아니니까. 사실은…… 또 꿈을 꿨어요."

아린이 성준의 말을 막으며 생각지도 못한 이야기를 꺼냈다.

예상치 못한 아린의 말에 성준과 정 형사는 눈만 껌뻑거리며 서로를 쳐다보다 다시 아린에게 시선을 모았다. 그러다 퍼뜩 정신이 들었다.

"녹취를 해도 되겠습니까?"

성준은 서둘러 핸드폰을 꺼내 녹음 아이콘을 찾았다. 나중에 증거 확인을 위해서 기록해둘 필요가 있을 것 같았다. 목소리의 톤이나 억양 등으로 느낌을 점검할 수도 있으니 메모를 하는 것보다는 정확하다.

"어떤 꿈이죠?"

성준의 질문에 아린은 잠시 성준을 쳐다보다가 조심스럽게 물었다.

"그보다 수사는 어느 정도 진행이 되었죠? 아무런 진척이 없는 건가요?"

왠지 얼굴이 화끈거렸다. 뭔가 이 여자에게 밀리는 듯한 기분이 들었다. 성준은 아무 말도 못하고 아린의 얼굴만 바라보았다.

이 상황이 답답했는지 옆에 있던 정 형사가 불쑥 말을 꺼냈다.

"신원 확인만 되면 금방 해결될 겁니다. 이번엔 어떤 꿈이었어요?"

"……여자가 짐을 싸고 있어요. 자기 방인 것 같은데, 다급하게 서두르는 걸 보면 시간에 쫓기는 느낌이었어요.”

“여자는, 죽은 여자 말인가요?”

“……네. 얼굴은 안 보이지만 두학산에서 발견된 그 여자가 맞아요.”

“어떻게 알죠?”

성준이 물었다.

“시계. 여자가 시계를 차고 있어요. 다섯 줄에 보석이 촘촘히 박힌 하얀 시계.”

정 형사는 놀란 눈이 되어 성준을 돌아보았다. 턱이 벌어졌는데도 정작 본인은 눈치를 못 채고 있었다.

최아린의 꿈 이야기를 들은 형사들은 의견이 분분했다. 볼 것도 없이 사건과 연관이 있을 거라는 쪽과 최아린의 꿈을 믿는 쪽, 둘로 나뉘었다.

평소 말이 없고 무뚝뚝한 박 형사가 모처럼 입을 열어 실제로 FBI 내에서도 초자연적인 능력으로 수사를 돕는 사람이 있다는 등 다소 생소한 이야기를 하며 최아린을 두둔했다. 그러나 그런 의견은 한두 명에 불과했고 대부분은 최아린의 진술을 의심하는 쪽이었다. 분명 사건과 관련있는 사람일 것이라고 했다. 정 형사 역시 뭔가 속셈이 있거나 다른 의도가 있을 거라는 의견에 가까웠다.

성준은 어느 쪽도 확신할 수 없었다. 굳이 이야기하자면 의심스러운 구석이 없지는 않지만 그렇다고 딱히 믿지 않는 것도 아닌, 당장은 결론을 내리지 않고 지켜보자는 '보류' 정도였다.

하지만 지금의 이야기는 최아린의 정체에 의문을 가지고 있는 정 형사에게 확신을 던져주었다.

여자의 시신에서 시계가 나왔다는 건 형사들밖에 모른다. 신문이나 방송 뉴스에도 나오지 않은 내부정보다. 더구나 시곗줄이 다섯 줄로 된, 보석이 박힌 디자인이라는 것까지 알고 있다는 건 담당 형사로서 당혹스러운 일이 아닐 수 없다.

아린이 사건과 관련된 사람이 아니라면 이렇게 세세한 것까지 알 수는 없다. 정 형사는 그렇게 생각했다. 그러자 조금 전 아린이 급하게 가게 밖으로 형사들을 쫓아낸 의도도 의심스러워졌다.

"꿈 얘기를 좀 자세히 해주시죠. 여자 이름이 뭔지, 어디 사는지……"

성준은 그런 정 형사의 생각을 모르는 듯 묵묵히 아린을 보며 질문을 던졌다.

"그건 잘 모르겠네요. 제 맘대로 꿀 수 있는 것도 아니고, 깨고 나면 현실감이 날아가버리니까 디테일은 잘…… 참, 메모해둔 게 있어요."

아린이 손에 들고 온 메모지를 성준에게 내밀었다.

성준과 정 형사의 시선이 허공에서 마주쳤다. 성준은 정 형사의 눈에서 아린에 대한 불신을 읽을 수 있었다.

'이거 진짜로 믿어야 하는 거예요?'

'나도 몰라.'

어깨를 으쓱하며 고개를 살짝 기울였지만 사실 신중하던 성준의 마음도 흔들리기 시작했다.

아린의 말대로 꿈에서 봤다는 이야기를 믿는다면 그녀의 능력은 성준의 상식으로는 설명할 수 없는 것이다.

세상에는 그런 일들이 많이 일어난다고 하지만 그건 어디까지나 나와는 상관없는 먼 나라, 보이지 않는 세계에서 벌어지는 일이라고 생각했다. 그러니 심리적인 저항감은 자연스러운 일이다.

성준이나 정 형사처럼 현실에 발붙이고 사는 사람들은 상황을 현실적이고 상식적인 선에서 생각할 수밖에 없다. 강력반 형사의 현실적인 감각으로 말하자면 '최아린이 이번 사건과 연관이 있다'고 가정했을 때 모든 것이 들어맞는다. 그게 상식적이고, 그래야 말이 된다. 수사를 하다보면 자주 일어나는 일이다.

두 형사의 생각을 아는지 모르는지 아린은 메모지를 건네며 성준을 빤히 쳐다보았다.

성준은 아린이 건네준 메모를 받아 내용을 확인했다.

　메모에 적힌 글자들은 단순했지만 의미를 해석하기는 쉽지 않아 보였다.

　"……이게?"

　"저도 잘 몰라요. 그냥 여자가 전화를 받으면서 급하게 쓴 메모를 옮겨 적은 거예요."

　성준이 정 형사에게 메모를 건네주었다. 정 형사는 수첩을 꺼내 아린의 메모를 옮겨 적었다.

　"꿈을 꿀 때 어떤 식으로 보이는 겁니까? 이를테면 텔레비전이나 영화를 보듯이 보이는 것인지, 아니면 하늘에서 내려다보듯,"

　"아니요. 그때그때 다른 거 같아요. 지난번엔 산 위를 날고 있었어요. 마치 새가 된 것처럼요. 그래서 그 여자가 묻힌 곳 주변의 나무 위에 올라앉아 여자가 누워 있는 곳을 보고 있었죠."

　아린은 그때를 생각하는 듯 시선이 먼 곳으로 향했다. 성준은 아린의 미간이 미묘하게 일그러지는 것을 놓치지 않았다. 그녀의 마음속에 일고 있는 감정들이 궁금해졌다.

　"이번에는…… 그 여자가 되었어요. 그러니까 그 여자가 돼서 그녀가 느끼는 감정, 생각 같은 것을 고스란히 느낄 수 있었어요."

"여자가 위험을 느끼고 있었습니까?"

"그건 잘 모르겠어요. 그냥…… 흥분한 상태였던 것 같았어요."

"이 꿈은 언제 꾼 겁니까?"

"그건……"

아린이 대답하려는 순간 갑자기 짤랑거리는 소리와 함께 문이 열렸다.

20대로 보이는 여자 셋이 요란한 하이힐 소리를 내며 들어서자 가게 안이 금방 소란스러워졌다. 대답하려던 아린은 얼른 자리에서 일어났다.

"지금으로선 그거밖에 더 말할 게 없네요. 그럼."

아린은 얼른 성준에게 인사하고 가게를 나갔다.

아린이 떠난 뒤 남겨진 침묵이 한동안 테이블 주위를 맴돌았다. 성준과 정 형사는 팥빙수가 녹는 줄도 모르고 각자 아린의 말을 되새기며 생각에 잠겨 있었다.

한참이 지나서야 정 형사가 입을 떼었다.

"어떡할까요?"

"뭘?"

"가장 의심스러운 건 최아린 아닙니까?"

“그런데 왜 이렇게 협조적이지?”

“그건……”

최아린이 가장 의심스러우면서도 쉽게 의심할 수 없는 이유가 바로 그 지점이다. 아린이 사건과 관련이 있다면 이렇게 수사를 돕기 위해 정보를 제공할 수 있을까? 정 형사 역시 합당한 대답을 찾지 못했다. 하지만 아직 미련이 남는 듯 입맛을 다시며 물었다.

“메모는 어떡하죠?”

성준은 뒤늦게 정지 버튼을 눌러 녹음을 중단했다.

“어떡하긴 뭘 어떡해? 이걸로 알아낼 수 있는 데까지 찾아봐야지.”

비록 의심쩍기는 하지만 아린이 준 새로운 정보가 어떤 돌파구가 될지도 모른다. 유기된 시신에 대한 꿈도 사실이었으니 지금으로서는 이 메모도 확인해보는 게 좋을 듯싶었다.

수사를 진행하면서 사건의 실체가 드러나면 아린의 정체도 자연스럽게 밝혀질 것이다.

성준은 이미 녹아버린 팥빙수를 후루룩 마시고 서둘러 자리에서 일어났다.

10

마지막 손님이 돌아갈 때까지 루나는 내게 아무것도 묻지 않았다. 나 역시 아무 일도 없다는 듯 평소처럼 행동했다. 하지만 속마음을 감추는 사람들과 달리 고양이 에디는 자기 느낌 그대로 나를 대했다.

평소라면 손님이 없는 시간에 쪼르르 나에게 달려와 안아달라고 몸을 비비던 에디였다. 하지만 오늘은 어쩐 일인지 가만히 나를 쳐다보다 고개를 돌리며 외면하기를 반복했다. 내가 먼저 다가가 손을 내밀어도 그르렁거리며 슬그머니 자리를 피했다.

10시가 넘어가고 다른 날보다 일찍 손님이 끊어지자 루나는 기다렸다는 듯이 내 손을 잡아끌어 의자에 앉히고 자신도 맞은편에 자리를 잡았다.

"무슨 일이야?"

나를 쳐다보는 루나의 표정이 심상치 않았다. 처음엔 별일 아니라고 말하고 자리를 피하려 했지만 진심으로 나를 걱정하는 루나의 얼굴을 보자 그럴 수가 없었다. 지금 내가 마음을 터놓고 이야기할 사람은 루나밖에 없다.

"얘기해봐, 하루종일 일도 못하고 안절부절못하고 있잖아?"

신경쓰지 않는 듯했지만 루나는 모든 것을 지켜보고 있었던 모양이다. 하긴, 스스로 생각해도 오늘은 실수가 많았다.

주문을 받아놓고 엉뚱한 음료를 내주기도 하고, 손님이 계산을 하기 위해 카운터 앞에서 기다리는데도 멍하니 창밖을 보고 있기도 했다. 정신이 나가 있었다고 하는 게 맞을 것이다

"형사들까지 찾아오고, 무슨 일이야?"

"……"

"이야기하고 싶지 않아?"

나는 고개를 저으며 이 일에 대해 어떻게 이야기해야 하나 고심했다.

재하의 부탁으로 경찰서에 갈 때까지만 해도 망설였었다.

재하의 이야기는 여기저기 구멍이 느껴지는 엉성한 거짓말이었지만 그런 것은 별로 중요하지 않았다. 엄마의 연락처를 주겠다는 말도 믿기 힘들었다. 하지만 그렇게까지 부탁을 한 걸 보면 재하에게 중요한 일이 아닐까 싶었다. 몇 년 만에 나타난 재하의 부탁을 들어주기로 한 것은 이것이 재하와의 마지막이 될 거라는 예감 때문이었다.

경찰서 앞에 도착했을 때 갑자기 비가 쏟아지기 시작했다. 낮게 깔린 구름들이 서로 으르렁거리며 번쩍이기 시작했을 때 뭔가 이상하다는 것을 느꼈다.

바로 눈앞에 섬광처럼 빛이 번쩍거리다가 문득문득 시야에 낯선 풍경이 들어왔다. 분명 경찰서 건물을 쳐다보고 있었는데 눈앞에 투명하고 커다란 스크린 같은 게 펼쳐지더니 낯선 모습들이 보이기 시작했다. 처음엔 흐릿하더니 점점 선명해지며 갑자기 그곳에 뛰어드는 내가 느껴졌다.

나는 하늘을 날고 있었다. 날개를 펴고 어두운 하늘을 나는 검은 새.

새는 아파트 단지와 주택가를 지나 어두운 산 쪽으로 낮게 날기 시작했다.

폐허가 되어 다 허물어진 집들, 깨진 창문, 붉은 페인트로 커다랗게 엑스 자가 그려진 벽들이 늘어선 골목을 지나 나무가 무성한 숲으로 들어섰다.

그때 먼 곳에서 누군가 외치는 소리가 들렸다.

'이봐요, 괜찮아요?'

잠결에 들리는 소리처럼 그 목소리는 멀리서 사방으로 울린다.

숲속으로 들어간 나는 나무들 사이를 낮게 날며 어딘가를 찾고 있다. 나무들이 서 있는 모양과 지형의 굴곡이 눈에 들어온다. 내가 찾는 것이 무엇인지도 모르면서 본능적으로 시선이 그곳을 향한다.

'여기 차들도 드나들어요. 위험하니까 이쪽으로 오세요.'

또다시 남자의 목소리가 들렸다. 이번에는 더 가까워졌다.

나무들이 쓰러져 있는 곳 한편에 내 시선을 끄는 것이 있다. 가만히 응시하니 흙 속에 묻힌 검은 비닐봉지가 보인다. 그 봉지 속에 여자의 손목이 있고, 그 손목에는 시계가 채워져 있다. 그리고 잘린 팔과 나란히 여자의 머리가……

눈앞에서 번개가 내리쳤다. 새의 눈으로 바라보던 풍경은 순식간에 사라졌다.

갑자기 눈앞이 하얗게 변했다. 나도 모르게 귀를 막고 주저앉았다.

"괜찮아요?"

그제야 거센 빗소리와 함께 두꺼운 막 안에서 듣는 것처럼 멀게 느껴지던 남자의 목소리가 선명하게 들렸다.

한 남자가 앞에 멈춰 서더니 나를 쳐다봤다. 비에 젖은 남자는 거친 숨소리와 함께 야생의 냄새를 풍겼다. 그가 나를 향해 팔을 뻗는다.

'안 돼, 내 몸에 손대지 마!'

온몸에 전율이 일었다. 비명이 터져나오려는 순간 정신이 아득해지며 그대로 쓰러졌다. 갑자기 어둠이 찾아왔다.

"정신을 차리고 나서 나한테 일어난 일이 뭔지 생각하느라 혼란스러웠어요."

“……”

“아까도 그랬어요. 형사들을 보내고 나서 갑자기 머릿속이 아득해지더니 눈앞에 여자의 방이 보였어요.”

나는 카페 안에 있었지만 여자의 방에도 있었다. 서로 다른 시간 속에서, 두 공간을 공유했다. 뭐라 설명할 수 없는 풍경이었다. 그러다 문득, 의식을 집중해 보는 쪽이 좀더 선명해진다는 것을 깨달았다. 여자가 급하게 짐을 싸고 메모하는 모습을 본 것도 그때였다.

딸랑거리는 소리와 함께 루나가 문을 열고 에디가 뛰어들어오면서 선명하던 여자의 공간은 연기처럼 흩어졌다.

“그래서 뛰쳐나갔던 거구나?”

루나의 말에 낮의 일을 떠올리며 고개를 끄덕였다.

형사들이 일부러 찾아온 것과 여자의 방을 보게 된 것이 무관하지 않다는 생각이 들었다. 환시를 통해 보았던 것이 사건 해결에 도움이 될 단서가 될지도 모른다는 생각에 형사들에게 알려야겠다는 생각이 먼저 들었다.

카페에 돌아오자 생각이 많아지면서 혼란이 시작됐다. 하루 종일 허둥지둥한 것도 그 때문이었다.

“꿈을 꾸는 건, 그럴 수도 있다고 생각해요. 다른 사람들도 경험하는 일이니까요. 하지만…… 이건 뭔지 모르겠어요.”

목소리가 떨렸다.

“내가 미친 걸까요?”

루나는 깊은 눈으로 말없이 나를 응시하다가 놀랍다는 듯 고개를 흔들었다.

“두려워요. 정신을 차리면 몇 분, 어느 땐 몇 시간이 지나 있어요. ……이건 뭐죠?”

“아린, 그건 두려운 일이 아니야. 미친 것도 아니그. 그저 네게 좀 특별한 재능이 있는 것뿐이야.”

“특별한 재능이요?”

루나는 내 손을 잡고 가만히 들여다보다가 이내 고개를 들어 나를 쳐다보았다.

“어떤 사람들은 다른 사람의 마음속으로 들어가서 ‘그 사람의 눈’으로 사물을 보는 경험을 한단다. 꿈속에서 다른 사람이나 동물이 되기도 하는 것처럼, 깨어 있는 순간에도 정신을 집중하면 다른 사람의 생각과 감정과 감각을 느낄 수 있는 거지.”

“무서워요. 그런 경험은 하고 싶지 않아요.”

“겁내지 마. 그게 너를 더 불안하게 할 거야.”

내 머릿속에서 소용돌이치는 혼란을 루나에게 보여주고 싶었다. 내 가슴속에서 휘몰아치는 이 감정을 설명하고 싶었다. 하지만 그건 말로 설명할 수 없다.

“내가 어릴 때였어. 어느 날 아침에 눈을 떴는데 그날 이웃

집 할머니가 돌아가실 거란 걸 알았지. 그래서 우리집 화단에 있는 꽃을 꺾어서 할머니에게 마지막 인사를 드리러 갔단다. 이따금 내게 사탕을 건네주며 머리를 쓰다듬어주시곤 하던 할머니였거든. 처음엔 꽃을 건네는 나를 반기더니 내가 꽃을 드리는 이유를 설명하니까 고함을 지르며 화를 내시더구나. 어린 게 이상한 소리를 한다고 우리집까지 와서 난리를 피우셨지. 나는 너무 슬퍼서 울었어. 왜 슬펐는지 아니?"

"루나의 말을 믿어주지 않아서요?"

루나는 머리를 흔들었다.

"아니, 나 때문에 하루종일 화만 내다가 돌아가셨거든. 그게 너무 속상했어."

"……"

"처음엔 내가 괜한 말을 했구나 싶었지. 하지만 그때 우리 할머니가 그러셨어. '만약 나의 마지막날을 알게 된다면 꼭 이야기해주렴. 마지막인 줄 모르고 놓치는 것들이 없도록 하나하나 제대로 작별인사를 하고 싶으니까' 하고."

루나가 말하려는 이야기의 뜻을 어렴풋이 느낄 수 있었다.

"나는 할머니 덕분에 나를 있는 그대로 받아들일 수가 있었어. 마을 사람들이 나를 괴물이라고 불러도 할머니의 말을 생각하면서 내가 가진 특별함을 받아들였지."

루나가 곁에 있다는 게 너무 고마웠다. 이런 이야기를 누구에게 할 수 있을까? 이건 엄마와도 나누지 못했다.

"아린, 피한다고 해도 달라지는 건 없어. 그냥 받아들이면 훨씬 편안할 거야. 그러면 왜 네게 그런 재능이 왔는지 그 이유도 알게 될 거고."

"이유……?"

루나는 알고 있다. 평범한 사람과 다른 삶이 어떤 것인지 경험해본 사람이다. 그리고 혼란과 고통 속에서 그것을 받아들이고 의미를 찾았다. 루나 말대로 도망친다고 해결되는 것은 아무것도 없다.

"루나는 어떻게 그걸 다 겪으셨어요?"

루나는 가만히 미소를 지으며 내 머리를 쓰다듬어 주었다.

"나도 혼란스러운 시절이 있었지. 언젠가 내 얘기를 해줄 날도 있을 거야."

더이상 물어볼 수는 없지만 대충 짐작은 할 수 있었다.

카페 '호루스의 눈'에서 일한 지 벌써 4년. 그 정도의 시간을 함께하면 굳이 말하지 않아도 보고 느끼는 것들이 있는 법이다. 얼핏 들었던 루나의 명성과 상관없이 곁에서 지켜보는 것만으로 루나가 어떤 사람인지 알 수 있었다. 대부분의 사람들은 루나가 가진 재능을 보고 놀라워하지만, 나는 루나라는 사람이 가진 따뜻한 온기에 더 많이 놀라고 더 깊이 감동받곤 했다.

루나는 처음 본 순간부터 내가 품고 있는 상처와 아픔을 한

눈에 알아보고 눈물을 흘려준 사람이다. 자신을 지키기 위해 가시를 잔뜩 세운 고슴도치처럼 온몸에 힘을 주고 매 순간 방어하며 살아가던 나를 무장해제시켰다. 루나의 따뜻한 눈빛과 부드러운 말이 엄마의 빈자리로 얼어붙었던 나를 녹였다. 루나는 내게 엄마이자 친구이고 스승이다.

그녀가 없었다면 지금의 이 혼란을 어떻게 감당했을까?

창가에 앉아 있던 에디가 일어나더니 폴짝 뛰어 루나에게 다가왔다. 눈치 빠른 에디는 이미 우리의 이야기가 다 끝났다는 것을 아는 듯했다. 에디는 루나의 치마를 할퀴며 주인의 품에 안기려고 했다.

"졸리다고? 알았어, 알았다고."

루나는 에디를 안고 자리에서 일어났다.

"그만 들어가봐. 뒷정리는 내가 할 테니까."

"네."

루나와 이야기를 나누자 마음이 한결 편해졌다. 두려움도 조금은 가셨다.

루나 말처럼 이유가 있다면, 그 이유를 알고 싶었다. 그전까지 혼란스럽기는 하겠지만 적어도 나에게 일어나는 일의 의미는 찾을 수 있겠지.

카페를 나와 집으로 가는 동안 여러 가지 생각이 파도처럼 밀려왔다 물러났다.

하루가 정말 길었다. 버스에서 내려 골목길을 걷고, 5층의 옥탑방까지 계단을 오르며 몸도 마음도 지칠 대로 지쳤다.

집에 돌아와 옷을 벗고 욕실로 향했다.

샤워기를 틀고 따뜻한 물줄기 아래 섰다. 온몸을 적시는 따뜻한 물 덕분에 긴장으로 굳은 근육들이 차츰 풀어졌다. 눈을 감고 나른한 상태에 잠겨 있는데 물이 점점 뜨거워졌다. 살갗이 따가울 정도로 뜨거워진 물에 놀라 눈을 떠보니 아물었던 상처들이 갈라지며 피가 쏟아지기 시작했다.

몸에서 쏟아져나온 붉은 피가 욕실의 배수구로 흘러갔다. 정신이 아득해지고 무릎에 힘이 빠졌다. 순간 몸이 휘청거리며 의식이 점멸등처럼 깜빡거렸다.

나는 겁에 질려 욕실을 나왔다.

조금 전까지 피가 쏟아지던 상처들은 어느새 흔적도 없이 사라졌다.

말도 안 돼, 몸에 남아 있던 상처들이 이렇게 사라지다니.

나도 모르게 거울 앞으로 달려가 몸을 만져보았다.

그런데 거기, 내가 아닌 다른 여자가 서 있다. 그 여자다. 살해당한 여자.

잠시 당혹스러웠지만 금방 꿈이라는 것을 깨달았다. 두려움이 조금 가셨다.

나는 여자의 눈으로 방안을 둘러보았다.

거울에 비친 방안은 내 방과는 분위기가 달랐다. 연분홍색 커튼이 드리워지고 붉은 소파가 인상적인 꽤 넓은 복층 원룸이다. 한눈에도 내가 살고 있는 옥탑방과는 완전히 다른 분위기였다.

어느새 나는 죽은 여자가 되어 옷을 챙겨 입고 탁자 위에 올려놓았던 시계를 찼다. 지난번 꿈에서도 보았던 시계. 숨을 거둔 뒤에도 차고 있던 그 하얀 시계였다.

여자는 누군가에게 걸려온 전화를 받더니 메모지를 꺼내 불러주는 대로 받아 적는다. 그러더니 갑자기 커다란 빈 가방을 꺼내고 붙박이 옷장을 열어 뭔가를 싸기 시작한다.

여기까지는 지난번 꿈과 같다. 이제 전에는 보이지 않았던 것들이 하나씩 눈에 들어온다.

가방 안을 들여다보니 5만 원권 뭉치들이 가득하다. 커다란 스포츠가방 하나를 가득 채울 정도인데, 얼마나 되는 걸까? 몇 억? 몇십억? 가늠할 수 없는 정도의 액수다.

가방을 잠근 여자는 일어나 서랍에서 여권을 챙긴다. 시계를 확인하고 방안을 둘러보더니 창문을 닫으려고 창가로 걸어간다. 창밖의 풍경이 보인다.

고만고만한 높이의 건물들 가운데에 견고하게 지어진 유리성 같은 건물이 혼자 불쑥 솟아 있다. 깨진 유리 조각 같기도 하고, 중세 시대의 투박한 검처럼 보이기도 한다. 족히 50층은 넘을 듯이 높다.

여자는 창문을 닫고 방안을 둘러보다 서둘러 방을 나간다.

여자가 나가고 텅 빈 방에 나 혼자 남았다. 거울 너머로 화려한 조명이 꺼진 것처럼 무채색으로 가라앉은 내 방이 보인다.

거울 앞에 서서 발가벗은 나를 바라본다.

가슴과 배, 팔 어디에도 흉터는 보이지 않는다. 태어날 때처럼 상처 하나 없는 매끈한 모습이다. 꽃잎처럼 투명한 피부를 만져본다. 부드럽고 따뜻하다. 20년 동안 새겨져 있던 흉터가 사라진 목과 어깨, 가슴을 떨리는 손으로 쓸어내리며 부드러운 감촉을 느꼈다. 왠지 눈물이 왈칵 쏟아질 것 같았다.

그 사건이 없었다면 나는 이런 몸으로 어른이 되었겠구나. 이렇게 눈부시고 매끄럽고 따뜻한 온기를 가진 육체로.

손가락으로 배를 만지며 천천히 움직이는 순간, 갑자기 여기저기 금이 간 듯 몸이 조각조각 갈라지기 시작했다. 생선 토막처럼 팔과 다리가 잘리고, 목과 배가 잘리고, 마녀 킹처럼 절단된 조각들이 와르르 무너져 바닥에 떨어진다.

나는 잘린 머리로 비명을 질러대다 눈을 떴다.

꿈이었다. 끔찍하고 역겹고 잔혹한 꿈.

집에 돌아와 피로에 잔뜩 무거워진 몸을 누이고 잠시 눈만 감고 있으려다가 또다시 죽은 여자의 꿈을 꾼 것이다.

자는 게 두려워졌다. 하루라도 빨리 여자의 꿈에서 벗어나
려면 어서 이 사건을 해결해야겠다는 생각이 들었다. 내가 계
속 같은 꿈을 꾸는 이유는 그것밖에 없을 테니까.

11

"생각났어요!"

성준이 소주잔을 내려놓자, 기다렸다는 듯이 정 형사가 말
했다.

"일단 안주는 좀 먹게 해주지?"

술만 들어가면 말이 많아지는 정 형사의 주사가 시작된 것
같아 그의 들뜬 얼굴이 그다지 반갑지 않았다. 가볍게 저녁만
하고 헤어질 걸 그랬다.

최아린을 만나고 온 뒤로 머릿속이 복잡해진 탓인지, 요즘
계속 잠을 설친 탓인지 머리가 띵한 게 컨디션이 영 안 좋았다.
수사가 풀리지 않을 때마다 찾아오는 불면증이 도진 것이다.

생각 같아서는 일찍 집에 들어가 쉬고 싶었지만 어쩌다보니
저녁식사에서 2차까지 술자리가 이어졌다.

오후 내내 변비 걸린 사람처럼 인상을 찌푸리며 끙끙거리던
정 형사는 술기운 때문인지 갑자기 표정이 밝아졌다. 저녁을

먹는 내내 동료들의 이야기는 듣는 둥 마는 둥 혼자 구시렁거리더니 그새 기분이 좋아진 모양이다.

정 형사는 장난기가 발동한 듯 안주를 집어드는 성준의 젓가락을 눈이 빠지게 노려보며 기다렸다. 조금 전까지 파닥이던 광어의 흰 살 한 점이 성준의 입속으로 들어가자 얼른 입을 뗐다.

"드디어 생각이 났다고요!"

성준은 젓가락을 내려놓고 빈 잔에 다시 술을 채웠다. 옆에 앉아 있던 박 형사가 손가락으로 톡 술병을 건드리며 거들었다. 뒤늦게 합류한 이 형사는 회덮밥을 비비느라 정신이 없어 보였다. 누구도 정 형사의 말에 귀를 기울이는 사람은 없었다.

"집중 좀 해주시죠? 아주 중요한 얘긴데."

"얘기해, 귀는 뚫렸으니까."

무뚝뚝한 박 형사의 말에 정 형사는 더이상 설레발을 치지 않고 바로 본론으로 들어갔다.

"그 여자 말이에요, 카페 주인! 어디서 봤는지 생각났어요."

"여자? 이뻐요? 누구 말하는 거예요?"

"이대구, 넌 좀 빠져라. 여자 얘기만 나오면 끼어들어."

"최아린이 있는 가게 주인 말하는 거야. 어디서 봤다니?"

박 형사와 이 형사 모두 궁금해하는 것 같길래 성준이 간단히 상황을 설명하고 정 형사에게 질문을 던졌다.

"아니, 자꾸 낯익은 느낌이 들어서 돌아오는 길에 계속 생각을 했거든요. 어디서 봤지? 언제였지? 떠오를 듯 말 듯 계속 머릿속을 맴돌더라고요."

"아, 그런 거 있어요. 노래는 흥얼거리는데, 제목이랑 가수 이름은 안 떠오르는 거. 그런 거죠?"

"그런데 드디어 생각났다, 이겁니다."

묵묵히 술을 마시던 박 형사도 호기심이 생겼는지 물었다.

"생각났다는 소리만 세번째다. 언제 얘기할 거야?"

"그냥 카페 주인 아냐? 타로점 봐주고 하는."

"아니라니까요. 텔레비전에서 본 적이 있어요."

"그래?"

이따금 점을 본다거나 하는 사람들이 연예인의 사주를 봐주는 예능 프로그램을 본 적이 있다. 루나도 아마 그런 유가 아닐까 생각했다. 하지만 정 형사의 얘기는 뜻밖이었다.

"전에 그런 프로그램 있었잖아요, 공소시효 얼마 안 남은 미제 사건을 추적하는 다큐 같은 거요."

"아, 그거요? 〈공소시효 카운트다운〉! 그거 진짜 관심 가지고 봤는데."

이 형사가 입안 가득 밥을 욱여넣은 상태로 대꾸하자, 정 형사가 기겁하며 소주잔을 들고는 인상을 구겼다.

"거, 밥 먹을 땐 입 좀 다물지? 밥알 다 튀잖아."

핀잔에도 이 형사는 넉살 좋게 씨익 웃어 보이며 다시 비빔밥을 입속으로 가득 집어넣었다. 그 모습을 보고 정 형사도 고개를 절레절레 흔들며 포기했다는 표정을 지었다.

"아무튼 안성 호숫가 일가족 살인사건인가, 그 사건을 다룬 방송이 있었어요. 그때 나왔어요. 그 사람."

"루나가?"

"예, 루나. 틀림없다니까요."

"뭐 목격자나 사건 참고인 그런 거야?"

박 형사의 질문에 정 형사는 고개를 저었다.

"루나 이 사람이 사건 현장을 돌아다니면서 머릿속에 떠오르는 걸 하나씩 이야기하는 거예요. 사건에 대한 어떤 정보도 주지 않고 그냥 폐가에 데려간 건데, 집안을 잠깐 들러보더니 어느 방에 누가 죽어 있고, 아버지는 언제 죽었고, 막 그날 있었던 사건에 대해서 술술 말하는 거예요. 아, 이거 말보다 그 영상을 보는 게 빠른데……"

"아, 그 사람 알아요. 저도 봤어요."

"일단 밥 넘기고!"

정 형사가 정색하자 이 형사는 얼른 입에 있던 밥을 꿀꺽 삼키고 대화에 끼어들었다.

"그런 걸로 유명한 사람이래요. 일본에서 사회적 이슈가 된 사건이 있었는데, 무슨 대학교수 일가족 살인사건인가? 아무튼 그 사건은 이미 범인이 잡혀서 감옥에 있는데, 이 여자가 진범을 밝혀내서 발칵 뒤집혔대요. 그 일로 유명해져서 사건 의뢰를 꽤 많이 받았다고 했는데 우리나라 프로그램에 나오길래 깜짝 놀랐어요. 아마 방송국에서도 특별히 초대한 거 같던데, 아무튼 장난 아니라니까요."

루나의 첫인상만으로도 보통 사람은 아닐 거라 예상은 했었다. 잠깐 팔을 잡았을 뿐인데 누구에게도 말하지 않았던 자신의 일을 꼭 집어냈을 때, 성준은 이미 느꼈다.

성준은 문득 최아린이 그곳에서 일하는 게 우연은 아닐 거라는 생각이 들었다.

정 형사의 말이 사실이라면 루나는 오래전부터 범죄 사건과 관련된 일을 해온 셈이다. 지금은 평범한 카페 주인처럼 보이지만 겉모습만으로는 알 수 없다. 어쩌면 최아린이 꾼 꿈도 루나의 영향이 아닐까 싶었다.

"범죄 현장에서 그런 일을 하는 사람을 심령 수사관이라고 하더군."

성준의 옆에 앉아 대화보다는 묵묵히 음주에 집중하던 박 형사가 드디어 본격적으로 대화에 끼어들었다.

수다를 좋아하지도 않고, 남의 이야기를 거드는 편도 아닌 박 형사가 자발적으로 대화에 참여했다는 건 대화 내용에 대단히 관심이 있다는 증거다. 생각해보니 최아린의 꿈 이야기에 FBI 운운하며 먼저 신뢰를 보인 사람도 박 형사였다.

"어, 형님도 아시네? 나도 그 얘기 하려고 했는데."

"경찰수사연수원에서 연수받을 때 '미래의 과학수사'라는 강의를 들은 적이 있는데 거기 얼핏 나온 얘기 중 하나가 그거였어. 몇몇 나라에선 이미 비공식적인 정보원으로 활약하고 있대. 마지막에 강사가 그런 얘기를 하더군. 뭐 화성 연쇄살인 사건 때 형사들이 용하다는 점쟁이를 찾아간 것도 그런 유로 볼 수 있겠지."

"그거야 과학수사가 부실하던 예전 얘기 아닌가요?"

드디어 냉면 그릇에 한가득 담긴 비빔밥을 싹싹 비운 이 형사가 휴지로 입가를 닦으며 대화에 본격적으로 끼어들었다.

"그렇게만 볼 일도 아니야. 지난번에도 얘기했지만 현재 FBI도 그런 능력을 가진 사람들의 도움을 받고 있다니까. 어떻게든 잡고 싶으니까 할 수 있는 방법은 다 동원하는 거지."

박 형사의 말은 성준의 생각과 일맥상통한다. 지금은 진위를 따지기보다 사건을 해결하는 게 더 중요하다. 시작이야 어찌 되었든 실제로 암매장된 시체가 발견된 이상 이것은 형사들이 해결해야 할 실제 사건이다.

"그런데 루나 이야기는 왜 하는 건데?"

성준은 뜬금없이 루나의 이야기를 꺼낸 정 형사의 저의가 궁금했다.

“그러니까 내 말은, 사건 현장에 불러다가 한번 둘러보게 하면 뭐가 좀더 나오지 않을까.”

“뭔 소리를 듣고 싶냐? 최아린 한 사람으로도 쉬쉬하기 바쁜데, 누굴 더 끌어들여? 황 팀장이 참 좋아하겠다, 응?”

“에이, 뭐 꼭 보고를 해야 하나요? 그냥 우리끼리 조용히,”

성준은 슬그머니 짜증이 올라왔다. 얘기를 꺼낸 정 형사의 배를 툭 치며 입을 막았다.

“그만해라!”

낮아진 성준의 목소리에 정 형사도 더 입을 열지 않았다.

심각하게 꺼낸 이야기도 아니었는데, 성준이 정색하며 받아치는 바람에 정 형사가 머쓱해진 눈치였다. 정 형사는 조용히 입을 다물고 술잔을 비우더니 테이블을 살피며 빈 잔에 술을 채웠다.

다들 묵묵히 잔을 들어 술을 마시고 또 채우는 일을 반복했다. 그나마 재잘거리며 술자리의 분위기를 이끄는 정 형사의 입을 막아놓으니 분위기가 영 썰렁해졌다.

“가끔 우리가 알지 못하는 어떤 세상이나 존재가 있다는 생각이 들 때가 있지 않아?”

“……?”

뜬금없는 소리를 하는 박 형사에게 모두의 시선이 향했다.

“지난주에 국과수에 부검하러 들어갔었잖아. 그때 김승환 검시관이 그런 얘기를 하더라고.

그날 오프인데 이상하게 아침에 기분이 싸한 게 안절부절못하겠더래. 그래서 그냥 출근을 했대. 출근하니까 검시관들이 늘 하던 대로 그날 할당받은 부검 리스트를 보고 있었대. 김 검시관은 오프니까 리스트에 당연히 이름이 없는 상태였지. 근데 박 검시관이 서류 한 장을 떨어뜨려서 주워준 모양이야. 건네주면서 무심코 이건 자기가 하겠다는 말이 튀어나왔고.”

박 형사의 이야기에 모두가 귀를 기울이다보니 어느새 분위기가 조용해졌다. 부검실이 나오는 이야기는 언제나 모두의 신경을 집중하게 만드는 힘이 있다.

“부검실로 내려가서 시체 앞에 섰는데 왠지 기분이 묘해져서 진짜 한눈 안 팔고 집중해서 부검했다고 하더군. 평소 같으면 옆자리에 있는 사람과 농담도 해가며 부검했을 텐데 그날은 그럴 기분도 아니었고. 서류를 보니 평범한 노숙자가 객사해서 온 거였대. 특이점도 없어서 그날은 그렇게 넘어갔는데 밤에 이상한 꿈을 꾼 거야.”

“꿈?”

꿈 이야기가 나오니 성준은 자신도 모르게 아린이 떠올랐다.

“무슨 꿈을 꿨는데요?”

“예전에 헤어진 여자친구가 자기를 물끄러미 쳐다보다가 미소를 짓더니 사라지더래. 헤어진 지 10년도 넘었으니까 갑자

기 꿈에 보인 것도 이상하다 싶었는데 출근해서 담당 형사한
테 기막힌 얘기를 들은 거야.”

여기까지 이야기한 박 형사도 목이 타는지 앞에 놓인 술잔
을 들었다. 다음 이야기를 기다리는 이 형사와 정 형사가 동시
에 꼴깍 마른침을 삼켰다. 이럴 때 보면 박 형사는 타고난 이
야기꾼이다. 듣는 사람의 심장을 조였다 풀었다 하는 솜씨가
보통이 아니다.

술잔을 비운 박 형사가 이야기는 시작도 안 하고 안주만 집
어먹고 있으니 답답한 눈치였다.

“무슨 얘기를 들었는데요?”

역시나 성격 급한 정 형사가 채근했다.

“부검했던 그 노숙자의 사연을 이야기해주는데, 이 사람의
반대로 딸이 남자친구와 헤어지고 한동안 우울증을 앓다가 자
살을 했나봐. 이 사람은 딸이 죽은 충격으로 결국 집을 나가서
이리저리 헤매다 노숙생활을 하게 됐고.”

“설마?”

정 형사의 말에 박 형사는 가만히 고개를 끄덕였다.

“헤어진 여자친구의 아버지였던 거지. 김 검시관 말이, 아마
도 그 여자친구가 자신에게 아버지의 부검을 부탁한 것 같다
고.”

이야기를 듣던 이 형사가 팔을 비벼댔다. 아마도 박 형사의

말에 소름이 돋은 모양이다. 성준도 마찬가지다. 머리가 쭈뼛
서는 기분이었다.

"……좋은 일 했네."

성준이 혼잣말처럼 중얼거리자 다들 약속이나 한 듯 앞에
놓인 술잔을 들었다. 돌아가면서 술잔을 부딪치고 말없이 술
을 비웠다.

형사들도 일을 오래하다보면 이와 비슷한 경험을 간혹 한다.
몇 번을 뒤져도 찾아내지 못했던 결정적인 증거물이 어떤 예감
에 이끌려 돌아보다 갑자기 눈에 띄었다거나, 죽은 피해자가
꿈에 나타나 범인의 신발을 보여줬다는 이야기도 들었다.

다시 술을 따르려고 보니 병이 비어 있었다. 분위기도 가라
앉아 있던 터라 어쩔까 망설이는데, 마침 박 형사의 집에서 걸
려온 전화로 술자리는 파장이 났다.

유치원에 다니는 딸의 애교에 조금 전까지 심각한 얼굴이던
박 형사가 동료들에게는 한 번도 보여준 적이 없는 웃음을 흘
리며 얼른 자리에서 일어났다. 박 형사가 일어나면서 술자리
는 자연스럽게 끝났다.

형사들이 떠난 뒤 가리개 너머로 한 남자가 고개를 내밀고
형사들의 뒷모습을 살폈다. 손태원 기자였다.

태원은 형사들이 완전히 가게를 나간 것을 확인한 뒤 얼른
수첩을 꺼내 메모하기 시작했다. 방금 자신이 들은 이야기 중

중요한 단서가 되는 단어들만 골라 급히 적어내려갔다.

"술 먹다 말고 뭐해?"

"야, 기자 티 내냐?"

고등학교 동창인 일행이 면박을 주었지만 개의치 않았다. 인천에 사는 동창 몇 명과 연락이 되어 가진 술자리가 이런 행운으로 돌아올 줄은 몰랐다. 목소리를 듣고 형사들이 들어오는 것을 알았지만 모른 척한 게 다행이었다.

'잘하면 재미있는 기사가 되겠는걸?'

태원은 회심의 미소를 지으며 핸드폰을 꺼내 연락처를 뒤지기 시작했다. 같이 있던 일행에게 양해를 구하고 통화를 하기 위해 서둘러 밖으로 나왔다. 원하는 번호를 찾아내 통화 버튼을 눌렀다.

"어, 호준아. 다큐 영상 좀 찾아봐줄 수 있어? 공소시효가 얼마 남지 않은 미제 사건을 추적하던 프로그램인데, 〈공소시효 카운트다운〉? 뭐 그런 제목이야. 요즘 건 아니고 몇 년 된 거야……"

막 술기운이 오르던 참이었는데, 전투 모드로 바뀌니 어느새 정신이 번쩍 들었다. 머릿속은 이미 빠르게 돌아가기 시작했다.

166

12

재하는 내 이야기를 듣고 코웃음을 쳤다.

"그게 무슨 돈이든 상관없잖아?"

"아니, 상관있어. 그렇지 않으면 꿈에 나타날 리가 없으니까."

"그래서 알고 싶은 게 뭔데?"

"돈의 출처. 여자가 죽은 이유가 그것 때문이지?'

재하는 한결 단단해진 내 목소리가 흥미롭다는 듯 쳐다보다가 고개를 끄덕였다.

"그래, 그 돈이 이 사건의 출발점이지. 30억이라고 하던가?"

"얘기해봐."

나는 이야기를 하나라도 놓칠까봐 정신을 바짝 차렸다. 재하의 이야기 속에 사건의 실마리가 숨어 있다는 것을 깨달았기 때문이다.

"얘기가 좀 긴데, 사전 설명부터 해줄게. 3개월 전에 서상을 떠들썩하게 했던 사건이니까 누나도 알 거야."

재하가 털어놓은 이야기는 뉴스를 잘 안 보는 나도 들어봤을 만큼 유명한 사건이었다.

내가 알고 있는 건 인천의 야산에 있는 한 포도밭에서 70억이나 되는 돈뭉치가 발견되어 경찰이 주변을 샅샅이 뒤졌다는 소식이었다. 재하의 이야기는 거기서부터 시작됐다.

인천의 포도밭에서 70억 가까이 되는 돈이 발견된 건 지난 2월 초의 일이다.

몇 년 전 태풍으로 망가진 비닐하우스와 방치해둔 낡은 컨테이너를 치우기 위해 밭주인이 포도밭을 찾았다.

본격적으로 포도밭을 정리해 팔 생각으로 그는 동네 백수인 어리바리한 청년을 한 명 데리고 왔다. 컨테이너 안에 있던 가방을 발견한 것은 청년이었다. 이런저런 잡동사니가 쌓여 있는 컨테이너를 치우다가 구석에서 상태가 괜찮아 보이는 여행 가방을 발견한 청년은 자기가 쓰려고 포도밭 주인에게 버릴 건지 물어봤다.

포도밭 주인은 누군가 컨테이너 안에 버린 가방이라고 생각하고 청년에게 가지라고 했다. 하지만 가방을 열자 그 안에서 5만 원권 지폐 뭉치가 나왔고 그 순간 포도밭 주인은 말을 바꿨다.

비닐봉지에 담긴 현금을 본 포도밭 주인은 자기 땅에서 찾았으니 자기가 임자라 하고, 여행 가방을 발견한 청년은 자기가 주웠으니 돈다발의 주인은 자기라고 우겼다. 거칠게 욕설이 오가고 결국 주먹다짐까지 하게 되어 화가 난 청년이 경찰에 신고를 했고, 그 바람에 돈뭉치의 존재가 세상에 알려지게 된 것이다.

현장에 도착해 인근을 샅샅이 수색한 경찰은 땅에 파묻혀 있던 돈다발까지 합쳐서 총 70억에 달하는 돈을 찾아냈다. 여행 가방과 주변에 떨어진 담배꽁초에서 채취한 지문을 통해 결국 범인이 잡혔고, 조사 결과 그 돈은 불법도박 사이트를 운영하던 일당의 수익금으로 밝혀졌다.

포도밭이 몇 년 동안 방치된 사실을 알고 있던 범인은 도로와 가까우면서도 인적이 드물고 한적한 이곳을 임시 현금 보관소로 사용해왔다. 그런데 오랫동안 밭을 방치한 포도밭 주인이 밭을 팔러 몇 년 만에 들렀다가 그곳에서 돈 가방을 발견한 것이다.

"뉴스에선 사건이 해결된 것처럼 나왔지만 사실 잡힌 건 두 명뿐이고, 진짜 대장, 주범은 따로 있어. 돈뭉치도 70억이 전부가 아니고."

"……?"

"거기 주변에 숨겨놓은 돈은 모두 100억이야. 그러니까 30억이 사라진 거지."

"여자 가방에 든 돈이 그거란 얘기야?"

"그렇겠지?"

"빼돌린 거구나. 그걸 대장이라는 사람이 알게 된 거고."

"정답! 그래서 여자는 살해당했고 알다시피 산에 암매장된 거지.”

“산에 암매장…… 넌 여자가 암매장된 장소도 알고 있고, 사건이 왜 일어났는지도 알고 있었어. 그렇지?”

재하는 싱글싱글 웃으며 아무 말도 하지 않았다.

“어떻게 알게 된 거야? 혹시 그 범인이랑 아는 사이야?”

재하는 어깨를 으쓱해 보일 뿐 여전히 입을 열지 않는다. 내게 맞혀보란 소리 같았다. 나는 재하의 얼굴을 빤히 쳐다보다가 계속 머릿속에서 떠오르던 생각을 이야기했다.

“그래, 넌 범인이랑 아는 사이야. 그래서 암매장된 장소도 알고 있었던 거고. 그만큼 범인은 널 신뢰하고 있어.”

“그리고?”

틀리지 않은 것 같다. 재하는 나에게 다음 추리를 요구했다. 문득 어떤 생각이 머리를 스쳤다.

“넌 그 여자랑 돈을 가지고 도망치려고 했어. 그래서 여자가 급하게 짐을 싼 거고, ……그런데 그만 들켜버린 거지?”

재하가 짧게 휘파람을 불었다. 점점 정답에 근접해가고 있는지 만족스러운 시선으로 나를 쳐다보았다.

“대장은 네가 여자와 같이 돈을 빼돌린 공범이란 건 모르고 있었어. 그래서 여자를 죽인 뒤 네게 도움을 요청했던 거고. 둘이 같이 시체를 묻은 거야. 암매장 장소는 그렇게 알게 된 거지?”

이제 재하는 자리에서 일어나 나를 향해 박수를 보냈다.

나는 그제야 왜 재하가 구치소에 들어와 있는지 알아챘다. 여기 있으면 안전하니까.

범인은 돈을 찾는 과정에서 분명히 재하와 여자가 한패였음을 알게 될 것이다. 그러면 재하의 목숨 역시 위태로워질 수밖에 없다.

"여자가 살해당한 걸 경찰에 알리라고 한 것도 그 때문이었어! 범인이 잡히면 넌 안전할 테니까."

"대단해. 나는 여자가 암매장되었다는 것만 알려줬을 뿐인데, 어떻게 그걸 다 알게 된 거지?"

재하는 진심으로 감탄 섞인 눈으로 나를 바라보며 말했다.

"이렇게 잘 아는 사람이 왜 우리 사건은 해결하지 못했을까?"

"무슨 소리야? 우리 사건이라니?"

"20년 전 우리 가족을 죽게 만든 사건 말이야."

갑자기 훅 치고 들어온 재하의 날카로운 목소리에 심장이 뻐근해졌다. 칼에 찔렸다 아문 가슴의 흉터들이 화끈거렸다. 나는 내 눈동자를 넘어 영혼까지 들여다보는 것 같은 재하의 날카로운 시선을 느끼고 고개를 돌렸다. 아무리 추궁해도 나는 아무 말도 할 수가 없다.

"우리 둘 다 범인의 얼굴을 봤어. 난 처음 보는 사람이었지만 누나는…… 알고 있었지?"

“아니, 기억나지 않아.”

“도망치고 싶은 거야. 그래서 기억이 나지 않는다고 하는 거지.”

“……이미 끝난 일이야. 20년이나 지난 일이라고.”

“그래서 잊어버렸어? 정말로 끝난 일이야?”

재하의 추궁에 나는 아무 말도 할 수가 없었다. 입안이 바짝 마르고 머리가 어지러웠다. 그때를 기억해내려고만 하면 이런 증상이 도진다.

재하는 내가 일부러 그날의 일을 외면하거나 의식적으로 기억을 지웠다고 생각하겠지만, 그건 몰라서 하는 소리다. 누구보다 그날의 일을 알고 싶은 건 나다.

그날의 기억을 떠올려야만 왜 내게 이런 일이 생겼는지 정확히 알 수 있다. 엄마의 행방도 마찬가지다. 범인이 누구인지 알아내면 엄마에 대한 실마리가 나온다. 하지만 그날 밤의 일을 떠올리려고 하면 손발이 차가워지고 심장이 조여왔다. 머리가 부서질 듯 아프고 어지러웠다. 재하만큼이나 나 역시 그날을 떠올리고 싶다.

“그래, 끝나지 않았지. 너만큼이나 나도 알고 싶어.”

“그럼 생각해봐, 머릿속을 샅샅이 뒤져보라고. 뭐가 가로막고 있든 다 치워버리고 기억을 끄집어내보란 말이야. 20년이나 도망쳤으면 이젠 정면으로 부딪쳐보라고!”

"……그날 밤에 대한 꿈을 꾸기 시작했어. 네가 다시 날 찾아온 그날부터."

꿈을 꾸던 날, 나는 재하가 올 것을 예감했을까? 아니면 꿈이 재하를 이끈 것일까?

1995년 10월 28일 밤의 일을 꿈에서 보기 시작했을 때, 나는 그게 우리집에서 벌어진 사건이라는 것을 몰랐다.

20년이나 지난 일. 4개월을 함께 살았다고 해도 마주칠 기회도 별로 없었던 의붓언니의 얼굴을 여전히 기억할 리도 없거니와, 재경 언니의 시선에서 보는 모든 게 생소했다.

그때 나는 소파에 누워 피를 흘리며 죽어가고 있었다. 위층에서 어떤 일이 벌어지고 있는지 알 수 없었다. 병원에서 깨어난 뒤에도 사건에 대한 자세한 이야기는 듣지 못했다. 그저 시간이 지나 찾아본 신문 기사를 통해 언니가 목이 졸려 살해되었다는 사실을 알게 되었을 뿐이다.

꿈에서 깨고 하루이틀이 지난 뒤에야 그 꿈이 그날 밤 언니가 어떻게 죽었는지를 재연하고 있다는 것을 깨달았다.

처음엔 옷장 속에 숨어 있던 나를 찾아내는 남자를 보고 놀라 잠에서 깨어났다. 하지만 다음날에는 남자의 손에 목이 졸려 고통스러워하다가 잠이 깼다. 목을 짓누르던 남자의 손아귀가 너무나 생생해서 혹시나 진짜였나 싶어 목을 만져볼 정도였다.

그다음에는 목이 눌려 숨이 안 쉬어지고 가슴이 답답해지더니, 온몸이 터질 듯 고통이 밀려들면서 암흑 속으로 가라앉는 기분을 느끼다가 깨어났다. 그렇게 몇 번이나 같은 상황을 반복했다.

재경 언니의 꿈이 지나가고 이번에는 재하였다.

눈앞에서 누나가 죽는 모습을 봐야 하는 재하의 충격과 남자에게 목덜미를 잡혀 아래층 거실로 내려가며 느끼는 공포, 넘어지면서 온몸에 묻은 미끈한 피의 감촉이 고스란히 전해졌다.

엄마는, 재하의 눈으로 보는 엄마는 낯설고 냉담했다. 그게 내가 느끼는 감정인지, 아니면 재하가 느끼는 것인지는 알 수 없었다. 주방 문을 향해 달려가는 엄마를 보다가 가슴에 깊은 통증을 느낀 순간 재하가 아니라 최아린으로 돌아왔다. 이 상황이 꿈이라는 것을 깨닫자 금세 잠에서 깨어났다.

20년 만에 처음으로, 꿈에서 엄마를 만난 나는 오랫동안 그 모습을 되새겨보았다.

그렇게 시작된 악몽의 날들 속에서 나는 재경 언니와 재하가 되어 그날의 두려움과 고통을 반복했다.

"왜 거기서 멈추는 건데?"

"그건 내 맘대로 할 수 있는 게 아니야. 나는, 그때마다 나는……"

다음 말을 잇기가 쉽지 않았다.

반복되는 꿈을 꾸는 느낌은, 펼쳐놓은 책의 다음 장을 넘기지 못하고 같은 쪽을 반복해서 읽는 것과 비슷했다. 그 장을 넘겨야만 20년 동안 사라진 기억을 찾을 수 있을 것 같은데, 엄마가 달려나가는 모습을 보면 그 순간 모든 것이 깨진 거울처럼 조각조각 무너져내린다. 그 조각은 수십 개의 파편이 되어 내 가슴을 찌른다. 결국 그 고통으로 뻐근해진 가슴을 부여잡고 잠에서 깨어난다.

이제는 다시 잠드는 게 무서워 새벽까지 뒤척인다. 겨우 잠이 들어도 화들짝 놀라 깨곤 한다.

"아직도 도망치고 있는 거지? 그날의 기억에서."

정곡을 찌르는 재하에 말에 침묵했다. 나도 어렴풋이 느끼고 있었다.

엄마가 나를 버리고 갔다는 것을 인정하고 싶지 않았다. 그래서 사실을 확인해야 하는 순간이 두려워서 그 상황을 피하고 싶어졌다.

매일 밤 꾸는 이 꿈들이 실제로 일어난 일인지, 아니면 신문이나 뉴스에서 본 것들을 내가 재구성한 것인지 알 수는 없다. 하지만 재하의 말대로 소파에 쓰러져 있는 나와 재하를 두고 밖으로 뛰쳐나가는 엄마의 모습은 충격이었다.

재하는 내 앞으로 의자를 바싹 당겨 앉으며 얼굴을 가까이 들이댔다. 코앞에 재하의 눈동자가 있었다. 여전히 아이처럼 맑은 눈. 낮고 부드러운 재하의 목소리가 귓가에서 울렸다.

"이제 마주봐야 할 시간이 온 거야."

처음으로 재하의 눈이 두렵지 않았다. 어쩌면 처음부터 재하는 내 편이었는지도 모른다. 내가 재하를 밀어내고 외면하고 피했던 것은 아닐까? 20년 동안 재하는 이 말을 건네려고 내 곁을 맴돌며 기다리고 있었는지도 모른다.

"20년 동안 기억나지 않던 것들이 꿈으로 찾아온다는 건 이제 그것들을 볼 마음의 준비가 되었다는 거 아닐까?"

"그럼 왜 계속 같은 시간을 맴도는 거지? 왜 거기서 깨어나는 거야?"

한결 따뜻하고 부드러워진 재하의 눈길에 위안을 받았지만, 내 마음속 빙하는 쉽게 녹지 않았다.

"아직…… 마음에 걸리는 게 있는 거 아냐?"

"……"

"그건 누나가 열어야 할 문이야. 어느 누구도 대신 열어줄 수 없어. 20년이 지났는데도 여전히 누나를 따라다닌다면 그걸 잘라낼 수 있는 건 누나뿐이야."

사건에 대해 물어보다가 엉뚱하게 꿈 이야기로 끝이 났다. 하지만 전혀 생뚱맞은 느낌은 아니었다. 이번 사건과 나의 꿈은 등이 붙은 샴쌍둥이 같았다. 한 몸에 붙은 두 개의 얼굴처럼.

20년 전의 기억을 푸는 것과 암매장 살인사건을 해결하는 것, 어느 한쪽만 해결해서는 완전하지 않다. 두 사건 모두 끝을 내야 나도 자유로워질 것 같았다.

재하와의 만남은 오랫동안 나를 괴롭히던 문제를 돌아보게 했다. 이제 그 문제를 풀어나가는 건 오로지 내 손에 달렸다. 재하의 말처럼 20년이나 도망쳤는데도 한 발짝도 못 움직였다면 이제는 정면 승부를 벌여야 할 때다.

어떤 꿈을 꿀지 두려웠지만 물러서지 않기로 했다.

침대 위에 누워 천장을 바라보다가 의식이 천천히 멀어지는 것을 느꼈다.

잠이 다가오고 있다. 꿈도 조금씩 가까워지는 게 느껴졌다. 그 순간, 다가오는 미지의 꿈을 바라만 보기보다 내가 먼저 달려가기로 마음먹었다.

나는 첫걸음마를 떼는 아기처럼 두려움을 떨치고 꿈속으로 뛰어들었다.

13

성준은 전날 아린이 적어준 메모지를 들여다보느라 황 팀장이 뒤에서 얼쩡거리는 것도 눈치채지 못했다.

"진도 좀 나가고 있냐?"

기다리다못해 황 팀장이 성준의 어깨를 두드리며 물었다.

성준은 들여다보고 있던 메모를 얼른 서랍에 집어넣고 자리에서 일어났다.

"다녀왔으면 뭔 보고가 있어야지?"

수사에 진전이 있는 것도 아니고 새로운 정보가 한두 가지 생겼다고 보고까지 할 상황은 아니다 싶어 확실한 진척이 있을 때까지 입을 다물고 있을 생각이었다. 그래도 역시 눈치가 보이는 것은 어쩔 수 없어, 황 팀장의 압력이 부담스러웠다.

"아침부터 왜 이렇게 쪼세요?"

"이렇게 책상 앞에 앉아 있으면 내가 얼마나 불안한지 아냐? 돌아다녀야 뭐라도 주워올 거 아냐?"

"곧 나갈 겁니다. 우식이 오면."

말하는 도중에 정 형사가 사무실로 들어오는 모습이 보였다. 성준은 황 팀장에게 인사를 하고 얼른 정 형사의 팔을 잡아끌어 사무실을 나섰다.

"왜요?"

"일찍 좀 다녀라."

"어디 가시는데요?"

성준은 아무 말 없이 주차장으로 향했다. 막무가내로 자동차에 정 형사를 태우고 그의 코앞에 메모를 들어 보였다.

"'대련' 하면 뭐가 생각나?"

"사실 이거 볼 때는 뭔 중국집 이름인가 했거든요? 근데 숫자가 전화번호 같지는 않더라고요. 대련, 태권도 대련, 그런 거 아닐까요? 뒤에 있는 숫자는 날짜와 시간인 것 같고."

"날짜와 시간…… 가방을 챙기면서 급하게 쓴 거라고 했지? 급하게 짐을 싸다가 대련 시간을 적는 건 좀 어색하잖아? 시합 날짜도 아니고."

"그러네요."

그때 뭔가 머리를 스치고 지나갔다. 성준은 서둘러 핸드폰을 꺼내 포털 검색창을 열었다. 화면이 뜨자 검색어로 '대련 04.16. 17:00'이라고 적어넣었다.

화면에 뜬 것은 인천항국제여객터미널의 운항 시간표였다. 중국 대련행 4월 16일 17:00.

"대박인데요?"

정 형사가 놀란 눈이 되어 메모를 다시 한번 확인했다.

가방을 싸면서 서둘러 메모를 했다면 어디론가 가려던 것이다. 여자의 행선지가 대련이었다는 것을 알아낸 것만 해도 대단한 수확이었다.

성준은 내친김에 검색창에 '37-513-14'도 입력했다. 하지만 검색 결과는 실망스러웠다. 홈쇼핑 상품 번호 몇 개와 로또 번호 조합, 의미 없는 외국 웹사이트 주소만 서너 개 뜰 뿐이었다.

“이건 뭘까?”

“‘key’라고 적은 걸 보면 뭔가 중요한 번호 같기는 한데, 비밀번호인가?”

“현관문 번호키?”

“그렇죠.”

“어느 문인지 알아야 열어보지.”

“그러게요.”

또다시 벽에 가로막혔다. 둘은 잠시 멍한 표정으로 아쉬움을 감추지 못하고 핸드폰의 검색창을 바라보고 있었다.

“일단 한번 인천항국제여객터미널에 가볼까요?”

“왜?”

“여자가 배를 탔는지, 아닌지 물어보면……”

“배를 타고 갔으면, 시체가 돼서 땅에 묻혀 있겠냐?”

“아, 그렇지.”

정 형사는 그제야 깨달았다는 듯 손가락으로 머리를 톡톡 두드렸다.

어제 오후 국과수에서 보내준 피해자의 사망 추정 시각은 대략 4월 중순으로 나왔다.

사망한 지 얼마 되지 않은 경우에는 시체 강직, 시반, 위 내용물 소화 정도 등으로 사망 추정 시각을 꽤 좁은 범위까지 측정한다. 하지만 이미 많은 시간이 경과해서 시체가 부패한 경우, 더구나 토막 살인인 경우에는 정확한 사망 시각을 추정하기가 어렵다. 그나마 몇 년 전부터 우리나라에도 보급되기 시작한 법의곤충학 덕분에 확인할 방법이 추가로 생겼다.

해당 피해자의 경우 얕게 묻힌 비닐봉지의 틈을 헤집고 파리가 날아들어가 알을 낳는 바람에 사망 추정 시각을 확인할 수 있는 데이터가 생겼다. 번데기가 성충으로 탈피하기까지는 보통 삼 주 내외가 걸리는데, 시체 주변에서 파리의 번데기 껍질이 발견된 것이다.

아린이 적어준 메모의 4월 16일은 그녀의 마지막 스케줄일 수도 있었다.

성준은 자동차에 시동을 걸었다. 조수석에 앉은 정 형사가 성준을 바라보았다.

"어디 가시게요?"

"현장에 다시 가보려고. 놓친 게 없나 확인해봐야지."

형사들이 가장 많이 듣는 조언 중 하나가 수사가 막힐 때는 몇 번이고 현장으로 돌아가라는 얘기다. 이 규칙은 무척 단순한 것 같지만 사실 가장 기초적이면서도 정말 유용한 팁이다. 다시 현장에 갈 때마다 새로운 것들을 발견하고 깨닫는 경우가 많았다.

자동차의 사이드브레이크를 풀려는 순간 성준의 핸드폰이 울렸다. 화면을 확인하니 과학수사팀이다. 성준은 얼른 전화를 받았다.

"어, 왜?"

―시계 분석 결과 나왔습니다.

"알았어. 올라갈게."

성준과 정 형사는 서둘러 자동차에서 내려 별관으로 향했다. 경찰서를 떠나기 전에 연락을 받아서 다행이었다.

성준은 우선 과학수사팀에 들러 시계를 통해 알아낸 내용을 확인하고 두학산에 가봐야겠다고 생각했다. 범인이 어떤 경로로 들어갔든 주변 골목을 다 뒤져서라도 흔적을 찾아내고 목격자가 있는지 알아볼 심산이었다.

별관에 있는 과학수사팀 사무실을 향해 올라가다가 위에서 내려오던 홍 경장과 마주쳤다. 성준과 정 형사를 본 홍 경장은 금세 입꼬리를 끌어올리며 정 형사에게 반가운 척 목소리를 높여 인사했다.

"끝나고 치맥 한잔 하자더니 왜 전화가 없어?"

"어, 그랬지 참."

"지금 술 먹을 시간이 어디 있어?"

성준은 시선도 주지 않고 그대로 계단을 오르며 혼잣말처럼 중얼거렸다. 보지 않아도 등뒤로 홍 경장이 노려보는 시선이 느껴졌다. 화살이라면 성준의 뒤통수에 제대로 박혔을 것이다.

샐쭉해진 홍 경장은 입술을 삐쭉거리며 계단을 내려갔고 정 형사는 두 사람을 번갈아 보다가 모른 척 성준의 뒤를 따랐다.

성준이 사무실에 들어서자 증거품이 든 서랍을 챙겨 책상으로 가져가던 최지원 경위가 손을 들어 인사를 했다.

"왜 이렇게 오래 걸려요? 팀장님한테 완전 쪼이고 있는데."

"우리도 최선을 다하고 있거든?"

정 형사의 푸념에 최 경위가 익숙하다는 듯 늘 하는 대꾸를 한다.

적은 인원에 부족한 장비, 사건이 겹치다보면 서로 자기 사건 먼저 처리해주길 바라니 이따금 신경전이 벌어지기도 한다. 하지만 누구보다 바쁘게 움직이고 있는 걸 알기에 투정이나 푸념은 그러려니 하고 넘긴다.

"뭐 좀 건질 만한 게 있어?"

성준의 질문에 최 경위는 서랍에서 '증거품 1'이라고 적힌 봉투를 꺼냈다. 거기에는 두학산 토막 살인사건의 유일한 증거품인 '시계'가 들어 있다.

"이거 까르띠에 2014-15년 컬렉션 모델이래요. 즉 신상이라는 거죠."

최 경위는 증거품 봉투에 붙어 있던 포스트잇을 꼐어내 모델 번호를 읽어줬다.

"그럼 진품이라는 거야?"

"그렇죠. 여기 로고랑 뒷면의 글자체, 간격을 보면 진품인지 알 수 있대요. 회사에 고유번호까지 확인했는데, 진짜예요. 아, 여기 다섯 줄에 알알이 박힌 게 다 다이아몬드예요."

"다이-아-몬드?"

정 형사가 이상한 억양으로 목소리를 높이며 놀라움을 드러냈다. 성준 역시 예상 밖의 결과에 조금 놀랐다.

"그럼 이게 얼마짜리라는 거야?"

"대충 5천만 원 정도라고 하더라고요."

"5-천-만-원?"

정 형사의 눈이 휘둥그레지면서 목소리가 더 커졌다.

사건 현장에서 시체를 발굴할 때만 해도 시계가 진품일 거라고 생각한 사람은 아무도 없었다. 흙속에 묻혀 지저분해 보이기도 했지만, 5천만 원이나 하는 시계를 그대로 둔 채 묻었다는 건 상식적으로도 이해하기 어려웠다.

5천만 원 상당의 시계를 그대로 내버려둔 것을 보면 범인이 시계의 가치를 모르거나, 금전적인 문제와는 상관이 없는 범죄라는 얘기가 된다.

"정품이라니까 회사에 문의해서 알아볼 수도 있겠는데?"

최 경위의 말은 정품을 구입했으면 고객관리 명단에 등록돼 있을 확률이 높다는 얘기였다. 5천만 원짜리 시계를 사는 고객이라면 분명 매장에서도 따로 관리하고 있을 것이다. 고유번호로 구매자를 확인하면 설령 피해자가 직접 구입하지 않았다고 해도 어떤 관계인지 알아낼 수 있다. 나쁘지 않은 수확이다.

성준은 수첩을 꺼내 시계의 고유번호를 적고 사무실을 나왔다.

계단을 내려가던 성준은 머리 한편에서 덜그럭거리며 신경을 거슬리게 하는 지점을 발견했다. 사건 현장에서 범행의 패턴과 어긋나는 증거물이나 상황을 느끼면 몸이 근질거리고 속이 뒤틀렸다. 아귀가 딱 맞아떨어지지 않는 미세한 엇갈림. 그 균열들이 메워지지 않으면 몸도 마음도 영 개운치가 않았다.

한발 앞서 계단을 내려가던 정 형사는 여전히 시계 가격의 충격에서 벗어나지 못한 듯 머리를 흔들었다.

"진짜 세상일 모르는 거네요. 5천만 원짜리 시계를 차던 여자가 동네 뒷산에 암매장될 줄이야……"

"이상하지?"

"그죠."

"그게 아니라, 왜 시계를 벗기지 않았을까?"

"에? 그거야…… 짝퉁인 줄 알고?"

"신원이 발각될까봐 공들여서 지문을 지우는 놈이? 시계가 단서가 될지도 모르는데?"

"그러네?"

"뭔가 앞뒤가 안 맞아."

성준은 머리 한편에 남은 불편하고 신경쓰이는 지점들을 다시 한번 점검해봐야겠다고 생각했다.

두학산으로 가기 위해 주차장으로 가보니 그사이 성준의 차 앞뒤를 낯선 차들이 막고 있었다. 차 안을 들여다보니 운전자의 전화번호도 없고 사이드브레이크까지 알뜰히 채워놓았다.

"아니, 차를 이렇게 세우고 사이드까지 채워놓고 가면 어떡해?"

정 형사가 짜증을 내며 주위를 두리번거렸다. 무작정 기다리는 것도 적성에 안 맞는 성격이라 성준은 빠르게 포기하고 도로 쪽으로 걸어가기 시작했다.

"어떡하시게요?"

"뭘 어떡해? 버스 타면 되지. 먼 곳도 아닌데……"

성큼성큼 앞서 걷는 성준의 뒤를 따르는 정 형사의 표정에 짜증이 묻어났다.

버스를 타려면 경찰서에서 나와 근처 아파트 단지까지 걸어가야 한다. 어느새 여름 날씨가 되어버린 지금, 더구나 정오에는 햇살이 점점 더 뜨거워진다. 버스정류장까지 걸어가는 내내 정 형사는 매너 없는 차주를 향해 투덜거렸다.

"거기 가는 거 몇 번이지?"

정 형사도 모르는지 얼른 버스정류장에 붙은 노선 안내도를 살피기 시작했다. 정 형사와 함께 버스 노선 안내도를 보던 성준의 눈에 버스정류장 이름과 함께 '37-474'라는 번호가 눈에 들어왔다.

"여기 이 번호는 뭐냐?"

"이거 정류장 고유번호 아니에요?"

"그래?"

운전을 하면서부터 버스정류장이 어떻게 바뀌었는지, 요금이 얼마인지도 잘 모르게 되어버렸다. 버스정류장마다 고유번호가 있다는 것도 얼핏 들은 것 같기는 한데 이렇기 눈여겨보긴 첨이다.

그때 문득 성준의 머릿속에 작은 빛이 반짝였다. 어쩌면……

성준은 핸드폰을 꺼내 '37-513-14'를 검색해보았다. 조금 전 검색 결과와 별반 달라진 것이 없다. 맥이 빠졌다. 그대로 핸드폰을 집어넣으려다 다시 한번 검색창을 열었다.

버스정류장 번호도 '37'로 시작하고 그 뒤에 세 자리 숫자가 이어진다. 메모 역시 '37'에 뒷번호가 세 자리다. 같은 패턴이 아닐까 싶어 '37-513'이라고 검색어를 바꿔보았다.

"그렇지!"

"에? 뭐요?"

성준은 얼른 핸드폰 화면을 정 형사에게 내밀었다.

액정 화면에는 두 군데의 버스정류장 지도가 떴다. 남구 관교동에 있는 인천 버스터미널 앞 정류장. 또 한 곳은 경기도 화성시 우정읍 화산1리 마을회관 정류장.

“어디 같으냐?”

“당연히 인천터미널……이 아닐까요?”

성준은 두학산으로 가려던 계획을 바꿔 인천 버스터미널로 향했다. 마침 금방 도착한 버스가 버스터미널을 경유하는 노선이어서 오래 걸리지 않았다.

이십 분 뒤 성준과 정 형사는 인천 버스터미널이 보이는 정류장에 내렸다. 버스에서 내려 가장 먼저 확인한 것은 ‘37-513’이라는 정류장 번호였다.

인천 버스터미널은 백화점 뒤편에 자리했다.

백화점을 가로질러 버스터미널에 도착한 성준은 갑자기 막막해졌다.

바쁘게 움직이는 사람들, 떠나고 돌아오는 사람들. 어디에서나 볼 수 있는 흔한 버스터미널의 풍경이다. 그 안에 있는 모든 사람이 자기가 가야 할 곳을 찾아 빠르게 움직였다. 성준과 정 형사만이 무엇을 해야 할지 몰라 머뭇거리는 사람처럼 보였다. 두 사람은 과녁을 찾지 못하는 사수처럼 넓은 터미널 안을 두리번거렸다.

한쪽에 터미널 안내도가 보였다. 성준은 안내도가 있는 곳으로 성큼성큼 걸어가 14라는 숫자와 연관이 있을 만한 곳을 찾았지만 쉽게 눈에 띄지 않았다.

“14라는 건 뭘 말하는 걸까요?”

“그러게 말이다.”

터미널 안내도에 적힌 14를 찾아보니 14번 승차장이 눈에 띄었다.

“이게 맞을까요?”

“일단 가보자고.”

성준과 정 형사는 출입구를 지나 14번 승차장으로 향했다. 승차장마다 전국의 시외버스터미널로 향하는 버스가 들고 나고 있었다. 14번 승차장에는 충남 아산과 송학이 목적지인 버스가 섰다.

막상 오기는 했지만 특별히 눈에 들어오는 건 없었다.

성준은 어디로 가야 할지 몰라 멈춰 서 있는 자신의 모습에 슬그머니 짜증이 올라왔다. 이곳에만 오면 뭔가 단서를 찾을 수 있을 거라는 안이한 생각을 한 자신에게 화가 났다. 지난밤 술자리에서 루나를 들먹이던 정 형사에게 핀잔을 주었지만, 사실 그것은 아린에게 의지하는 자신에게 화를 낸 것이나 마찬가지였다.

어둠 속에서 청맹과니처럼 더듬더듬 손을 뻗어 조심스럽게 앞을 살피다가 아린이 던져주는 성냥불 하나에 한 걸음 나아간다.

그동안 성준의 어둠을 밝히던 불빛은 단서와 증거들이었다. 수사를 진행하면서 길이 막힐 때마다, 앞이 보이지 않을 때마다 길잡이가 되어주고 등불이 되어준 건 현장에 남겨진 증거들, 숱한 탐문과 발품으로 찾은 단서들이었다. 하지만 이번 사건은 시작부터 내내 아린에게 의지한 채 끌려다녔다.

성준으로서는 경험해보지 못한, 어색하고 불편한 경험이다.

"『헨젤과 그레텔』이라는 동화 아세요?"

"뭐 대충은."

"꼭 그거 같아요. 어디가 길인지 알려주는 빵조각을 따라 계속 왔는데, 갑자기 빵조각이 사라진 느낌."

정 형사 역시 성준과 비슷한 감정을 느꼈던 모양이다.

"그냥 무식하게 해볼까요?"

"어떻게?"

"여기 있는 CCTV 모두 수거해서 여자가 찍혔는지 확인해보는 거죠. 대충 날짜는 추릴 수 있으니까, 생각보다 그렇게 많은 양은 아닐 것 같은데요?"

"모두 몇 대나 있을까?"

버스터미널로 들어오는 출입구는 사방에 있다. 그곳마다 설치되어 있는 CCTV와 버스를 탔다면 표를 구매했을 테니 매표소의 CCTV도, 버스를 타러 나가는 승차장 입구도 확인해봐야 한다.

"그럼 대련은?"

"예?"

"버스를 타려고 왔다면 메모에 목적지와 날짜, 시간이 적혀 있겠지. 하지만 여자의 메모에는 대련행 배편 시간표가 적혀 있었어."

"아, 그렇지."

엄밀히 말하자면 메모의 숫자는 이곳 인천 버스터미널의 번호가 아니라, 터미널 앞 정류장의 번호다. 여자가 가방을 급하게 쌌다는 전제조건 때문에 너무 쉽게 인천 버스터미널로 방향을 튼 것이다.

"어떡하죠?"

"할일은 많아."

잠시 생각하던 성준은 조금 전 최 경위에게 받은 시계의 고유번호가 생각났다. 114에 전화를 걸어 까르띠에 인천 매장을 연결해달라고 부탁했다. 뜻밖에도 까르띠에 매장은 터미널과 연결된 백화점 안에 있다고 했다.

"매장이 여기 있다는데?"

전화를 끊고 정 형사를 바라보는 성준은 이 우연에 작은 희망이 생겼다. 왠지 그냥 만들어진 우연은 아닐 거라는 확신이 들었다. 우연의 일치인지, 아니면 필연적인 접점인지 매장에 가서 확인해보기로 했다.

버스터미널에서 백화점 1층까지는 불과 20여 미터도 되지 않았다. 그 짧은 거리를 걸어오는 동안 실내의 분위기는 완전히 바뀌었다.

　백화점 1층은 명품 매장이 주를 이루었다. 티파니와 구찌, 루이비통과 까르띠에가 나란히 자리했다.

　"이거 괜히 신발 밑창이 깨끗한지 신경 쓰이는데요?"

　번쩍거리는 대리석 바닥을 걸어가던 정 형사가 괜한 긴장감에 너스레를 떨었다.

　돈이 만들어내는 압도감을 의도한 것인지 이곳 매장의 복도는 조명마저 흐릿했다.

　까르띠에 매장에 들어서자 깔끔하게 머리를 빗어 올린 유니폼 차림의 여직원이 다소곳이 인사하며 성준과 정 형사를 맞았다.

　"이 매장의 책임자를 뵐 수 있을까요?"

　"무슨 일 때문에 그러십니까, 고객님?"

　성준은 주머니에서 지갑을 꺼내 경찰 공무원증을 보여주었다. 여직원은 순간 흠칫하더니 이내 매장 안으로 들어갔다.

　유리 케이스 안에 든 반지와 시계 코너를 둘러보던 정 형사가 가격표에 놀란 듯 혀를 내둘렀다. 그러곤 성준과 시선이 마주치자 입을 헤벌렸다.

　방금까지 성준을 맞았던 여직원 뒤로 40대 정도 되어 보이는 여자가 걸어나왔다.

　검은 원피스에 화려한 색감의 스카프를 가볍게 목에 두른 여자는 여배우 뺨치게 연극적인 걸음으로 성준에게 다가와 인사하며 말을 걸었다. 목소리 톤 역시 잔뜩 꾸민 것 같았다.

"경찰분들이시라고요, 무슨 일이시죠?"

성준은 수사중이라고 안내하고 수첩을 꺼내 증거물인 시계의 모델과 고유번호를 불러주었다.

"혹시 이곳에서 판매한 것인지 확인해볼 수 있습니까?"

"네, 맞는데요."

매니저는 별다른 확인도 하지 않고 바로 대답했다.

"어떻게 아시죠?"

"네?"

"아니, 확인도 안 하고……"

매니저는 입가에 손을 대고 가볍게 웃다가 성준에게 대답했다. 교양 있는 여자가 갖추어야 할 몸짓과 손짓을 교육받은 것처럼 손을 들고 내리는 동작까지 무용수처럼 가볍고 우아했다.

"신제품이라 모델명을 기억하고 있어요. 우리 매장에서는 4개를 판매했습니다. 고유번호를 기억하고 있는 건 매니저로서 당연한 거죠."

"그럼 이 시계를 사간 사람도 기억하시겠군요."

"그렇긴 합니다만……"

"연락처나 이름을 알 수 있을까요?"

"하지만 그건 개인정보라서요. 고객 보호 차원에서 알려드릴 수가 없습니다."

"수사중입니다. 협조 좀 해주시죠?"

"형사님들도 일하시는 중이겠지만 저도 제 일을 하는 중입니다. 고객 개인정보를 함부로 유출할 수 없습니다."

정 형사가 다시 한번 이야기를 하려고 하자 성준이 얼른 손을 내밀어 막았다. 다혈질인 정 형사의 입에서 좋은 말이 나올 리 없다는 건 충분히 짐작할 수 있었다.

"그럼 본사에 협조 요청을 할까요?"

매니저는 잠시 말없이 성준을 쳐다보다가 사무적인 미소를 지으며 대답했다.

"그러시죠. 협조 공문이 내려오면 그때 알려드리겠습니다. 그때 역시 고객님이 정보 공개를 허락할 경우에 한해서입니다."

성준은 가볍게 고개를 끄덕이고는 얼른 정 형사를 데리고 나왔다.

앞으로 수사에 필요한 정보를 얻어야 하는 건 우리 쪽이다. 이런 건 공식적인 문서로 해결하는 게 가장 빠르다. 매장 매니저보다는 본사에 연락해 위에서 아래로 지시를 하는 편이 입을 열게 하는 데 유리하다.

"돈 있는 것들은 알아서 꽁꽁 잘도 감싸주네요."

"자격지심이야?"

“예?”

“그럴 거 없어. 저 사람 말이 맞잖아? 괜히 개인정보 유출했다가 문제 생기면 본인 책임이잖아?”

“아니, 그래도 그렇지, 이건 공적인 일이잖아요? 우린 살인 사건을 수사중이라고요.”

“그러니까 거기에 감정 넣지 말고 공식적으로 대응하잔 소리야. 알았어?”

대답이 없다. 기분 나쁘지만 수긍하니 조용한 것이다.

“그래도 소득은 있잖아? 적어도 시계를 산 사람이 누군지 실마리는 나왔으니까.”

“……”

“신원이 확인되면 그뒤는 금방 해결될 거야. 여기 아래 보니까 푸드 코트 있던데 점심이나 먹고 가자.”

“……예.”

마지못해 대답하는 정 형사와 함께 계단을 찾아 내려가던 중 성준의 핸드폰이 울렸다. 번호를 확인하니 홍 경장이다. 저절로 미간이 구겨졌다.

“왜요? 누군데?”

“홍진희.”

“그러게 건드리지 말라니까. 받아요. 피한다고 될 일도 아닌데.”

단단히 마음먹고 한소리하려고 전화를 받았다. 그런데 홍 경장은 뜻밖의 말로 성준의 말문을 막았다.

—최아린씨가 왔어요.

"어, 알았어. 금방 갈게."

성준은 자신도 모르게 대답을 하고는 서둘러 건물 밖으로 향했다.

"선배, 점심은요?"

뒤에서 정 형사가 부르는 소리가 들렸지만 마음이 급한 성 준은 서둘러 택시정류장으로 향했다.

14

본관 4층에 올라온 홍진희는 도서관에 들른 목적도 잊어버 리고 몇 번이나 종이컵에 정수기 물을 받아 마셨다. 그래도 열 불이 지펴진 속은 가라앉지 않았다.

조금 전 별관 계단에서 만난 성준의 한마디가 진희의 기분 을 퍽 상하게 만들었다.

"뭐, 지금 술 마실 시간이 어디 있냐고? 누가 자기한테 물어 봤어?"

그건 대놓고 진희를 무시하는 말이었다. 보란듯이 눈길도 안 주고 지나가면서 자기 말을 그렇게 뭉개버리다니, 생각할수록 기분이 상했다.

진희는 지난봄 체육대회에서 술김에 한 고백으로 엄청난 후폭풍을 겪었다. 다음날부터 경찰서 안에 소문이란 소문은 다 나서 마주치는 사람마다 묘한 분위기를 실어 '힘내라' '꼭 잡아라' 등의 응원을 건넸다. 솔직히 그렇게 알은척할 때마다 어디에라도 숨고 싶었다. 응원이 고맙기는커녕, 제발 좀 잊어달라고 부탁하고 싶을 지경이었다. 가능하다면 고백하기 전으로 시간을 돌리고 싶었다.

무엇보다 돌변한 성준의 태도가 너무나 서운했다. 차라리 농담으로 받아넘겼다면 자신도 훌훌 털고 잊었을 것이다. 그런데 날이 갈수록 까칠하게 구는 성준 때문에 얼굴을 마주칠 때마다 어색하고 신경이 쓰이더니 이제는 약이 올랐다.

예전 같으면 웃으며 넘겼을 농담도 까칠하게 되받아치게 되고, 성준의 말도 곱게 들리지 않았다. 상황이 이렇다보니 좋아하던 마음은 고백과 함께 절반쯤 날아가고, 냉담한 반응과 어설픈 응원에 또 절반이 사라져 이제는 성준에게 호감을 가졌던 자신이 바보처럼 느껴질 정도가 되고 말았다.

확실히 고백은 바보 같은 짓이었다. 아니, 술김에 한 공개적인 고백이 바보 같은 짓이다. 단둘이 만나 조용히 전했다면 이런 후폭풍은 없었을 것이다. 그것 때문에 매일 밤 자다가도 이

불을 걷어차며 벌떡벌떡 일어난다. 도대체 얼마나 더 이 어리석은 고백의 후유증을 겪어야 하는지 머리가 지끈거릴 지경이다.

그렇다고 이제 와서 '이제 너 안 좋아한다!'라고 말할 수도 없는 일이다. 자신이 흐려놓은 흙탕물인데 누구를 탓할까? 결국 흙탕물이 가라앉기를 기다리는 수밖에 없다.

구입 희망 도서를 찾아 대출하고 도서관을 나서려는데 사서가 눈치 없이 또 오 형사 이야기를 꺼냈다.

"오 형사님이 빌려가신 수사 잡지 연체됐다고 전해줘."

"내가 왜?"

진희가 정색하고 따지자 오히려 사서가 당황해서 말을 못하고 머뭇거렸다.

"왜 우리 부서 사람도 아니고, 일부러 찾아가도 볼까 말까 한 사람인데, 더구나 나와는 아무런 관련도 없는 사람에게 그런 얘기를 전해달라는 건데?"

"아, 아니야. 미안해. 내가 잘못했어."

진희의 날 선 반응에 당황한 사서는 서둘러 사과했지만, 진희는 뒷얘기는 듣지도 않고 그대로 도서관을 나왔다. 역시나 예민한 반응이었다는 생각은 들지만 앞으로 오 형사 이야기를 하거나, 두 사람을 엮는 분위기를 막으려면 이렇게 대응할 수밖에 없다.

그렇게 마음먹었지만, 계단을 내려가면서부터 벌써 마음이 불편해졌다.

별생각 없이 얘기했던 사서는 얼마나 당황했을까 싶었다. 일이 잘 안 풀려 자신에게 화풀이했다고 오해할 수도 있었다.

"아, 몰라, 다 잊어버릴래."

머리를 흔들며 본관 현관문을 나서던 진희는 건물로 들어서는 여자를 보고 그 자리에 멈췄다.

"……저기, 지난번에 폭우 때 그분 맞죠?"

진희의 목소리에 그제야 얼굴을 알아본 아린이 가볍게 인사를 했다.

"어디 가는 길이에요?"

"오 형사님 뵈려고요."

"어, 자리에 없는데, 조금 전에 나갔어요."

"아……"

진희는 속으로 '나는 왜 오 형사의 행방을 꿰고 있는가?'라고 되물으며 한탄했다. 싫다고 아무리 떠들어도 아직 그에게서 벗어나려면 멀었구나 싶었다.

오 형사가 자리에 없다는 말에 아린은 어떻게 해야 할지 갈피를 잡지 못하고 머뭇거렸다. 진희는 아린에 대한 호기심에 얼른 다가가 말을 걸었다.

"괜찮으면 우리 사무실로 올라갈래요? 오 형사님께는 올라가서 연락해봐요."

“네, 고마워요. 참, 지난번에 고맙다는 인사도 제대로 못했네요.”

진희는 뒤늦은 인사를 하는 아린에게 손사래를 치고 얼른 현관을 내려왔다.

아린을 힐끗 쳐다보니 그날과 마찬가지로 긴팔 셔츠를 입고 있다. 낮에는 20도가 넘기 시작한 초여름 날씨에 보기만 해도 숨이 막혔다.

“안 더워요?”

“익숙해서 괜찮아요.”

“여름에도 그렇게 입어요? 무슨 이유라도?”

“……”

“답답해 보여서 그래요.”

“몸에…… 흉터가 있어요.”

“아, 네……”

생각지도 못한 아린의 대답에 진희는 당황했다. 괜한 이야기를 꺼내 기분을 상하게 했나 싶어 미안한 생각이 들었다. 머뭇거리는 걸 보면 별로 이야기하고 싶지 않은 일이었던 듯하다. 부주의하고 무신경한 자신이 부끄러웠다.

조금만 생각해보면 나름의 이유가 있을 텐데, 그걸 생각하지 못하다니.

여고 시절, 전교생이 치마를 입을 때 혼자서 바지를 입고 다니던 친구가 있었다. 그 친구는 체육복을 갈아입을 때도 혼자 화장실에 다녀오곤 했다. 신체검사 날, 같은 반 친구들이 옷을 갈아입으며 서로의 속옷을 구경할 때도 그 친구는 따로 보건실에서 검사를 받았다. 처음에는 뒤에서 수군거리기도 했다. 하지만 집이 화재로 불타고 그 바람에 다리에 화상을 입어 여러 차례 수술을 받고도 드러내기 어려웠다는 것을 안 뒤로는 누구도 뭐라고 하지 않았다.

아린 역시 그런 남모르는 사정이 있는 것이리라.

진희는 아린을 데리고 여성청소년과로 향했다. 접대용 소파로 아린을 안내하고 이름을 물었다.

"아린이에요. 최아린."

"아린씨구나. 이름 이쁘네요."

아린은 진희의 말에 가볍게 고개를 끄덕이고는 사무실이 낯선지 주위를 두리번거렸다.

눈길이 흔들리고 뭔가 다급해 보이기도 해서 진희는 더 묻지 않고 얼른 오 형사에게 전화를 걸었다.

오 형사가 전화 받기를 기다리며 문득, 자신이 오지랖을 떠는 게 아닌가 하는 염려도 들었다. 이렇게라도 오 형사와 통화를 하려는 건 아직 털어내지 못한 미련이 남아 있다는 무의식의 방증일지도 몰랐다.

진희는 애써 그런 생각을 부인하며 지금은 공적인 일이라고 스스로에게 선을 그었다. 오 형사가 전화를 받자, 최대한 사무적으로 필요한 말만 전했다.

"최아린씨가 왔어요."

오 형사는 두말없이 바로 오겠다며 전화를 끊었다.

기분이 묘했다.

사건 때문이라는 걸 알면서도 말이 끝나기가 무섭게 바로 오겠다는 오 형사의 반응은 그다지 기분좋은 것은 아니었다. 혹시 최아린이라는 여자에게 호감이 있을지도 모른다는 생각마저 들었다.

또 쓸데없는 생각.

진희는 얼른 머리를 흔들고 오 형사에 대한 잡다한 생각을 마음에서 비워냈다.

책상 쪽으로 가보니 사무실을 나설 때는 보지 못했던 사람이 와 있었다. 한눈에 어떤 일로 왔는지 알 수 있었다.

제대로 씻지도, 빗지도 못한 초췌한 몰골. 잠도 잘 못 잔 듯 푸석한 얼굴에 초조와 걱정과 두려움이 섞인 표정. 30대 후반의 여자는 한 손에 아이 사진을 들고 금방이라도 울음을 터뜨릴 듯한 목소리로 아이가 실종되던 상황을 설명하고 있었다.

"길을 잃어버릴 아이가 아니에요. 길을 잃어버릴 만큼 먼 동네까지 놀러가지도 않고요. 분명 친구들하고 놀다 온다며 나갔는데 친구들한테 연락해보니까 만나지도 못했대요."

진희는 실종 신고 접수를 하고 있는 여정미 경장의 어깨 너머로 슬쩍 서류를 들여다보았다.

진소영, 8세. 하늘색 반팔 셔츠에 파란 반바지, 스누피 만화 캐릭터가 그려진 운동화. 키는 132~133센티미터 정도. 아이를 잃어버린 사실을 인지한 것은 엊저녁 8시경. 집을 나간 시간은 어제 오후 3시경.

여자는 물기가 가득 고인 눈으로 간신히 마음을 추스르며 상황을 이야기하고 있었다.

"우리 소영이는 말없이 어디를 갈 애가 아니에요. 핸드폰도 꺼져 있어요."

여자는 아이 아빠와 이혼한 뒤로 학교 앞에서 혼자 분식집을 운영한다고 했다. 정신없이 바쁜 저녁 시간이 지나고 손님들이 빠져 조금 한산해지자 비로소 아이가 저녁이라도 먹었는지 싶어 전화를 했지만 핸드폰은 꺼져 있고 집에 가보니 들어온 흔적도 없다는 것이다.

"갈 만한 곳은 다 가봤어요. 학교에, 친구 집, 동네 공원까지 다 뒤졌어요. 지금껏 밤늦게까지 밖에 있어본 적이 없는 아이예요."

아이가 사라졌다는 것을 깨달은 그 순간부터 실종 신고를 하기 위해 달려온 지금까지, 엄마는 미친듯이 아이를 찾아 골목을 헤매며 사람들을 붙잡고 물어보았을 것이다. 그러면서 수시로 밀려오는 불안과 두려운 생각들을 떨쳐내며 얼마나 마음을 다잡았을지 눈에 선했다.

"제발 찾아주세요. 제겐 그 아이뿐이라고요. 제발, 제발."

진희는 얼른 여자의 손을 잡아 소파에 앉혔다.

"진정하세요. 엄마가 침착해야 아이를 찾을 수 있어요."

진희는 순찰중인 경찰들에게 배포할 수 있도록 아이의 사진을 가져다 복사하고 인상착의를 적어서 실종 어린이 서류를 만들었다.

"우선 관내 순찰차와 인천 지역 경찰서, 순찰차에 소영이의 사진과 인상착의를 보낼 거예요. 순찰을 돌면서 1차적으로 찾아보고 미아로 보호 조치된 아이가 있는지 확인해보도록 할게요."

진희는 여자에게 사진을 돌려주고 각 순찰차에 탄 경찰의 핸드폰으로 사진과 문자를 발송했다.

그때 등뒤로 아린의 목소리가 들렸다.

진희는 그제야 미아 신고 처리 때문에 아린의 존재를 까맣게 잊고 있었다는 사실을 깨닫고 황급히 돌아보았다. 아린은 어느새 여자의 곁에 다가와 앉아 있었다.

"그 사진 좀 잠깐 보여주시겠어요?"

아린은 여자에게 손을 내밀어 아이의 사진을 받았다. 아이의 사진을 물끄러미 바라보던 아린은 손가락으로 아이의 얼굴을 만지더니 낮게 속삭였다.

"아이 이름이 소영이군요."

아린은 두 손으로 사진을 감싸고 가만히 눈을 감았다. 어떻게 보면 기도하는 것처럼 보이기도 했다.

진희는 아린이 무엇을 하려고 저러나 싶어 유심히 쳐다보았다.

미동도 없이 눈을 감은 아린의 이마와 콧등에 땀이 송골송골 맺혔다. 뭔가에 집중하는 듯 양미간을 찌푸리던 아린은 이내 한숨을 내쉬며 눈을 떴다.

영문을 모르는 여자는 어리둥절한 표정으로 아린을 쳐다보다가 아린의 손에 들린 사진을 낚아챘다. 아무래도 아린의 모습이 여자의 불안을 키운 것 같았다.

"혹시 빨간 차를 타고 다니는 여자를 아세요? 키가 170은 되어 보이는 여자인데, 볼에 점이 있고. 그 여자가 소영이를 데리고 갔어요."

"뭐, 뭐요?"

화들짝 놀란 여자는 눈이 둥그레져 아린을 쳐다보았다.

"어, 어디로요?"

조금 전의 불쾌한 기미는 간데없고 이제는 아린의 손을 잡고 매달렸다.

"그 여자, 소영이 고모예요. 헤어진 남편의 동생이죠. 그 사람이 왜 우리 소영이를……"

“소영이는 할머니랑 있어요. 어디 시골인 거 같은데?”

“성환이에요. 세상에, 어떻게……”

여자는 당황해서 어찌할 바를 모르다 급하게 핸드폰을 꺼내 어디론가 전화를 걸었다.

“어머니, 소영이 거기 있어요? ……어떻게 말도 없이 아이를 데려가요? 이건 유괴예요, 유괴. 아무리 보고 싶다고 해도…… 얼마나 놀랐는지 아세요?”

어느새 여자는 울음 반 눈물 반으로 흐느꼈다.

진희는 눈앞에서 벌어진 일이 도무지 믿기지 않았다.

아린에 대한 소문이 돌기는 했지만 그때는 막연히 무슨 소린가 싶고 황당하기만 했다. 막상 이렇게 직접 두 눈으로 보고 나니 말문이 막혔다.

정작 당사자인 아린은 자신이 무엇을 했는지도 모르는 듯, 핸드폰을 붙잡고 우는 여자의 등을 쓰다듬으며 진정시키고 있었다.

몇 분 사이에 놀라운 풍경이 벌어졌다는 것을 깨달은 진희는 충격으로 입을 떼지 못했다. 함께 아린을 지켜본 여 경장이 진희 곁으로 다가와 속삭였다.

“언니, 지금 우리가 뭘 본 거야?”

“나도 모르겠다. 무슨 영문인지.”

“여보세요? 소영아, 핸드폰은 왜 꺼놨어? ……그랬어? 엄마가 얼마나 걱정했는지 알아? 어떻게 해서든 연락은 했어야지. 엄마 미치는 줄 알았잖아, 그래, 지금 금방 갈게. 거기 꼼짝 말고 있어."

아이와 통화를 마친 뒤에야 여자의 눈물은 조금씩 가라앉았다.

두 손으로 눈물을 닦아낸 여자는 아린의 손을 잡고 고맙다는 인사를 건넸다.

여자가 나가고 나자 한바탕 굿판을 벌이다 멈춘 것처럼 묘한 정적이 흘렀다.

가장 먼저 정신을 차린 진희가 아이를 찾았다고 순찰차에 연락을 돌렸다.

여 경장은 방금 작성했던 실종 신고 접수서류를 구겨 휴지통에 던지며 계속 아린을 힐끔거렸다. 여 경장의 얼굴에는 낯선 것에 대한 호기심과 두려움, 경외심과 긴장감이 뒤섞여 있었다.

무선 연락을 끝낸 진희는 아린이 무안할까봐 여 경장의 팔꿈치를 툭 치며 눈치를 줬다.

"저, 물 좀 마실 수 있을까요?"

"예, 예."

아린의 말에 여 경장이 벌떡 일어나 정수기로 향했다.

아린의 얼굴이 창백해 보였다. 진희는 얼른 다가가 아린의 상태를 살폈다. 자세히 보니 머리 안까지 젖을 정도로 땀이 흥건했다. 진희는 손수건을 꺼내 아린의 땀을 닦아주고 여 경장이 들고 온 물컵을 받아 아린에게 건네며 걱정스레 물었다.

“괘, 괜찮아요?”

“……네. 잠깐 앉아 있으면 괜찮을 거예요.”

컵을 받아 마시는 아린의 손이 부들부들 떨렸다. 그 모습을 본 진희는 재빨리 책상에서 수건을 꺼내왔다.

수건으로 아린의 얼굴과 목을 닦아주던 진희는 흠칫 놀랐다. 몸이 축축하고 차가웠다. 어느새 아린은 온몸을 떨고 있었다.

“안 되겠다. 정미야, 저기 카디건이랑 따뜻한 물 좀.”

진희는 얼른 옆으로 바짝 다가앉아 아린을 감싸고 팔을 문질렀다. 여 경장이 가져다준 카디건으로 어깨를 덮어주고 따뜻한 물을 먹였다.

“아래, 우리 쉬는 곳이 있는데, 가서 좀 누울래요?”

“아뇨. 괜찮아요. 괜찮아질 거예요.”

진희는 아린을 처음 만났던 날을 떠올렸다.

그날도 아린은 기절해 당직실에 누워 있었다. 다행히 곧 깨어나기는 했지만 이런 일이 자주 있다는 건 몸에 문제가 있는 것일 수 있었다.

잠시 후 아린의 말대로 상태가 많이 좋아졌다. 창백하던 얼굴에 혈색도 돌아오고 떨리던 몸도 안정되었다. 진희가 건네준 수건으로 뒷덜미를 닦아내고 가볍게 한숨을 내쉬던 아린은 종이와 펜을 부탁했다.

종이와 펜을 받아든 아린은 이내 뭔가를 그리기 시작했다. 서툴지만 무얼 그리려고 하는지 알 수 있었다. 그림을 다 그렸는지 자리에서 일어난 아린이 종이를 건네주었다.

얼떨결에 그림을 받아든 진희는 어리둥절한 얼굴로 아린을 쳐다보았다.

"오 형사님 오시면 이걸 좀 전해주세요."

"……곧 올 텐데."

"그 여자의 방이에요. 그렇게 얘기하면 알 거예요."

진희가 더 말을 붙일 새도 없이 아린은 사무실을 나갔다.

갑작스러운 아린의 행동에 미처 대꾸도 하지 못한 진희는 멍하니 있다가 손에 든 그림으로 시선을 옮겼다.

종이에는 창 너머로 보이는 바깥 풍경이 그려져 있었다.

그곳은 진희도 한눈에 알 만한 건물이었다.

15

손태원 기자는 점심시간에 맞춰 상암동 방송국에 들러 전날 약속을 잡은 대학 동창 이호준을 만났다. 마음 같아서는 일찌감치 만나고 싶었지만 부탁하는 처지라 새벽까지 보충 촬영을 하느라 밤을 새웠다는 호준의 스케줄에 맞춘 것이다.

로비에 도착해 연락을 하고 휴게실 의자에 앉은 지 오 분도 안 되어 호준이 USB를 들고 나타났다.

"어제 얘기했던 프로그램."

"역시 이호준이야."

"그런 입에 발린 소리 말고 밀린 술이나 사."

"사야지 암, 사고말고."

"근데 그건 왜? 먹을 만한 거면 같이 좀 뜯어먹자."

"일단 확인 좀 하고. 점심 먹을래?"

"편집하다 왔는데? 보충 촬영한 거 붙여야 해서 지금 초읽기 중이야. 다른 볼일 없으면 다음에 하자."

"잘나가는 피디님 아니랄까봐, 틈도 안 주는군."

"간다. 필요한 거 있음 이번엔 양주 한 병 사들고 와."

태원은 친구를 올려보내고 얼른 노트북을 꺼내 USB를 꽂았다.

어두운 화면에 음침한 음악이 깔리면서 〈미제 사건 파일 - 공소시효 카운트다운〉이라는 프로그램 타이틀이 떠올랐다.

곧이어 화면에는 수풀 속을 헤치고 한적한 교외의 외딴집으로 향하는 영상이 나왔다.

영상을 몇 분 지켜보다 금방 어떤 사건인지 깨달았다.

경기도 안성의 한 교외 주택에서 일가족이 살해당한 사건이었다. 아버지와 중학생인 큰딸은 사망, 재혼한 아내는 행방불명. 그리고 어린아이 둘이 살아남았다. 아니, 하나였던가? 사건은 기억나는데 자세한 내용은 희미했다.

태원은 그때 중학생이었다.

한동안 9시 뉴스에서 계속 떠들어대던 사건이어서 오랜 시간이 지났지만 기억하고 있다. 벌써 20년 전 사건이라니 감회가 새로웠다. 친구들끼리 범인이 누구냐를 놓고 한참 토론하던 기억도 떠올랐다.

영상 속에 한 여자가 등장했다. 이국적인 얼굴의 여자는 러시아에서 온 영매, 루나라고 했다.

러시아에서도 유괴사건이나 강력사건에 종종 도움을 주곤했다는 루나는 이제는 폐허가 되어버린 빈집을 둘러보며 사건에 대해 설명하고 있었다. 허물어진 벽을 지나다니며 여자는 사건 당시 집의 구조와 범인이 어떻게 들어와 움직였는지 그 행적에 대해 설명했다.

내레이션은 이 영매에게 사건에 대한 어떠한 사전 정보도 주지 않았다고 덧붙였다.

이어 루나의 이야기와 실제 신문 기사에 실린 사건 내용을 비교하는 장면이 나왔다. 놀랍게도 경찰이 사건 현장을 수사하면서 추정했던 행적과 일치했다.

어제 술집에서 엿들었던 내용이 다 담겨 있었다. 정 형사의 말대로 영상으로 직접 확인하니 루나라는 여자의 능력이 얼마나 대단한지 느껴졌다.

태원은 문득 두학산 살인사건의 제보자가 루나가 아닌가 하는 생각이 들었다. 오 형사와 정 형사가 나눈 이야기에서 분명 '루나'라는 이름을 들었다. 정 형사는 사건 현장으로 그 여자를 불러 도움을 청하자고까지 말했다. 이 정도의 능력이라면 충분히 그런 생각을 할 수도 있겠다 싶었다.

태원은 얼른 영상을 뒷부분으로 돌려 프로그램의 자막을 확인했다. 공소시효 직전에 방영한 프로그램이니 벌써 5년 전이다. 조금 시간이 지난 것 같긴 했지만 담당 피디와 작가에게 연락해보면 루나의 행방을 찾을 수 있을 것 같았다.

태원은 곧 핸드폰을 꺼내 호준에게 전화를 걸었다.

"어, 나. 하나만 더 부탁하자. ……알았어. 양주 사준다고."

태원은 얼른 피디와 작가 이름을 불러주고 연락처를 부탁했다. 피디는 호준도 아는 사람이었는지 이미 퇴사해 캐나다로 이민을 갔다고 했고, 작가의 연락처는 알아보고 문자로 보내주기로 했다.

태원은 호준의 문자를 기다리며 프로그램을 다시 돌려보기 시작했다.

루나를 찾을 수 있을까? 그렇다면 제대로 특종을 터뜨릴 수도 있겠다는 예감이 들었다. 영상 속의 집은 그후 어떻게 되었는지 궁금했다. 5년이 지났으면 이제는 사라지고 새로운 집이 들어섰을 확률이 높다. 끝내 범인이 잡히지 않고 끝나버린 사건. 죽은 피해자들만 억울하다.

루나는 범인을 누구로 지목했는지 확인하려는데 호준에게서 문자가 왔다.

생각보다 일이 쉽게 풀렸다. 호준이 알려준 작가의 연락처로 전화를 걸었더니, 작가는 루나에 대해 기억하고 있을 뿐 아니라 현재 어디서 뭘 하고 있는지도 잘 알고 있었다.

상수동에 있는 카페 '호루스의 눈'에 가면 루나를 만날 수 있다고 했다. 홍대에 흔히 있는 사주카페와 비슷하지만 위치 때문인지 아는 사람들만 가는 한적한 곳이라며, 전화번호는 자신도 모른다고 했다. 받아둔 명함이 어디 갔는지 모르겠다는 말에 태원은 그 정도면 충분하다 싶어 감사를 전하고 전화를 끊었다.

상호명으로 114에 전화번호를 문의했지만 등록되어 있지 않았다. 다행히 인터넷 검색으로 '호루스의 눈'에 다녀온 블로그 게시글을 찾을 수 있었다. 전화번호는 없었지만 지도까지 첨부해 가는 길을 자세히 설명해두어 가게를 찾는 것은 어렵지 않았다.

삼십여 분 뒤 태원은 '호루스의 눈' 앞에 도착했다.

가게 문을 열고 안으로 들어서다가 하마터면 놀라 넘어질 뻔했다. 발을 내딛는 순간, 마침 바로 앞을 가로질러가는 고양이와 마주한 것이다. 태원이 급하게 발을 빼느라 뒤뚱거렸는데, 고양이는 자신을 공격하는 줄 알았는지 날카로운 발톱으로 다리를 할퀴었다.

"아, 뭐야!"

고양이의 발톱이 얇은 여름 바지 천을 뚫었지만 찢어지거나 하지는 않았다. 오히려 천에서 빠지지 않는 발톱 때문에 고양이는 덫에 걸린 양 버둥거렸다.

기자생활을 하면서 문전박대를 당하거나 수모를 겪기도 했지만, 고양이에게 공격당한 적은 처음이었다.

"세상에, 에디 너 뭐하는 짓이야?"

태원이 고양이 발톱을 바지에서 빼보려고 한창 눈치 싸움을 하는데 누군가 놀란 얼굴로 다가왔다. 태원은 한눈에 누군지 알아보았다. 불과 한 시간 전, 영상에서 본 루나였다.

영상보다 더 나이가 들어 보이고 살도 붙은 듯했지만 틀림없는 루나였다. 제대로 찾아온 것이다.

루나는 얼른 에디의 발톱을 빼서 안아 들고는 태원의 바지 상태를 살폈다. 바지에는 작은 구멍이 나 있었다.

루나는 난감한 표정으로 태원을 쳐다보았다.

"미안해서 어떡하죠? 바지에 구멍까지 났으니……"

"아니, 괜찮습니다. 어차피 낡은 바진데요, 뭐."

"우리 에디가 이렇게 공격적인 애가 아닌데. 다리는 안 긁혔어요?"

"네. 그런 거 같습니다."

고양이 에디는 갑갑했는지 발버둥을 치며 루나의 품에서 빠져나갔다. 익숙한 듯 창가 자리로 가 방석 위에 자리를 잡는 에디를 보며 루나는 오히려 안쓰러운 표정을 지었다.

"왜 저렇게 갈수록 까칠해지는 건지, 특히 남자간 보면 더 날카롭게 구네요."

대답이라도 하듯 고양이가 야옹거렸다.

"거기 앉으세요. 마음을 가라앉히는 데 도움이 되는 차를 좀 드릴게요."

루나는 태원에게 자리를 권하고 주방에 들어갔다.

루나의 뒷모습을 바라보던 태원은 그제야 정신을 차리고 가게 안을 둘러보았다.

전반적인 분위기는 홍대와 이대 주변의 타로 카페와 비슷했다. 다만 이곳의 분위기는 훨씬 차분했고, 별자리나 타로 그림 같은 게 보이지 않았다.

루나는 금방 차를 내왔다.

"여기가 그냥 지나다 들를 만한 곳은 아닌데……"

어차피 차를 마실 목적으로 온 게 아니니 태원은 바로 본론으로 들어갔다.

"몇 년 전에 방송에 나오셨죠? 그 프로그램 작가에게 물어서 찾아왔습니다."

잔을 내려놓고 돌아서던 루나가 멈칫했다. 돌아보는 눈초리가 처음과 달리 조금 차갑게 느껴졌다.

"무슨 일이죠?"

"영상을 보고 궁금한 게 있어서요."

태원은 얼른 명함을 꺼내 루나에게 내밀었다. 루나는 태원이 건넨 명함을 보다가 고개를 저었다.

"별로 할 얘기가 없군요. 그 일을 그만둔 지도 오래됐고."

"예? 그럼, 인천 두학산 살인사건은요?"

루나는 정말 모른다는 얼굴로 태원을 쳐다보다 고개를 저었다.

"잘못 찾아오셨네. 나는 그런 사건 몰라요."

태원은 루나의 말이 거짓말이라는 것을 알고 있다. 표정 하나 바뀌지 않고 너무나 태연하게 대답하는 바람에, 형사들과 아는 사이라는 것을 알고 온 태원도 깜빡 속을 뻔했다. 모른다고 발뺌하는 건 수사 때문이 아닐까 싶었다.

"……알겠습니다. 일은 언제 그만두신 거죠?"

"일을 그만둔 사람이니까 인터뷰도 안 했으면 좋겠는데?"

“개인적으로 궁금해서 여쭤보는 겁니다. 그 방송 이후로 수사 관련 일은 그만두신 거 같은데, 방송 스태프와 무슨 일이라도 있었습니까?”

태원을 물끄러미 쳐다보던 루나는 어쩔 수 없다는 듯 얕은 한숨을 내쉬고는 입을 열었다.

“……그들은 내가 하는 일에는 관심도 없었어. 그냥 사람들이 재미있어할 만한 꼭두각시가 필요했던 거야.”

루나의 반응을 보니 방송이 나간 후 언짢은 일이 있었던 모양이었다. 호준이 하는 일을 옆에서 지켜봤으니 두슨 소린지 태원도 짐작할 수 있었다. 방송에서는 취재를 통해 원하는 자료만 뽑아내고 가끔은 이야기를 과장하거나 확대해서 보여주기도 한다. 시청자들의 관심을 끌기 위해 자극적인 내용이나 의도된 오보도 서슴지 않는다.

태원의 일 역시 다르지 않다.

워낙 뉴스가 넘쳐나다보니 그렇게 하지 않으면 눈길을 끌 수가 없다. 살아남기 위해서는 더 독하고 자극적인 내용으로 독자의 관심을 끄는 수밖에 없다. 원하는 이야기를 얻기 위해 어떻게든 자르고 오려서 원하는 모양을 만들어야 한다. 설령 그게 원래의 모양이 아니라고 해도.

“편집이란 게 그렇죠. 전달할 시간은 적고 하고 싶은 이야기는 많다보니 앞뒤를 자르는 경우가 생깁니다. 저는 오히려 그 방송을 보고 이런 세계도 있구나 싶어 흥미로웠는데……”

“그건 중요하지 않아요. 적어도 사건을 해결할 의지는 있었어야지.”

태원은 자기 말이 조금은 먹혔다는 것을 느꼈다. 루나의 표정이 한결 부드러워졌다.

“무슨 일이 있었던 거죠?”

“나는…… 나를 증명하려고 거기 간 게 아니에요. 신기한 구경거리도 아니고. 억울하게 죽은 사람들을 돕고 싶었을 뿐인데, 그들은 엉뚱한 것에만 관심을 보이더군요.”

방송이 좀 엉뚱한 방향으로 흘러가긴 했다. 사건 개요와 형사들의 증언, 당시 신문 기사 등의 내용과 루나의 말이 과연 일치하는가에 초점을 맞추고, 후반부에서는 시계 초침을 띄우며 카운트다운을 했다. 그리고 0시가 되자 공소시효가 지났으니 영원히 미제 사건으로 남게 되었다는 뉘앙스를 풍기며 방송이 끝났다.

루나의 말대로 살인사건의 피해자들은 뒷전으로 밀려나고 엉뚱한 추리 게임만 하다가 공소시효가 종료되었음을 알리며 범죄자에게 면죄부를 준 셈이다.

“한국에는 어떻게 오게 되신 겁니까, 가족은 없으세요?”

“할아버지의 유언이었죠. 할머니와 자신의 유골을 이 땅에 뿌려달라는. 이곳에 와보니 왜 그렇게 이곳을 그리워하셨는지 알겠더군요. 고향은 그런 거죠. 죽어서라도 가고 싶은 곳."

"가족은?"

"가족은…… 사랑스러운 우리 에디. 그리고……"

루나의 시선이 창가에 앉아 졸고 있는 고양이에게로 향했다. 어느새 미소를 짓고 있었다.

그때 날카로운 종소리와 함께 젊은 여자가 안으로 들어왔다. 여자는 루나에게 달려오다가 태원을 보고 멈칫 그 자리에 섰다.

루나가 여자의 이름을 부르며 자리에서 일어났다.

"아린아, 왜 그래?"

여자의 표정이 굳어 있었다. 얼굴빛이 창백해 보였다. 루나는 여자를 부축하듯 감싸안고 커튼을 젖혀 내실로 데리고 들어갔다.

왠지 아린이라는 여자의 얼굴이 낯설지 않았다. 어디서 봤더라. 갑자기 태원의 머릿속에 섬광이 번쩍였다. 급하게 태블릿피시를 꺼내 메모해둔 자료들을 뒤적거렸다. 루나가 출연했던 방송에서 다룬 살인사건 기사를 읽다가 눈이 번쩍 뜨였다.

태원은 가게 안을 둘러보다가 창가에 걸어놓은 액자 속에서 루나와 다정하게 웃고 있는 아린의 얼굴을 발견했다. 얼른 핸드폰을 꺼내 사진을 찍었다.

생각보다 더 쓸 만한 특종을 잡았다는 생각에 손끝이 짜릿

짜릿했다. 태원은 창가의 고양이가 자신을 노려보고 있다는 것도 모른 채 급하게 가게를 나섰다.

가게를 나오자마자 전화부터 걸었다. 태원에게 없어서는 안 될 귀중한 정보원.

"여보세요? 나야. 지금 사진 한 장 보낼 테니까 확인 좀 해 줘."

태원은 아린의 사진을 정보원에게 전송했다. 이내 전화벨이 울렸다.

—이 여자 맞지? 살인사건 제보한 사람.

"그것만이 아니에요. 방금 무슨 일이 있었는지 알아요?"

태원은 여자가 하는 말을 한마디도 놓치지 않고 들었다.

루나의 재능을 그녀가 물려받은 것일까? 아니다. 그것보다 훨씬 나은 실력이다.

후배에게 부탁해서 메일로 '심령 수사관'이라고 불리는 몇 몇 사람에 대한 자료를 받았다. 하지만 훑어본 자료의 수많은 사람 중에서도 이런 케이스는 들어본 적이 없었다.

아린은 훨씬 더 특별한 재능을 가졌다.

어쩌면 아린이 어린 시절 겪은 일과 연관된 것일지도 몰랐다.

태원은 루나와 아린이 어떻게 만나게 되었는지 궁금했다. 방송에서는 그런 이야기가 전혀 나오지 않았다. 어쩌면 그 방 송 이후 루나가 아린의 존재를 알게 되었고, 그로 인해 둘이 만나게 되었는지도 모른다. 좀더 자세히 물어봤다면 기사 쓰기 한결 편했을 텐데, 하는 생각이 들었지만 한편으론 상관없다는 생각도 들었다. 이미 재료는 충분하다. 이 재료를 어떻게 요리해서, 어떤 접시에 담을지는 이제 태원의 손에 달렸다.

태원은 오 형사가 감추려고 했던 두학산 살인사건의 신고자가 아린이라는 것을 알고 놀랐다. 더구나 이미 여러 번 형사들에게 도움을 준 적이 있는 눈치였다. 매일 경찰서에 드나들었지만 감쪽같이 모르고 있던 사실이었다.

조금 전 경찰서에서의 일이 알려지기라도 하면 기자들이 벌 떼처럼 달려들어 기사를 써대기 시작할 것이었다. 태원은 누구보다 먼저 아린에 대한 이야기를 쓰고 싶었다. 과거와 현재, 그리고 앞으로도 아린은 독자들이 좋아할 만한 소재라는 생각이 들었다. 다른 기자들이 눈치채기 전에 먼저 기사를 써서 선점해야 한다.

태원은 루나와 아린, 두 사람의 관계를 어떻게 엮을지, 또 어떤 식으로 아린의 기사를 써야 효과적일지 생각하며 서둘러 신문사로 향했다.

16

바람이 분다.

얼굴에 차가운 빗방울이 흩날린다. 어느새 얼굴은 흠뻑 젖어 축축하다. 정신을 차려보니 어디론가 달려가고 있다.

발바닥에 흙과 돌멩이, 젖은 풀잎이 밟힌다. 맨발이다. 문을 열고 뛰쳐나오면서 미처 신발을 신지도 못했다. 마당을 벗어나기 위해 힘껏 대문 쪽으로 내달렸다.

잡히면 안 돼.

그건 말하지 않아도 안다. 하지만 너무 멀리 가도 안 된다. 놈이 계속 내 뒤를 따라오게 만들어야 한다. 놈은 미쳤다. 눈빛을 보니 광기는 이미 그의 영혼을 집어삼켰고, 맹목적으로 달리는 맹수처럼 물고 뜯을 생각만 하고 있다.

방금 거실에서 본 풍경은 무릎을 꺾이게 만들었지만 이를 악물고 버텼다. 아린을 살리기 위해서라도 지금은 정신을 바짝 차려야 한다.

달려오는 놈의 기척이 등뒤에서 느껴진다. 하지만 뒤는 돌아보지 않는다. 따라오는 것을 확인했으면 그걸로 됐다.

이미 비에 젖은 얼굴이지만 뺨을 타고 흐르는 눈물이 느껴진다. 비는 차가운데 눈물은 목에서부터 뜨겁게 차올라 시야를 자꾸 가린다.

완전히 숨었다고, 꼬리까지 완전히 잘라냈다고 자신했었다. 아린과 함께 새로운 삶을, 그렇게 간절히 원하고 바랐던 인생을 다시 시작하고 있었다.

놈이 내가 사는 집안까지 쳐들어올 줄은 몰랐다. 더구나……아린에게 그런 짓을 하다니.

아린을 떠올리자 다시 비명이 터져나올 것만 같다.

내 딸. 사랑하는 내 딸. 목숨을 내주어도 아깝지 않은 나의 분신.

오로지 아린을 위해서 살아왔다. 아린이 조금이라도 더 좋은 환경에서 자랄 수 있도록, 편안하게 쉴 수 있는 가정을 만들어주고 싶었다.

설거지를 하느라 어깨가 떨어져나갈 것 같아도, 사람들에게 미친년 소리를 듣더라도 아린과 함께 있을 수 있다면 상관없었다. 그만큼 내게는 특별한 아이였다.

그 아이를 놈이 날카로운 이빨로 물어뜯었다. 갈기갈기 찢어놓았다.

살아 있을까? 아니, 살아 있을 거야. 나는 알아. 살아 있어야 해. 어떤 일이 있어도 그 아이는 살아 있어야 해. 제발. 아린아.

아직 아기였던 아린을 데리고 도망칠 때도 이런 심정이었다. 더 있다간 아이가 자기 아빠 손에 죽을 것 같았다. 고작 세 살밖에 되지 않은 딸의 팔을 부러뜨리고 발길질을 해대는 인간을 아빠라 부르며 살게 할 수는 없었다.

변명이라고 하는 게 고작 술 때문이라고 늘어놓는 인간이다. 하지만 나는 안다. 그는 술이 아니었어도 제 기분에 따라 누구든 때리고 던져버릴 인간이다. 자기 안의 분노를 갈무리할 줄 모르는 사람이다. 형편이 좋은 시절에는 그렇게까지 끔찍한 인간은 아니었다. 상황이 나빠지면서 서서히 무너지기 시작하더니 형편없이 망가졌다. 인간은 가장 힘들고 지칠 때, 궁지에 몰릴 때 본성이 나오는 법이다.

도망칠 수 있는 용기가 난 건 아린의 입에서 나온 그 말 때문이었다.

"엄마, 나 죽어, 내일. 내일 죽어. 내일."

'내일'이라는 아린의 말이 '매일'이라고 들렸다. 아직 발음이 정확한 편은 아니었지만 어느새 자기 의견은 제대로 말할 수 있게 된 아린. 그 아이 입에서 매일매일 죽는다는 말을 들으니 억장이 무너졌다. 머릿속이 하얘졌다.

왜 아직도 남편을 떨쳐내지 못했을까 후회가 밀려들었다.

어쩌다 자기 분에 못 이겨 한 짓이겠지. 잘못했다고 빌었으니 다시는 이러지 않겠지. 그렇게 끊임없이 배신을 당하면서도 남편에 대한 미련을 떨쳐내지 못했다. 아이 때문에라도 어떻게든 이겨내보려고 했다. 하지만 아린의 젖은 눈망울을 마주한 순간 분명히 깨달았다.

내가 지금 아이에게 무슨 짓을 한 건가? 내가 맞는 것은 그렇다 쳐도, 아이의 마음에 '죽는다'는 두려움을 심어줄 정도로 끔찍한 상황이라는 사실이 온몸으로 느껴졌다. 이렇게 살다간 정말 아린을 죽일 것만 같았다.

뜬눈으로 밤을 새우며 아이를 데리고 나가 어떻게 살아야 할지 고민했다. 어디를 가든 아이에게서 죽는다는 말은 안 나오게 만들겠다고 결심했다.

남편으로부터 완벽하게 도망치는 방법, 두 번 다시 우리 인생에 끼어들지 못하도록 완벽하게 사라질 방법을 궁리했다. 그가 모르는 곳, 모르는 사람을 생각하고 또 생각했다. 아린과 온전히 안전하게 지낼 수 있는 곳만을 고민했다.

한 군데를 생각해냈다. 실낱같은 희망이었지만 새 출발을 할 수 있겠다 싶었다. 그렇게 짐을 싸는 날들이 시작됐다.

몇 년을 옮겨 다니면서 살던 흔적을 지우려고 애썼다. 뒤늦게라도 남편이 우리의 그림자를 밟으며 쫓아올까 두려워 완전히 다른 곳에서 전혀 다른 사람들과 어울리며 살았다.

그러다 여덟 살의 아린을 데리고 숨어든 곳이 경기도 외곽에 있는 한 교회였다.

처음엔 모든 것이 좋게만 보였다. 어린아이를 데리고 도망치는 피폐하고 불안하던 삶에 믿고 의지할 안식처가 생겼다는 사실이 판단을 흐리게 만들었다. 허리를 구부린 채 열몇 시간의 중노동에 시달리지 않아도 되었다. 무엇보다도 아린과 함께 지낼 수 있는 방이 생겼다. 그래서 누구보다 열심히 교회 일을 도왔다.

교회는 허울일 뿐이고 그 안에는 돈에 눈이 먼 인간들의 거짓과 사기가 난무하다는 것을 알았지만 선뜻 그곳을 나올 수가 없었다. 아니, 이미 그들의 말에 속아넘어가 한패가 되어 있었다. 새로운 사람을 데리고 오면 돈을 줬다. 한 명이라도 더 끌어모으려던 때, 그 일이 일어났다.

"얼른 병원에 가세요. 안 그럼 죽어요."

마당에서 놀던 아린이 우연히 지나가는 목사에게 꿈 이야기를 했다. 목사는 별생각 없이 지나쳤지만 거짓말처럼 삼십 분이 안 되어 쓰러졌다. 병원에 가서 수술까지 받은 목사가 돌아오자 모든 것이 바뀌어 있었다. 나는 안수집사가 되었고, 아린은 흰옷을 입고 목사의 곁을 지키게 되었다. 아린은 싫다고 속삭였지만 그 목소리는 귀에 들리지도 않았다.

소문을 들은 사람들이 교회로 몰려들었다. 갑자기 교회에 헌금이 넘쳐났다. 집을 팔아서 돈을 바치는 신도들도 생겼다. 아린이 두려움에 입을 다물고 지하방에 감금된 뒤에야 정신이 들었다. 아린을 볼 수는 있었지만 만날 수는 없게 되었다.

아린을 데리고 떠나겠다고 하자 그들은 코웃음을 쳤다. 가려면 혼자 가라며 마치 아린이 물건이라도 되는 양 굴었다. 절대 내줄 수 없다고 했다. 교회를 떠나는 순간 죽게 될 것이라는 협박도 서슴지 않았다.

잠깐의 풍요와 안락을 위해 정신을 놓아버린 벌로 딸을 잃어버리게 생겼다. 그동안 어떻게 살아왔는데. 죽기를 각오하고 기회를 틈타 아린을 데리고 그곳을 빠져나왔다.

아무도 모르는 곳에서 새 삶을 시작했다. 1년이 넘어가자 그곳을 완전히 벗어난 줄 알았다. 끔찍한 광기의 불길이 아직도 자신을 향해 달려오리라곤 생각도 못했다.

놈이 뒤따라오는 소리가 가까워졌다. 짐승의 거칠고 커다란 손이 등을 건드린다. 팔을 뻗어 나를 잡으려는 놈의 손아귀를 간신히 벗어났다. 거칠게 숨을 내쉬며 달리다 돌부리에 걸려 넘어지고 말았다. 발톱이 빠진 것처럼 아프지만 붙잡고 살펴볼 겨를도 없다.

놈이 뒤에서 덮쳤다. 몸을 빼면서 재빨리 일어나 놈의 머리를 향해 발길질을 했다. 온 힘을 실어 휘두른 발에 놈이 제대로 맞았다. 하지만 놈은 잠시 비틀거리다 이내 정신을 차리고 내게 달려든다. 내 목덜미를 낚아채고 체중을 실어 재빨리 바닥에 눕히더니 멱살을 쥐고 흔든다. 머리가 쾅쾅 땅에 부딪친다.

"네가 다 망쳐놨어. 감히 너 따위가."

얼굴 위로 거칠게 쏟아지는 비와 놈의 역겨운 숨결이 진저리를 치게 만든다.

도망쳐야 해. 어떻게든 빠져나가야 해.

비명을 지르려고 깊은숨을 들이켜며 입을 벌렸지만 놈이 목을 조이는 통에 아무런 저항도 할 수가 없다. 손을 뻗어 놈의 멱살을 잡아보려 하지만 자꾸 미끄러져 잡히지 않는다.

이를 악물고 힘껏, 할 수 있는 만큼 힘껏 손가락에 힘을 주어 내 목을 조르는 놈의 새끼손가락을 꺾었다.

놈이 비명을 지르며 손을 뗐다. 그 틈을 놓치지 않고 벌떡 일어나 사타구니를 걷어차고 주위에 있는 돌을 집어 재빨리 놈의 머리를 향해 날렸다.

퍽.

수박이 깨지는 것처럼 둔탁한 소리가 들리고 놈은 미동도 하지 않았다. 그러다 육중한 몸이 픽, 바닥으로 쓰러진다. 순간 두려움이 밀려든다. 머리에 흐르는 피가 빗물과 섞여 땅으로 스미는 게 보였다.

죽, 죽은 거야?

조심스럽게 땅 위에 드러누운 놈에게 다가간다. 머릿속에 오만 가지 생각이 스치고 지나갔다. 놈은 여길 어떻게 찾아온 걸까? 왜 하필이면 내가 없는 시간에 나타나서 평화로운 우리 집을 망가뜨린 걸까? 아린과 재하의 처참한 몰골은 거실에서 봤다. 그렇다면 다른 식구들은? 아이가 저렇게 되도록 남편은 어디서 뭘 하고 있는 걸까?

아이에게 먼저 달려가봐야 하나? 아니면 이웃집으로 달려가 도움을 청해야 하나?

처음 이 집에 왔을 때는 이웃과 멀찍이 떨어져 있어 한적하고 좋았다. 그런데 이런 상황이 되니 외따로 떨어져 있다는 게 얼마나 무서운 일인지 느껴진다.

집으로 가자, 아이를 먼저 보자.

놈에게서 떨어져 집으로 향하는 순간, 등뒤로 짐승의 끔찍한 포효 소리가 들려왔다. 지옥으로 떨어진 줄 알았던 놈은 아득바득 다시 돌아와 내 발목을 움켜잡았다.

안 돼, 안 돼.

몸부림을 치다 잠에서 깨어났다. 눈물로 얼굴이 흥건했다. 베개도 축축하게 젖어 있었다. 가슴이 뻐근하게 아팠다.

꿈속에서라도 엄마의 얼굴을 보는 건 20년 만이다. 엄마의 고통이 그대로 느껴져 참을 수가 없었다. 그 고통을 더이상 느끼지 않으려면 꿈에서 깨어나는 수밖에 없다.

엄마를 기억하는 것이 이렇게 힘든 일이 될 줄은 생각도 못했다.

이제는 안다. 꿈이 내게 오는 이유를.

꿈은 기억의 깊은 곳에서 자꾸 떠올랐다.

바다 밑에서 거대한 뭔가가 모습을 드러내기 전에 크고 작은 물방울이 하나둘 서서히 올라오듯, 조각난 기억들이 올라왔다.

그날의 기억은 내 몸을 빠져나간 영혼이 집안을 부유하며 지켜본 것들이다. 영혼은 집안 구석구석을 날아다니며 그 참상을 빠짐없이 보고 기억했다.

내 몸이 살인자의 만행을 기록했듯 나의 영혼은 그날의 고통과 참혹한 비명을 안쪽 깊숙이 새겨넣었다. 영혼은 모든 일을 지켜보고 고스란히 받아들여 꼭꼭 숨겨두었다.

이 정도의 기억이라면 떠올리지 않으려는 게 당연하다.

하지만 기억은 도망가는 내 뒤를 끈질기게 따라붙었다. 용케도 20년 동안 잘도 도망 다녔다. 이런 기억 따위는 처음부터 없다고 생각할 만큼.

그런데 이제 와서 무슨 이유에서인지 하나둘 봉인을 푼 기억이 내 눈앞에 모습을 드러내고 있다. 두려움과 고통 속에서도 한 발 한 발 다가가 나의 의식을 내어주었다. 그럼에도 몇 번이나 망설이고 주저하게 되는 기억이 있다면 역시 엄마에 대한 것이다.

엄마의 마지막을 보는 것은 여전히 나를 얼어붙게 만든다. 그 일을 마주보는 데에 용기가 필요하지 않을 때까지 나는 꿈의 영상기를 자꾸만 멈출 것 같다.

엄마의 악전고투를 보는 것은 내 몸에 닿던 칼날을 상상하는 것만큼이나 고통스럽다. 그리고 예감할 수 있다. 이 고통은 시작일 뿐이라는 것을. 아직 더 큰 아픔과 깊은 슬픔이 기다리고 있다는 것을. 그래서 끝을 마주하기 전에 자꾸 걸음을 멈추고 꿈을 외면하는 것이다.

창가로 어스름한 새벽빛이 새어들기 시작할 때까지 나는 엄마와 함께한 기억을 떠올려보았다. 아주 사소한, 손톱만큼의 조그만 기억이라도 오래 쓰다듬고 입김을 불어 먼지를 닦아냈다.

아침에 깨어나면 무릎에 날 앉혀놓고 얼굴이 파묻히도록 안아주던 엄마. 두 뺨에 지겹도록 뽀뽀해주던 모습과 빨간 딸기 모양 구슬이 달린 고무줄을 입에 물고 내 머리를 가지런히 빗어 묶어주던 손길, 틈날 때마다 내 손을 조물조물 만져주던 따뜻한 손.

엄마의 손길과 입술, 눈길이 머물렀던 모든 곳에 내가 있었다. 오랫동안 잊고 있었지만 내 몸 구석구석 엄마의 손길이 닿지 않은 곳이 없었다.

기억을 따라 엄마의 손길이 스치던 곳들을 하나씩 쓰다듬었다. 엄마가 새겨준 수많은 사랑의 흔적들이 오래전부터 내 몸에 있었다. 그게 내 안에 켜켜이 쌓여 있다는 것을 미처 알지 못했을 뿐.

살인자가 남긴 흉터 위로 나를 쓰다듬는 엄마의 손길이 느껴진다. 흉측하게 남은 상처에 엄마의 입술이 내려온다. 살인자가 내 몸을 아무리 찢어놓아도 엄마가 내 몸에 새겨넣은 그 흔적들은 사라지지 않는다. 그것은 영원히 내 몸에, 기억 속에 자리잡고 있다.

끔찍하고 아픈 기억에서 도망치느라 미처 살펴보지 못했다. 엄마가 남겨준 것들이 여전히 내 심장을 움직이고, 피를 돌게 하고, 따스한 온기를 만들고 있다는 것을.

살인자가 남긴 흉터 따위는 이제 세지 않을 것이다. 대신 엄마가 남겨준 수많은 흔적, 따스한 기억들을 하나씩 세어보기 시작했다.

뺨 위로 눈물이 흘렀다. 꿈에서 깨어날 때 흐르는 고통스러운 눈물이 아니라, 따스하고 아련한 눈물이었다. 눈물은 나를 위로하며 차분하게 만들어주었다.

다시 졸음이 몰려왔다. 이제는 두려움이 가셨다.

엄마가 내 안에 살아 있다는 것을 느낀 지금, 무엇을 보든 두려워하지 않겠다고 마음먹었다.

17

아침부터 몸이 무거웠다. 출근해 책상 앞에 앉았지만 머리가 멍해서 안 되겠다 싶어 밖으로 나왔다. 머릿속이 안개가 낀 것처럼 뿌옇고 답답했다. 잠을 설친 탓도 있지만 물에 뜬 부유물 같은 게 신경세포에 잔뜩 달라붙은 느낌이었다.

성준은 휴게실에 설치된 자판기에서 캔 음료를 뽑아 들고 구석 자리에 앉았다.

손끝에 느껴지는 캔의 차가운 기운이 손바닥을 타고 몸속으로 퍼졌다. 둔해졌던 감각이 조금씩 깨어나는 것 같았다. 차가운 음료수를 따서 단숨에 들이켰다. 탄산 거품이 목을 콕콕 찔러대며 지나갔다. 머리와 가슴에 묵직하게 자리잡고 있는 것도 내려가면 좋으련만.

이 사건을 수사한 뒤로 머릿속의 안개가 점점 더 짙어지고 있었다.

처음엔 모든 것이 분명해 보였다.

살인사건이 하루 한 건 이상 일어나는 대한민국에서 산속에 암매장된 시신이야 그다지 특별할 것도 없다. 어떤 사건이든 풀어나가다보면 원한이든, 치정이든 전체적인 그림이 조금씩 드러나며 인과관계가 명확해진다. 증거물을 하나씩 발견하고 확인할 때마다 목적지를 향해 가는 발걸음이 선명해진다.

하지만 이번 사건은 계속 엉거주춤한 상태로, 어디로 가는 건지 방향도 못 잡고 있다는 느낌을 지울 수가 없다.

현장이 오염되었거나 증거물이 없어서 초동수사부터 돌파

구를 찾기 힘든 사건을 한두 번 겪은 게 아니다. 때로는 느리게 하나씩 확인하며 오랜 시간에 걸쳐 수사를 해나갈 때도 있다. 하지만 그런 경우라도 이렇게 보이지 않는 안개 속에 발이 묶인 것처럼 주위를 두리번거리며 머뭇거리지는 않았다.

최아린이라는 존재가 그어놓은 명확하지 않은 경계를 지나친 것이 문제였을까? 거기다 수사가 진행될수록 아린의 '정보'에 의지해 움직였다. 정 형사 말대로『헨젤과 그레텔』처럼 아린이 던져주는 빵조각을 따라온 꼴이다. 그럴수록 수사에 진전이 있기보다 점점 알 수 없는 늪에 빠지는 기분이 들었다.

수사의 진행과는 별개로, 아린이 전해주는 정보를 따라가면서 성준의 기분은 한층 복잡해져갔다. 짙어진 안개에 시야가 흐려지고 방향을 잃은 듯했다. 아린은 길잡이가 아니라 그리스 신화에 나오는 세이렌 같았다. 뱃사람을 홀려 알 수 없는 곳으로 이끄는 존재. 사건에 집중해야 할 신경들이 자꾸 최아린이라는 존재 때문에 흐트러졌다.

성준은 주머니에 넣어두었던 메모지를 꺼내 펼쳐보았다. 전날 홍 경장에게서 건네받은 아린의 그림이었다.

'그 여자의 방'이라고 전해달라고 했다는 얘기를 듣고 피해자의 방이라는 것을 깨달았다.

아린은 지난번에도 피해자에 관한 꿈을 꾸고 적어놓은 메모를 건네주었다. 이번에도 비슷한 방식으로 피해자의 방을 보게 된 것이리라.

피해자의 방이라고는 했지만 방보다는 창밖 풍경에 초점이 맞춰진 그림이다. 그림을 보는 순간, 성준은 아린이 꾼 꿈의 의미를 깨달았다. 꿈은 피해자가 살던 집의 위치를 가리키고 있었다.

창밖의 전망은 인천 남구민이라면 알 수 있는 런드마크, 주상복합건물 '엑설런트 타워'였다.

높은 건물이 별로 없는 남구에서 거대한 위용을 드러내는 엑설런트 타워는 일명 '빙하 빌딩'이라고도 불리는데, 푸른빛이 도는 유리로 만들어진 건물의 외관이 멀리서 보면 거대하고 날카로운 빙하가 서 있는 듯한 모습이기 때문이다.

엑설런트 타워는 57층에 이르는 층수 때문에 남구 어디에서도 잘 보인다. 울퉁불퉁한 외관 덕분에 드러나는 건물의 모양에 따라 어느 방향에서 보는 것인지 가늠할 수 있다.

그래서 성준은 메모를 건네받고 얼마 지나지 않아 차를 몰고 엑설런트 타워가 잘 보이는 곳들을 돌며 외관 사진을 여러 장 찍었다.

"뭘 하고 있어?"

현관으로 들어서던 황 팀장이 사무실로 가려다 휴게실에 있는 성준을 발견하고 방향을 틀었다. 황 팀장이 다가오는 것을 본 성준은 얼른 메모지를 접어 주머니에 넣었다.

팀장은 성준 앞에 놓인 캔을 흔들어보더니 비어 있는 것을 확인하고는 쓰레기통에 던져넣었다. 그러고는 성준의 코앞에 손바닥을 내밀었다.

성준은 아무 말 없이 주머니를 뒤져 동전을 건네주었다.

"새로운 소식 없어?"

황 팀장이 자판기에 동전을 집어넣으며 물었다.

만날 때마다 물어본다. 서장에게 호출받은 이후로 부쩍 닦달이 심해졌다. 이래서 언론의 주목을 받는 사건을 맡으면 피곤해진다. 수사를 서둘러야 하고 무언가에 쫓기듯 달려야 한다. 아린과 그녀가 건네주는 정보에 대해 제대로 생각해볼 시간이 없는 데에는 이런 이유도 한몫했다.

"있습니다. 피해자의 신원을 곧 알 수 있을 거 같습니다."

언제 왔는지 갑자기 나타난 정 형사가 핸드폰을 집어넣으며 서둘러 황 팀장의 질문에 답했다. 성준도 처음 듣는 소리여서 쳐다보니 정 형사가 한쪽 눈을 찡긋해 보인다.

"자랑이다, 일주일 만에 피해자의 신원을 확인한 것도 아니고, 알 수 있을 것 같다고?"

"그러게요. 뭐 그래도 일단 확인만 되면 그뒤는 척척, 아니겠습니까?"

정 형사의 너스레가 귀여웠는지 황 팀장이 성준의 돈으로 산 캔 음료를 건네주며 생색을 냈다. 팀장에게 음료를 건네받은 정 형사의 입이 절로 벌어졌다.

황 팀장은 다시 성준에게 손을 내밀었다. 빤히 쳐다보자 얼른 달라고 손바닥을 흔들어 재촉까지 한다. 어이가 없었지만 결국 주머니를 뒤져 남은 동전을 탈탈 털어 황 팀장에게 건네주었다.

황 팀장이 자판기에 동전을 넣는 사이, 정 형사가 성준의 어깨를 툭 쳤다.

"가시죠."

"어딜?"

"매장이요. 까르띠에 한국 본사에서 연락이 왔어요. 인천 매장에 지시를 해뒀으니 확인하라고요. 뭐든지 협조할 거랍니다."

까르띠에 한국 본사로 보낸 수사 협조 공문이 효과를 발휘한 모양이다.

자판기가 동전을 먹었는지 손바닥으로 쾅쾅 기계를 두드리던 황 팀장은 둘이 휴게실을 빠져나가는 것도 모르고 인상을 썼다. 현관으로 가려던 성준이 다시 돌아와 자판기의 허리 부분을 치자 우르르 캔이 쏟아지는 소리가 들렸다.

"하여튼 고물 기계는 좀 맞아야 정신을 차린다니까-."

캔을 두 개나 꺼내든 황 팀장은 좋아라 하며 손을 흔들어 보이고는 사무실로 들어갔다. 가끔 나이를 잊은 듯 아이처럼 구는 천진한 황 팀장의 뒷모습을 쳐다보던 성준과 정 형사는 서로 얼굴을 마주보며 피식 웃었다.

현관을 나서는데 정 형사가 그제야 생각난 듯 한 가지 더 얘기를 전했다.

"아, 좋은 소식이 있어요."

"뭔데?"

"구매자가 이벤트에 응모하려고 작성한 카드가 있답니다. 그러니까 연락처와 이름, 주소, 거기다 카드에 묻은 지문까지 확보할지도 모른다는 얘기죠."

"잘됐네. 그럼 다녀와."

"예? 같이 안 가시고요?"

"난 다른 것 좀 알아보려고."

성준은 아린의 그림이 그려진 메모를 흔들어 보였다.

"아, 그거요?"

어제 그림을 함께 본 정 형사는 바로 성준의 의도를 파악했다.

"괜찮아요?"

"뭐가?"

잠시 성준의 눈을 쳐다보던 정 형사는 머뭇거리며 말을 아꼈다.

"왜? 할말 있으면 해."

"어제 그 얘기 있잖아요, 실종된 아이 찾아준 얘기."

"……"

238

"솔직히 처음 시체가 묻힌 장소를 알려준 것부터 시작해서, 지난번 메모도 그렇고, 어제 일도 그렇고 전 좀…… 불편해요."

"……"

"뭐, 지금 수사에 도움을 받고 있는 건 사실이지만 꺼림칙하다고 해야 하나, 영 마음에 걸리는 게 거리를 둬야 하는 거 아닌가 싶기도 하고, 좀 그래요."

그동안 말은 하지 않았지만 정 형사 역시 성준과 같은 기분을 느꼈던 모양이다.

"선배님은 어떤 생각인지 궁금해요."

"……나는 티끌 하나라도 꺼림칙한 건 못 참는 사람이야."

정 형사는 성준의 그런 성격쯤은 이미 알고 있다는 듯 고개를 끄덕였다.

"그래도 1순위란 게 있지. 형사인 나한테 가장 꺼림칙한 게 뭐겠어?"

"그거야 뭐……"

"그래, 제일 꺼림칙한 건 범인을 못 잡는 거야."

"……"

"나머지는 사건부터 해결한 뒤에 생각해보기로 하자. 응?"

"무슨 말인지 알겠어요, 홍 경장에게 비밀로 하라고 한 건……?"

정 형사는 성준이 홍 경장과 여 경장에게 입단속을 시킨 이유가 궁금한 모양이다.

성준은 정 형사의 등을 툭 치면서 걸음을 옮겼다.

"언론이며 방송에서 떠들어봐라, 지금보다 열 배는 피곤해질걸."

"역시 새어나가면 시끄럽겠죠?"

그건 확인하지 않아도 알 수 있다. 지금도 기자들의 질문이나 언론의 관심으로 신경이 쓰이는 판인데, 아린의 존재가 알려지면 그 불길은 엉뚱한 곳으로 번질 수밖에 없다.

얼른 범인을 잡아서 사건을 마무리하고 나면 언론의 관심도 사그라든다. 아린에 대한 생각은 그뒤로 잠시 미루고 싶은 게 성준의 솔직한 심정이었다.

"빨리 움직이자고, 구매자 확인되면 바로 연락하고."

성준은 정 형사를 남겨두고 서둘러 자신의 자동차로 걸어갔다.

운전석에 올라타자마자 계기판에 아린이 그려준 메모지부터 올려놓았다.

핸드폰으로 찍어온 몇 장의 사진을 그림과 비교해보니 대충 어느 지역인지 가늠이 됐다. 그렇다고 건물을 금방 찾을 수 있는 건 아니다. 각도를 알았다고 해도 그 각도 범위에 있는 건물들은 수백, 수천 채다. 거길 일일이 찾아다니는 건 무리다. 더구나 창문의 전망만으로 방까지 찾아낼 수 있을까?

그러다 문득 사진에서는 찍히지 않는 빌딩의 단면이 그림 속에는 있다는 것을 발견했다.

거리에서는 절대 볼 수 없는 건물의 단면.

57층에서 45층까지 비스듬하게 잘린 듯한 단면은 아래쪽에서는 보이지 않는다. 실제로 성준이 찍어온 사진에서도 그 측면은 45층에서 끝난 것처럼 보인다.

이 단면이 보인다는 건 엑설런트 타워와 비슷한 높이라는 얘기다.

성준은 그 건물이 어딘지 바로 떠올렸다. 주안역과 도화 IC 사이에 있는 오피스텔 건물.

서둘러 시동을 걸고 건물이 있는 도화동으로 이동했다. 교통량이 많은 지역이기는 하지만 오전이라 그런지 막힘없이 잘 뚫렸다. 경찰서에서 출발한 지 이십 분이 채 걸리지 않아 목적지가 보였다.

하나 오피스텔.

지은 지 오래되기는 했지만 규모가 꽤 큰 오피스텔이다. 성준이 기억하기로 15년은 넘었다. 그때는 이곳이 남구에서 가장 높은 건물이었다. 오피스텔 입구에 도착해 주차장에 차를 세우고 1층 현관에서 엑설런트 타워 쪽을 바라보았다. 오전 햇살을 받은 빌딩은 빛을 받아 반짝이고 있었다.

성준은 서둘러 현관 안으로 들어갔다. 입구 안쪽에 경비실이 보였다.

유리창 너머를 살폈지만 경비실 안은 비어 있고 문은 잠겼다. 아마도 순찰을 나간 듯싶었다. 잠시 주위를 둘러보다 승강기로 향하는 복도에 설치된 우편함을 발견했다. 성준은 서둘러 우편함 쪽으로 걸음을 옮겼다.

그림 속에 나오는 전망이라면 대충 몇 층이나 될까? 이 건물은 42층 높이지만 지대가 조금 높은 곳에 있다보니 50층 이상으로 느껴졌다.

성준은 가장 높은 층부터 우편함을 살폈다. 한 우편함이 금세 눈에 들어왔다.

다른 우편함들은 깔끔하게 치워져 있었지만, 그 우편함만은 벌어진 입에 우편물과 광고 스티커가 꽉꽉 들어찼다. 우편물을 꽤 오래 치우지 않았다는 의미다. 성준은 우편물을 하나 꺼내 입주자의 이름을 확인했다.

그때 성준의 핸드폰이 울렸다. 시계 매장에 간 정 형사로부터 걸려온 전화였다.

—구매자 정보 받았어요. 이름은 민서라. 주소는 인천시 남구 도화동 하나 오,

"하나 오피스텔 4004호."

—어, 어떻게 아셨어요?

"지금 그 오피스텔 건물에 와 있어."

―……찾으셨군요. 바로 가겠습니다.

전화를 끊자마자 성준은 다시 경비실로 걸음을 옮겼다. 마침 건물로 들어오는 경비원이 보였다. 얼른 다가가 말을 걸었다. 성준은 경비원에게 신분을 밝히고 협조 요청을 했다.

경비원은 곧 경비실로 들어가 책상 서랍을 열어 서류를 뒤졌다. 입주자의 연락처가 있는 서류에서 전화번호를 찾아 전화를 걸었지만 받지 않았다. 이미 짐작하고 있던 성준은 경비원에게 4004호로 함께 올라가 확인해줄 것을 부탁했다.

경비원은 난감한 표정으로 고개를 저었다.

"강제로 문을 열 수는 없는데?"

"우편물이 쌓였습니다. 전화도 안 받죠?"

"그래도 허락 없이 문을 열 수는 없는 일 아니오?"

"누구에게 허락을 받아요? 입주한 당사자가 사건의 피해자일지도 모르는 상황입니다."

"그래도…… 허락 없이 열었다가 항의라도 들어오면."

"걱정하지 마세요. 제가 책임져요. 필요하면 수색영장 들고 오죠."

그제야 경비원은 무거운 엉덩이를 움직여 마스터키를 들고 승강기로 향했다.

"이거 잘하는 일인지 모르겠네. 일주일씩 비우는 일도 흔한 편이라……"

승강기를 타고 올라가는 동안에도 경비원은 혹시라도 문책을 받을까봐 조바심을 냈다.

"4004호 입주자에 대해서 좀 아세요?"

성준의 질문에 기다렸다는 듯 경비원은 손사래를 치고 고개를 저었다.

"보다시피 워낙 큰 건물이다보니 입주자도 많고 또 수시로 이사를 왔다가 나가는 상황이라 누가 누군지 몰라요."

특별히 엮이는 경우가 아니면 잘 알지 못한다는 얘기였다. 조금 전 서류로 확인한 바에 의하면 민서라는 지난가을 입주했고 반년이 조금 넘었다.

4004호는 승강기에서 내려 한참을 걸어가야 닿는, 거의 복도 끝에 있었다. 초인종을 눌렀지만 역시 안에서는 아무런 인기척도 들리지 않았다.

몇 번이나 초인종을 누르고 전화까지 다시 걸던 경비원은 결국 가지고 온 마스터키로 문을 땄다.

현관문을 연 순간, 막힌 공간에서 오래 묵은 먼지 냄새와 뭔가 썩은 것 같은 역한 냄새가 밀려나왔다. 사건 현장 경험이 많은 성준은 단번에 피비린내라는 것을 눈치챘다. 경비원도 이상한 기운을 느꼈는지 놀란 눈이 되어 선뜻 들어서지 못하고 성준을 돌아보았다.

성준은 당황한 경비원을 진정시키고 4월 초순부터 말까지 현관과 주차장, 승강기 등 건물 내외부에 설치되어 있는 CCTV의 녹화영상을 챙겨달라며 그를 아래로 내려보냈다. 4004호와 관련된 우편물도 수거해달라고 부탁했다.

경비원이 내려가고 난 뒤 복도에 혼자 남은 성준은 10평 남짓해 보이는 오피스텔 안을 들여다보다 크게 심호흡하고 핸드폰을 꺼내 황 팀장에게 전화를 걸었다.

"피해자의 집을 찾았습니다. 살해 현장으로 보입니다. 감식팀 보내주시죠. 도화동 하나 오피스텔 4004호입니다."

성준은 다른 집에서 인기척이 들리자 얼른 4004호 안으로 들어가 문을 닫았다. 감식반이 들이닥치면 금방 소란해지겠지만 아직은 주위를 시끄럽게 하고 싶지 않았다.

성준은 현관에 서서 방안을 둘러보았다.

외부와 완전히 차단된 방안은 주인을 잃고 꽤 오래 방치된 듯했다. 바닥에 떨어진 혈흔 자국은 말라붙었고 서랍장과 화장대는 어지럽게 흐트러졌다. 창가의 침대 위에는 이불이 널브러져 있었는데, 자세히 보면 이불에도 검붉은 자국이 넓게 퍼져 있다. 아마도 침대 위에서 살해당한 듯싶었다.

이대로 감식반이 올 때까지 기다려야 했지만 성준은 참을 수가 없어 신발장을 열었다. 뭔가 바닥에 깔 만한 것을 찾았다. 모아둔 신문지가 보였다. 성준은 혈흔이 튄 바닥을 피해 신문지를 두툼히 깔고 창가 쪽으로 조심스럽게 걸음을 옮겼다.

별로 크지 않은 원룸이라 신문지가 많이 필요하지도 않았다. 창가에 다다른 성준은 닫힌 커튼 앞에 멈춰 섰다. 창문 너머에 어떤 풍경이 기다리고 있을지 알면서도 긴장감에 심장이 두근거렸다.

주머니에서 볼펜을 꺼내 창가의 커튼을 걷어내자 커다란 창문 너머로 시내 풍경이 한눈에 들어왔다. 저 아래 낮은 주택과 상가들이 오밀조밀 보이고 멀리 우뚝 솟아 있는 엑설런트 타워도 한눈에 보였다.

성준은 주머니에서 메모를 꺼내 아린의 그림과 창밖의 엑설런트 타워를 비교해보았다. 아린은 마치 이 위치에 서 있었던 것처럼, 이 방에서 엑설런트 타워를 보고 그대로 옮긴 것처럼 정확하게 창밖의 전망을 그렸다.

도대체 아린은 어떻게 이 방안의 풍경을 알 수 있었을까?

성준은 흐트러진 방안을 찬찬히 둘러보았다. 텔레비전 옆 진열장에 놓인 사진이 눈에 들어왔다. 성준은 사진 속 여자가 민서라라는 것을 직감했다. 두학산에서 수습한 그 여자다.

두학산에 묻혀 있던 신원 미상의 여자는 드디어 자신의 이름을 찾아 살아 있을 때의 모습으로 눈앞에 나타났다.

대체 민서라는 어떤 일에 휘말렸길래 잔혹하게 살해되어 암매장됐을까?

피해자의 신원을 확인했고 살인 현장이 확보되었다. 여기까지 오는 과정은 더뎠지만 이제부터는 수사가 급물살을 탄 듯 빠르게 흘러갈 것이다. 수사는 8부 능선을 넘은 것이나 다를 바 없다.

성준은 자신도 모르게 긴 한숨을 내쉬었다.

아린이 없었다면 여기까지 오는 데 훨씬 많은 시간이 걸렸을 것이다. 아니, 사건을 인지하는 것도 언제가 될지 알 수 없는 일이었다. 어쩌면 영원히 땅속에 묻힌 채 사라질 수도 있었다. 아린 덕분에 민서라의 죽음이 세상에 알려졌다.

성준은 피해자가 생활한 흔적을 살펴보았다. 아기자기한 화장품들이 진열되어 있었을 화장대는 뭔가를 찾아 되진 것처럼 엉망이었다. 다행히 거울 테두리에 꽂힌 폴라로이드 사진과 사진 몇 장은 제대로 붙어 있었다. 어릴 때 사진도 있었고 친구와 찍은 사진도 보였다.

천천히 시선을 옮기며 한 장씩 살펴보던 성준의 눈이 한곳에 붙박였다. 한기가 등줄기를 타고 흘러내렸다.

민서라가 고양이를 안고 찍은 사진이었다.

고양이 에디.

사진 속 민서라가 안은 고양이는 '호루스의 눈'에서 본 고양이 에디가 분명했다. 그러고 보니 사진 뒤로 어렴풋이 보이는 풍경도 그 카페 안이다.

그 사실을 깨닫자 성준은 뒤통수를 거세게 후려 맞은 듯한 기분이었다. 망연자실한 채 한동안 멍하니 사진만 노려보았다. 지금 자기 눈으로 확인한 이 상황을 이해하기 위해 알고 있는 사실들을 하나씩 되짚어보기 시작했다.

민서라가 고양이 에디를 안고 사진을 찍었다는 것은, '호루스의 눈'에 갔다는 얘기다. 그것은 곧 최아린과도 만났거나 아는 사이라는 등식이 성립된다.

경찰서에 처음 신고하러 온 최아린은 암매장된 피해자를 모르는 사람이라고 했다.

거짓말.

최아린은 거짓말을 했다. 그 말이 거짓이라는 증거가 눈앞에 있다.

꿈에서 봤다는 터무니없는 소리로 시체를 찾게 하더니, 며칠 뒤에는 여자의 흔적을 추적할 단서를 알려주었다. 그것도 부족해서 피해자의 집을 찾아낼 수 있도록 그림까지 그려서 건네주었다. 이유는 분명하다. 최아린은 민서라가 죽었다는 사실을 확인시켜주려는 것이다.

성준은 그제야 자신이 놓친 게 무엇인지 깨달았다.

지금까지 최아린에 대해 깊게 생각해보지 않은 것이 불찰이다. 개운하지 않은 점이 분명 있었지만 일단 벌어진 사건에 신경을 쓰느라 그 부분을 간과했다. 의심스러운 신고자라면 충분히 검증했어야 했다.

성준은 무턱대고 최아린의 말을 믿으려 한 스스로가 의아했다. 이제 와서 후회해도 소용없지만, 이상하게도 그녀의 비상식적이고 허황된 말을 반쯤은 받아들이고 수사를 진행했다.

성준은 거의 무의식적으로 고양이 에디가 찍힌 사진을 떼어내 주머니에 집어넣었다.

사건이 이렇게 흘러온 것은 성준의 책임이다. 최아린의 신고를 받고 아무 의심 없이 수사를 진행한 것은 모두 자신의 잘못이다. 어설픈 초보 형사처럼 방향도 못 잡고 최아린이 이끄는 대로 끌려온 스스로가 한심했다. 무언가에 홀린 것처럼 자신의 경험과 의식, 사고력을 상실하고 그녀가 조종하는 대로 꼭두각시처럼 움직였다는 사실에 얼굴이 화끈거렸다.

그제야 본능적으로 사진을 떼어내 주머니에 넣은 행동의 이유를 깨달았다.

그것은 모멸감이었다. 강력반 형사로 8년을 살아오면서 이렇게 자존심에 상처를 입은 적은 없었다. 자신이 농락당했다는 불쾌감도 컸지만 무엇보다 최아린이 무슨 의도로 이런 일을 꾸몄는지를 확인하고 싶었다.

이번에는 제대로 최아린이라는 사람의 정체를 조사하기로 마음먹었다.

18

십여 분 뒤, 정 형사가 오고 곧 감식반도 도착했다.

감식반이 오기 전, 현관으로 들어서던 정 형사 역시 창밖의 풍경을 보고 놀라움을 금치 못했다. 이미 메모지의 그림을 본 정 형사는 당혹감으로 얼굴이 굳었다. 성준과 눈이 마주치자 믿기지 않는다는 듯 고개를 절레절레 흔들며 자신의 놀라움을 전했다.

"이거 진짜, 이 방에 들어와본 거 아니에요?"

그럴지도.

성준은 차마 그 말을 입 밖으로 내지 못했다.

정 형사의 말대로 최아린이 이 방에 들어와봤다면 그 그림에 대한 의문은 너무나 간단히 풀린다. 이렇게 명쾌하고 단순한 사실을 왜 보지 못했을까? 증거물만 놓고 보면 이 사건에 대해 가장 많이 아는 사람은 최아린이다. 누구보다 먼저 의심해야 하고, 유력한 용의자로 지목되어야 할 사람이다.

성준은 정 형사에게 사진에 대해서는 이야기하지 않았다. 최아린을 만나 확인하기 전까지는 우선 혼자 감당할 생각이었다.

감식반이 들어와 원룸에 남은 지문과 족적, 혈흔, 증거물을 채취하는 동안 성준과 정 형사는 복도로 나와 창이 있는 가장자리로 자리를 옮겼다.

머릿속은 엉킨 실타래처럼 복잡하고 착잡했지만, 성준은 표정을 감추고 매장에 다녀온 정 형사의 이야기를 들었다.

"매장에선 뭐래?"

"지난번 우리가 갔을 때 바로 기억한 이유가 있더라고요. 고가의 시계라 판매가 몇 건 안 됐기도 했지만, 눈길을 확 끌 만한 일이 있었던 모양이에요."

"……?"

"그 자리에서 현금으로 지불했대요. 가방을 열어서 5만 원권 돈뭉치를 척척, 자그마치 5천만 원을 그렇게 꺼내놓더랍니다. 아니, 더 꺼내놓고 세다가 다시 집어넣었는데, 가방 안에는 더 많은 현찰이 들어 있는 눈치였대요."

"확실히 관심은 끌었겠네."

"의심스러워서 차를 대접하면서 응모권도 쓰게 하고, 그사이에 위조 지폐인지 확인했다고 하더군요. 물론 지폐는 진짜였고요. 직원들 눈치가 이상하다고 느꼈는지 민서라가 로또에 당첨돼서 찾아온 돈이라고 했대요."

"하."

자신도 모르게 탄식이 흘러나왔다.

"근데 거짓말이라는 걸 금방 알았다고 하더군요."

"어떻게?"

"같이 있던 남자가 '이러다 걸리면 죽는다'고 속삭이는 걸

들었대요. 말하는 분위기로 봐서는 훔치거나 횡령한 것 같았다고."

"남자가 있었어?"

"예. 매장에 CCTV가 있기는 한데, 그 당시 기록은 이미 삭제됐대서 인상착의로 몽타주 작성을 하려고요. 서에 연락해서 매장으로 보냈으니까 곧 몽타주가 나올 거예요."

흩어져 있던 퍼즐 조각들이 하나둘 자기 자리를 찾는 것처럼 느껴졌다.

고가의 시계를 구입한 것과 중국 대련행 여객선 시간을 알아본 것은 민서라가 살해된 이유가 돈과 관련되었을 거라고 짐작하게 했다.

감식반이 현장 사진을 찍고 증거물을 채취하는 동안 경비원이 우편물과 CCTV 영상을 저장한 USB를 가지고 올라왔다. 이제는 분석하고 확인해야 할 증거물이 차고 넘쳤다. 갑작스럽게 해야 할 일들이 산더미처럼 쌓였다.

성준은 우선 민서라의 오피스텔에서 가져온 증거물을 분석해서 최아린과 관련이 있는 증거를 더 확보하기로 했다. 보다 직접적이고 확실한 증거로 퇴로를 차단할 생각이었다.

성준은 정 형사와 함께 차를 타고 경찰서로 돌아왔다.

주차장에 차를 세워놓고 본관으로 들어서는데 안에서 기다렸다는 듯이 홍 경장이 달려나왔다. 눈치로 보아 로비에서 기웃거리며 성준이 돌아오기를 기다린 것 같았다.

"봤어요?"

성준과 정 형사는 어리둥절해서 홍 경장을 쳐다보았다.

"뭐 말이야?"

앞뒤 자르고 봤냐니, 두 사람은 무슨 일인지 짐작이 되지 않았다. 홍 경장은 안절부절못하며 성준을 쳐다보다가 어렵게 말을 꺼냈다.

"그거 저 아니에요. 진짜 제가 얘기한 거 아니에요."

"좀 알아듣게 앞뒤 제대로 붙일 수 없어?"

"기사 말이에요. 최아린씨. 저 진짜 아무 말도 안 했어요."

이렇게만 말하고 홍 경장은 부리나케 본관 현관을 나가버렸다.

"왜 저래?"

두서없이 사라지는 홍 경장을 보며 정 형사가 혀를 찼다. 이따금 부산을 떨기는 하지만 이렇게 우왕좌왕하는 모습은 처음 봤다. 왠지 꺼림칙했다.

"최아린씨 기사라니, 무슨 일일까요?"

"들어가보면 알겠지."

애써 태연한 척 걸음을 옮겼지만 마음이 무거워졌다.

최아린에 대한 기사가 나갔다면 역시 그것밖에 없다. 홍 경장이 일부러 성준을 기다린 뒤 자신이 아니라는 말을 하고 떠난 걸 보면 기사 내용이 보통은 아닐 거라는 생각이 들었다.

사무실 문을 열고 들어가자마자 황 팀장이 기다렸다는 듯 손을 흔들어 성준을 불렀다.

"곧 끝나요. 피해자의 오피스텔에서 CCTV도 확보했으니까 확인하는 대로 보고하겠습니다."

"어, 그건 됐고, 최아린 기사 봤어?"

사건에 대해 물을 줄 알았더니 의외로 최아린에 대한 이야기를 꺼낸다. 황 팀장까지 이야기를 꺼내니 기사 확인을 안 할 수가 없었다.

도대체 무슨 내용으로 기사가 나갔길래, 하는 마음으로 컴퓨터를 켜고 서둘러 기사를 검색했다. 우선 기사를 쓴 사람부터 확인했다. 역시 손 기자였다.

대충 어떤 내용인지 예상하며 기사를 읽어내려가던 성준은 생각지도 못했던 사실을 알게 되어 충격을 받았다. 이번 사건과 관련된 이야기야 어느 정도 짐작했지만 최아린에 대해서는 처음 듣는 이야기였다.

갑자기 마음 한편이 무거워졌다. 뒤편에서 기사를 보던 정 형사도 함부로 말을 꺼내지 못하고 성준의 눈치만 살폈다.

"……이런 사연이 있는 줄 몰랐네요."

지난 5월 9일 발생한 인천시 남구 두학산 암매장 살인사건은 한

시민의 신고로 세상에 알려졌다. 경찰에 의하면 8일 오후 4시 40분 경 서울시 은평구에 사는 최아린씨가 직접 경찰서에 찾아와 살인사건을 신고했으며, 최씨의 신고를 받고 출동한 경찰이 암매장된 시체를 찾아냈다. 특이한 것은 최씨가 꿈에서 살인사건을 보았다고 말했으며 암매장 장소 역시 꿈에서 본 장소를 알려준 것으로 밝혀졌다.

암매장된 시체를 확인한 경찰은 최씨의 도움으로 수사를 진행중이며, 범인에 대한 정보와 증거물을 확보하는 데 결정적인 조언을 주고 있는 것으로 알려졌다. 최씨의 초자연적인 능력은 이 사건뿐 아니라 아동 실종사건에서도 대단한 성과를 보였다고 하는데, 지난 15일 발생한 진 모 어린이의 실종에서도 아동의 위치를 정확히 맞혀 수사진을 놀라게 했다.

최씨의 등장은 경찰 관계자들 사이에서도 의견이 분분한 가운데 취재진은 최씨에 대해 취재를 하던 중 놀라운 사실을 알게 되었다.

1995년 10월 28일 경기도 안성에서 일어난 일가족 살인사건을 기억하는 사람이라면, 구성원 셋이 처참하게 살해되는 현장에서 유일하게 생존했던 열 살 소녀를 기억할 것이다. 그 소녀가 바로 두학산 암매장 살인사건을 신고한 최씨인 것으로 밝혀졌다.

재혼한 지 4개월 만에 참혹한 일을 당한 일가족은 김씨(43세)와 김씨의 장녀 재경(13세), 장남 재하(10세)로 밝혀졌다. 최아린의 친모인 이씨(37세)는 사건 당일 행방불명되어 범인과 공모 의혹이 제기되기도 했었다. 경찰에 의해 구조된 최씨(당시 11세)는 수십 군데 자상을 입고 죽음 직전 병원으로 옮겨져 가까스로 목숨을 구할 수 있었다. 그러나 최씨는 사건의 후유증으로 1년 넘게 병원 치료를 하고 이후 보육원으로 보내져 생활해온 것으로 밝혀졌다. 안성 일가족 살인사건의 범인은 아직도 잡히지 않은 상태이며, 지난 2010년 10월 28일 공소시효가 만료되었다.

어린 시절의 경험이 최씨에게 특별한 능력을 준 것인지 모르지만 최씨의 이 놀라운 능력은 경찰의 수사에…… 최씨는 현재 마포구 상수동에 있는 한 카페의 바리스타로 일하고 있으며 사건이 있을 때마다 경찰에게 조언을 주는 것으로 알려져……

기사에는 20년 전 일가족 살인사건이 일어났던 외딴집과 어린 아린의 사진이 덧붙여 있었다.

성준은 아린의 사진에서 눈을 떼지 못하고 한참을 바라보았다.

무표정한 얼굴로 정면을 응시하는 흑백사진 속 어린 아린에게서 열한 살 소녀의 생기라고는 찾아볼 수 없었다. 일가족 모두 살인자에게 목숨을 잃고 혼자 살아남은 아이. 수십 군데를 찔려 죽을 고비를 넘기고 겨우 살아났지만 가족을 모두 잃었다는 것을 알았을 때, 아이는 어떤 기분이었을까?

성준은 아린을 처음 만났던 날을 떠올렸다.

세상과는 무관한 듯 비 오는 창밖을 보고 있던 그녀의 모습은 왠지 범접할 수 없는 분위기를 풍겼다. 그렇게 자신과 세상을 떼어놓은 듯한 이면에 이런 과거가 있을 줄은 꿈에도 생각지 못했다. 가슴속에 품은 상처와 그녀가 살아왔을 시간의 무게를 누가 가늠이나 할 수 있을까.

성준은 그제야 왜 아린의 허무맹랑한 거짓말에 귀를 기울이고 그녀에 대한 의혹을 애써 미뤄왔는지 깨달았다.

폭풍우 속에 쓰러지는 아린을 안는 순간, 성준은 날개 꺾인 새를 안아올리는 기분이었다. 따뜻한 두 손으로 감싸안고 세상의 폭풍우로부터 보호해줘야 할 것 같았다.

아련함을 느끼게 하는 쓸쓸한 눈빛과 낮은 목소리, 위태로워 보이는 동작 하나하나가 성준의 가슴에 깊은 인상을 남겼다. 수사가 진행되고 아린과 다시 만날 기회가 생기면서 그날의 첫인상이 차츰 희미해지기는 했지만, 여전히 그녀에게서 느껴지는 불안정하고 위태로운 모습이 성준의 보호본능을 건드렸다. 그 불안하고 신경을 조이는 듯한 초조함의 이유를 이제야 알 것 같았다.

기사를 모두 읽은 성준은 앞으로 일이 어떻게 흘러갈지가 걱정스러웠다. 기사 작성 시간을 확인해보니 한 시간 전쯤 올라온 기사였다.

"손 기자 연락처가 어떻게 되지?"

정 형사가 핸드폰을 뒤져 전화번호를 찾는데, 옆에 서 있던 황 팀장이 인상을 쓰며 중얼거렸다.

"이미 해봤어. 전화 안 받아. 이렇게 벌집을 쑤셔놓고, 나쁜 새끼."

손 기자는 사건이 터진 날부터 최아린에 대한 정보를 가지고 있었다. 어떻게 정보를 입수했는지 모르지만 최아린이 정보를 준 사실도 알고 있다. 성준이 알지 못한 최아린의 과거까지 알고 있다. 기자의 정보력은 대단하다는 생각이 들면서도 한편으로 손 기자가 어디까지 알고 있는지 궁금했다.

"그런데 진짜야?"

"뭐가요?"

"결정적인 조언이란 건 뭐야?"

정 형사가 슬쩍 성준의 눈치를 살폈다. 아직 팀장에게도 보고하지 않은 사실이 있는 걸 아는 정 형사는 성준이 입을 열기 전에는 아무 말도 하지 않을 눈치였다.

"또 꿈 이야기를 한 거야?"

"……"

"……맞기는 한 거고?"

"범행 장소, 피해자 신원 모두 최아린 덕분에 알게 됐습니다."

성준의 대답을 들은 황 팀장은 잠시 입을 다물고 생각에 잠겼다. 그동안 피해자의 신원 파악이 안 되는 상황이라 수사에 어려움을 겪고 있었다는 것을 누구보다 잘 아는 사람이다.

"……결정적인 제보를 해준 건 맞군."

"어떡하죠? 기사가 나갔으니 최아린을 취재하겠다고 난리를 칠 텐데."

"손 기자가 아니라 데스크에 연락하는 게 좋겠군."

황 팀장은 몸을 돌려 자신의 책상으로 걸음을 옮겼다. 뜻밖의 말에 성준은 황 팀장의 얼굴을 쳐다보았다. 황 팀장은 별일 아니라는 듯 무심히 말했다.

"어찌 되었든 우리 일을 도와주고 있는 사람이야. 이런 기사로 과거까지 까발려지게 만드는 건 도리가 아니지."

"……"

성준의 생각도 같았다. 하지만 다른 이유도 있었다. 누구에게도 말하지 못했지만, 최아린이 용의선상에 올라갈지도 모르는 상황에서 수사진이 도움을 받고 있다고 알려지면 입장이 곤란해진다.

수화기를 들고 어디론가 전화를 하려던 황 팀장은 동작을 멈추고 성준과 정 형사를 쳐다보았다.

"뭐해? 증거물이 트럭으로 들어왔는데 얼른 수사 안 해?"

그 말에 정 형사는 재빠르게 사무실을 나갔다. 성준도 그 뒤를 따라 나가려다가 황 팀장이 부르는 소리에 고개를 돌렸다.

“이건 내가 처리할 테니까 그쪽은 자네가 맡아. 최대한 빨리 끝내라고. 알았어?”

“예.”

성준은 잠시 황 팀장의 얼굴을 쳐다보다 사무실을 빠져나갔다.

19

한낮의 유흥가 뒷골목은 밤과는 달리 적나라하다.

전날의 쓰레기가 채 치워지지 않은 이면도로 한편에 차를 세운 남자는 초조함을 감추지 못하고 한 손으로 핸들을 두드리고 연신 사이드미러를 쳐다보며 누군가를 기다렸다.

남자는 음식점과 술집, PC방 등의 간판이 어지럽게 늘어선 상가 중에서도 ‘BMW 노래클럽’이라는 가게의 입구를 주시하고 있었다. 이윽고 가게 출입문이 열리고 검은색 원피스를 입은 여자가 나와 주위를 두리번거리자 남자는 창문을 내리고 손을 흔들어 보였다.

자동차에 탄 남자를 발견한 여자는 허벅지까지 올라간 치마를 손으로 끌어내리며 남자에게 걸어왔다.

“어떻게 된 거야? 차가 달라져서 몰라볼 뻔했네?”

“타, 얘기 좀 하자.”

여자는 잠시 망설이다가 남자가 시키는 대로 조수석에 올라
탔다.

여자는 남자의 차가 낯선 듯 두리번거리며 여기저기 만져보
다가 글러브박스를 열었다. 경솔하고 생각 없는 여자의 행동이
신경에 거슬렸다. 그는 얼른 손을 뻗어 글러브박스를 닫았다.

화들짝 놀라 다급하게 손을 뺀 여자는 일부러 더 과장된 표
정을 하고 남자를 쳐다보았다.

"깜짝이야, 손 찧을 뻔했네."

"건드리지 마. 빌린 차야."

여자는 입을 삐쭉거리며 남자에게 눈을 흘기다 시선을 돌렸다.

"용건이 뭐야? 가게 청소도 아직 안 했어, 금방 들어가봐야
해."

"됐고, 형기 어디 있냐? 연락이 안 돼."

"……"

남자의 질문에 여자는 빤히 쳐다만 볼 뿐 대답이 없다.

"왜?"

"아직 서라 소식 못 들었어?"

"무, 무슨 소식?"

남자는 손끝에 저릿하게 퍼지는 긴장감을 감추고 태연히 물
었다.

"두학산 암매장 살인사건 있지, 그 시체가 서라래, 민서라.

조금 전에 속보 떴어. 오피스텔에서 살해당했대.”

남자는 자신도 모르게 미간이 찌푸려졌지만 이내 굳은 표정을 감추고 여자에게 말했다.

“알아, 나도 봤어.”

“난 얘기 듣고 오빠 짓인 줄 알았는데?”

“내가 왜 서라를 죽여?”

남자는 어이없다는 듯 황당한 표정을 지어 보였다. 여자는 남자를 빤히 쳐다보다 고개를 꺄우뚱거렸다.

“오빠랑 헤어질 거라고 했었거든. 그러고 나서 연락이 끊겼고, 그런데 시체로 딱 발견됐다니까 오빠가 젤 먼저 떠오르던데?”

“야, 세상에 널린 게 여자야. 내가 여자 때문에 인생 망칠 놈으로 보이냐?”

“하긴……”

방금까지는 살해범으로 의심하더니 남자의 몇 마디에 금방 또 수긍을 한다. 결국 그렇게 깊게 생각해본 것은 아니라는 얘기다. 남자는 의심을 풀기 위해 몇 마디를 덧붙였다.

“연락 안 하고 안 본 지 한 달도 넘었어. 새삼 헤어지고 말고 할 사이도 아니었다고.”

“그래?”

“서라, 누구 만나는 놈 있었나?”

“그건 왜?”

“오피스텔에서 죽었다며? 그럼 아는 놈 아냐?”

여자는 남자의 말에 갑자기 뭔가 생각난 듯 놀란 눈이 둥그레졌다. 그러다 갑자기 손으로 입을 틀어막았다. 여자의 행동은 남자의 신경을 건드리기에 충분했다.

“누구 생각나는 사람 있어?”

여자는 남자의 채근에도 주저하는 빛이 역력했다.

“아니야, 자세히 알지도 못하면서 떠들면 안 되지.”

“뭔데 그래? 얘기해봐.”

입이 가벼운 여자가 이렇게 제 손으로 입을 막아가며 말을 아끼려는 걸 보면 결코 가볍게 넘길 얘기는 아닌 것 같았다. 남자는 애써 짜증을 참아가며 여자를 구슬리기 시작했다.

“우리 사이가 이거밖에 안 되냐? 너 힘들다고 할 때 내가 도와준 게 얼만데……”

그의 말에 여자는 어쩔 수 없다는 듯, 하지만 기다렸다는 듯 이내 입을 열기 시작했다. 역시 가벼운 입은 어쩔 수가 없다.

“혹시 형기 오빠 아닐까?”

“형기? 형기가 왜?”

남자는 심장이 쫄깃해지는 걸 느끼면서도 애써 태연하게 대꾸했다.

“한 달 전쯤인가? 홍대 최 사장이 놀러왔었거든. 그때 형기한테 서라랑 만나냐고, 홍대 쪽에서 둘이 데이트하는 거 봤다고 하길래, 내가 말도 안 된다고 했지. 그땐 오빠랑 사귀는 줄 알고 있었으니까. 근데 나중에 서라랑 통화할 때 물어보니까 계집애가 대답을 얼버무리더니 그냥 끊는 거야. 뭐냐 싶긴 했지만 그냥 잊어버렸는데……”

“근데, 그걸로 둘이 의심스럽다?”

“그건 아닌데, 사실 형기 오빠 얼마 전에 구치소 들어갔거든.”

“뭐? 왜?”

남자는 저도 모르게 목소리가 높아졌다. 갑자기 연락이 안 되긴 했지만 이런 일이 있었을 줄은 몰랐다.

“우리 가게에서 술 먹다가 손님한테 주먹질했어.”

“형기가?”

그가 아는 형기는 딱 한 번의 실수로 폭력 전과를 달긴 했어도 주먹질은커녕 벌레 한 마리 죽이지 못하는 소심한 성격이었다. 누군가 시비를 걸거나 멱살을 잡아도 미안하다고 고개를 숙이고 얼른 자리를 피하는 쪽이었다.

“그러니까. 진짜 평소 같지 않았다니까. 내가 그때 옆에 있었는데 손님이랑 시비 붙을 상황이 전혀 아니었거든.”

“뭐 때문에 시비가 붙은 건데?”

“몰라. 손님이 술에 취했는지, 아는 사람이랑 착각을 한 건지 돈 많아서 좋겠다고, 자기도 로또 번호 좀 뽑아달라고 하고, 형기 오빠는 사람 잘못 봤다고 하는데, 백화점에서 어쩌고 하니까 갑자기 주먹을 날리더니 난장판을 만들더라니까.”

남자의 머리가 빠르게 돌아갔다.

“그게 언제야?”

“우리 동해안으로 놀러갔다 온 뒤니까 아마 8일? 9일? 아, 맞다. 두학산에 암매장 살인사건이 터진 날이야. 그때 카운터에서 9시 뉴스로 그거 보고 있었거든.”

그는 서라를 죽이던 날 오피스텔에서 봤던 많은 쇼핑백과 선물상자를 떠올렸다. 모두 백화점 물건이었다. 그걸 빌미로 서라가 돈을 빼돌린 걸 확인하고 추궁하다가 칼을 들고 맞서는 서라와 몸싸움을 벌였고, 결국 살인까지 저질렀다.

당황한 남자가 그 와중에 생각해낸 사람은 형기밖에 없었다. 형기라면 믿고 함께 뒤처리를 할 수 있다고 생각했다. 그는 형기를 불러 서라를 죽인 사실을 알리고, 함께 시신을 수습해 암매장했다. 형기는 자신의 비밀을 무덤까지 가지고 가줄 동생이라고 생각했다. 부모 형제는 안 믿어도 형기는 믿었는데, 서라와 함께 돈을 빼돌린 게 형기였다니, 뒤통수를 맞아도 제대로 맞았다는 것을 깨달았다.

남자는 그제야 풀리지 않던 의문들이 하나둘 이해되기 시작했다.

죽은 서라가 처음 발견되었을 때, 뉴스에서는 어느 시민의 신고가 결정적이었다고 했다. 서라를 암매장한 그 장소는 자신과 형기밖에 모른다.

"내가 면회 가서 합의하라고, 별일도 아니고, 손님도 합의 볼 맘이 있는 것 같다고 하는데도 막무가내야. 싫대. 돈 없어서 그런가 싶어서 내가 빌려준다는데도 신세 지기 싫다고 그냥 형 받겠다고 하는데, 말이 돼? 감방이 뭐가 좋다고……"

"……"

남자는 형기가 왜 한사코 감방에서 안 나오겠다고 하는지 알 것 같았다. 남자가 서라의 돈을 찾아 여기저기 쑤시고 다닌다는 것을 형기는 알고 있었다. 결국 마지막에는 자기를 찾아낼 거라는 걸 염두에 둔 것이다.

'나를 피하는 가장 좋은 방법은 나를 신고하는 것이었겠지.'

형기는 그걸로는 안심이 안 되었는지 일부러 소동을 일으켜 구치소에 수감되는 치밀함을 보였다. 갑작스러운 충격으로 멍한 상태가 지나자, 뱃속 저 아래서부터 스멀스멀 분노가 치밀어올라왔다.

가장 믿었던 동생이다. 그래서 100억을 숨길 때도 함께 다녔다. 그런데 자기 여자인 서라를 건드린 것도 모자라서, 돈까지 들고 튈 생각을 해? 거기까지 생각이 미치자 욕이 절로 나왔다.

"이 개자식, 내가 그냥 두나 봐라."

남자의 욕설에 슬쩍 안색을 살피던 여자가 엉뚱한 소리를 했다.

"서라 많이 좋아했나보네? 이렇게 열받아 하는 걸 보면. 난 대충 데리고 노는 거라고 생각했는데. 오빠가 몰라서 그렇지 그 계집애 이 바닥에서 소문 더러워, 형기 오빠도……"

"내려."

남자는 정색을 하며 여자의 말을 잘랐다. 순간적으로 표정이 굳은 여자는 남자의 얼굴을 살피더니 분위기가 심상치 않다고 느꼈는지 아무 말 없이 자동차에서 내렸다.

자동차에서 내린 여자는 한동안 남자 쪽을 쳐다보다 자기 입을 두드리며 때늦은 후회를 했다. 마음이 불편한지 몇 번 뒤를 돌아보던 여자는 이내 총총걸음으로 상가 쪽으로 뛰어가더니 출입문을 열고 가게 안으로 들어갔다.

그 모습을 확인한 남자는 바로 핸드폰을 꺼내 뉴스 속보를 찾아 읽었다.

검색어에 올라온 '두학산 살인사건' '민서라' 외에도 '최아린'이라는 이름이 보였다. 갑자기 이 이름은 왜 올라온 것인지 기사를 검색해 읽었다.

기사를 다 읽은 뒤에도 '최아린'이라는 여자에 대해 선뜻 와닿는 것이 없었다.

남자는 형기에 대한 배신감과 분노로 기사가 제대로 읽히지 않았다. 초자연적인 능력이 어쩌고 하지만, 남자는 그런 것을 믿지도 않고 관심도 없다. 어차피 그런 이야기는 누군가를 속이자고 재미로 꾸며낸 마술 같은 것과 다를 바 없다. 이 기사 역시 제대로 된 설명도 없이 추측으로 쓴 것 같았다.

기사를 다시 읽으며 문득 남자는 다른 의심이 들었다.

최아린이라는 여자와 형기 사이에 연결고리가 있는 것은 아닌가 하는 의혹. 서라를 묻은 장소를 아는 사람은 자신과 형기 둘뿐이다. 새삼 확인한 형기의 주도면밀함이라면 제 손으로 직접 신고하기보다 아는 사람에게 부탁을 할 수도 있겠다는 생각이 들었다.

감방에 간 놈이 돈 가방을 들고 갔을 리 없다. 누군가 믿을 만한 사람에게 맡겼을 것이다. 그렇다면 여자는 민서라를 죽인 범인은 물론이고 돈 가방의 행방도 알고 있을 가능성이 있다.

혹시 형기와 전혀 모르는 사이고 기사대로 초자연적인 능력을 가진 여자라면 어떻게 되는 거지, 하는 생각도 들었다. 그럴 확률은 희박하지만 그것도 괜찮다 싶었다. 어쨌든 그렇게 찾아 헤매던 돈이 어디 있는지 알려줄 수는 있을 테니까.

아무튼 여자를 만나는 것이 우선이다. 형기와 아는 사이든, 그렇지 않든 간에 이대로 두면 위험할 것 같았다.

남자는 서둘러 자동차에 시동을 걸었다. 상수동이라면 경인

고속도로를 타면 삼십 분이면 갈 수 있는 거리다. 여자를 만나는 것이 마지막 기회라는 생각이 들었다.

구치소에 들어간 형기를 찾아가는 것은 사실상 불가능하다. 혹시 만나게 된다고 해도 그에게 돈이 없다면 의미가 없다. 영리하게 머리를 쓴 덕분에 원하던 대로 안전하게 숨었다. 분통이 터질 노릇이지만 자신이 키운 호랑이 새끼에게 물렸으니 모두가 본인 탓이다.

남자는 한번 더 돈 가방의 행방을 수소문해보고, 그래도 못 찾으면 깨끗이 포기하고 바로 비행기를 탈 생각이었다. 상수동에서 인천공항까지는 한 시간도 채 안 걸린다.

사이드브레이크를 풀고 액셀을 밟으며 서서히 유흥가 도로를 벗어났다. 지난 몇 년간 내 집처럼 드나들었고 이제 다시는 보지 못할 거리였지만 한 조각의 아쉬움도 없었다.

남자는 오로지 최아린이라는 여자와 돈 가방의 행방에간 정신이 쏠려 있었다.

20

수업이 끝나고 일찌감치 학교 교문 옆, 책 읽는 소녀 동상 앞에서 재하를 기다렸지만, 다른 아이들이 수업을 마치고 학교를 다 빠져나갈 때까지 재하는 나오지 않았다.

초조하게 기다리던 나는 혹시 길이 엇갈린 건가 싶어 다시 재하의 교실이 있는 복도로 뛰어갔다. 토요일이라 수업이 일찍 끝나 다들 집으로 돌아갔는데 재하의 반만 아직도 교실에 남아 있었다.

조급한 마음에 복도 창문에서 고개를 빼꼼 내밀고 교실 안을 살폈다.

무슨 일인지 잔뜩 화가 난 선생님이 아이들을 노려보고 있었고, 아이들은 고개를 숙이고 침울한 표정으로 앉아 있었다. 분위기로 봐서 쉽게 끝날 것 같지 않았다. 복도 창문 너머로 간간이 들려오는 소리를 들으니 누군가의 지갑이 없어진 모양이었다.

선생님은 반 아이들에게 누가 훔쳐갔는지 물으며 어서 손을 들고 자수하라고 말했다. 범인이 잡힐 때까지는 누구도 집에 돌려보내지 않겠다면서 으름장을 놓았다.

안 돼, 빨리 집에 가야 한단 말이야.

나는 발을 동동 구르며 아이들 속에 섞여 있는 재하를 찾았다.

재하는 짜증스러운 얼굴로 입을 내밀고 있었다. 갑자기 된서리를 맞은 아이들은 서로의 얼굴을 보며 인상을 써보지만, 누구도 손을 들고 나서는 아이가 없었다. 선생님은 탁자 속에 넣어둔 회초리를 꺼내들었다. 아이들 입에서 짜증과 원망 섞인 탄식이 새어나왔다. 선생님은 범인이 스스로 나오지 않는다면 아이들 모두 회초리를 맞을 각오를 하라고 했다. 불만이 터져나왔지만, 그건 선생님을 향한 게 아니라 나오지 않고 버티는 반 아이에게 퍼붓는 원망이었다.

나는 더이상 참을 수가 없어서 벌컥 교실 앞문을 열었다. 선생님과 아이들의 시선이 모두 내게 쏠렸다. 나는 두 눈에 눈물을 그렁그렁 매단 채 선생님을 바라보며 다급하게 말했다.

"재하, 김재하 누난데요, 지금 엄마가 아파요. 많이 아파요. 빨리 집으로 오래요. 얼른."

갑작스러운 상황에 선생님은 당황한 기색을 감추지 못하고 서둘러 재하를 찾았다. 재하는 어리둥절한 얼굴로 나를 쳐다보다가 서둘러 가방을 가지고 밖으로 나왔다. 나는 재하의 손을 낚아채고 뒤도 돌아보지 않고 달렸다.

"숨차, 이것 좀 놓고 가."

학교를 나와 한참을 달려 읍내를 벗어나자 헐떡이던 재하가 참다못해 내 손을 뿌리쳤다.

"아줌마, 아니…… 새엄마 어디 아픈데? 많이 아파?"

"아니. 안 아파. 그냥 빨리 집에 가야 하니까."

"거짓말이라고? 아픈 건…… 아픈 건 거짓말하는 거 아니야."

재하는 화가 많이 난 얼굴로 나를 쳐다보다가 고개를 돌려버렸다. 그렇게 나를 외면한 채 집이 아닌 엉뚱한 방향으로 걸어가기 시작했다. 나는 총총걸음으로 재하의 뒤를 따라갔다.

"어디 가? 집으로 가야지."

"싫어, 놀다 갈 거야."

"오늘 놀러가기로 했잖아? 우리 다 같이."

"우리 아빠야! 재경 누나도 내 누나야."

"아, 알았어. 아무튼 집으로 가자. 얼른. 늦으면 안 돼."

나는 재하의 기분을 조금이라도 거스를까봐 대꾸도 못하고 달렸다.

재하가 아무리 기분 상하는 말을 해도 지금 그런 것쯤은 아무것도 아니다. 얼른 돌아가 한시라도 빨리 집을 떠나야 한다. 오늘 엄마는 집에 있으면 안 된다. 가능하면 집을 비워야 한다. 내 머릿속엔 온통 그 생각밖에 없었다.

"여행 가기로 한 거 잊었어?"

며칠 전부터 엄마를 졸랐다.

28일에 놀러가요. 어디라도 가요. 하룻밤이라도 괜찮아요.

처음엔 들은 척도 안 하던 엄마였다. 하지만 그동안 단 한 번도 뭘 해달라고 한 적이 없는 내가 엄마를 볼 때마다 자꾸 같은 소리를 해대니, 결국 어제 아침 생각해보겠다고 하더니 저녁을 먹기 위해 온 가족이 모인 자리에서 새아빠가 여행을 가자는 말을 꺼냈다. 엄마는 아무 말 없이 슬쩍 나를 한번 쳐다보고는 모른 척했다. 엄마가 새아빠에게 부탁한 게 분명하다. 재하도, 재경 언니도 모두 좋다고 해서 결국 여행을 가기로 정하고 각자 가고 싶은 곳을 이야기하기 시작했다.

나는 어디라도 괜찮았다. 엄마와 함께 이 집을 비울 수만 있다면 어디든 괜찮았다. 재경 언니는 단풍 구경을 할 수 있는 곳으로 가고 싶다고 했고 재하는 속초에 가고 싶다그 했다.

재하의 말에 새아빠와 재경 언니의 표정이 굳어졌다. 새아빠는 다음에 가자고 했지만 재하는 외갓집에 가고 싶다며 떼를 썼다. 새아빠는 난감한 표정을 지으며 재하를 설득했지만 말을 듣지 않았다. 결국 새아빠는 삐친 재하는 내버려두고 우리끼리만 경주에 가자고 했다. 그 말에 재하는 울음을 터뜨렸고 겨우 달래서 결국 동의를 받아냈다.

28일 토요일 아침, 학교에 가려고 집을 나설 때 엄마가 단단히 주의를 주었다. 학교가 끝나면 바로 돌아와야 늦지 않게 출발할 수 있다고 했다. 걱정하지 말라고 얘기하고 집을 나왔지만 아무래도 재하가 걱정됐다.

재하는 자기가 원하지 않는 곳으로 가게 된 이 여행이 내키는 기색이 아니었다. 일찍 오라는 엄마의 말에도 대답 없이 집을 나섰다. 나는 수업이 끝나는 대로 직접 재하를 챙기기로 마음먹었다.

교실에서 겨우 재하를 데리고 나왔는데 어깃장을 놓으면 딴

곳으로 달아날 것 같았다.

"아저…… 아빠가 많이 화내실 텐데?"

성큼성큼 앞서가는 재하의 등에 대고 소리쳤다.

재하의 걸음이 느려졌다. 갑자기 방향을 바꾸어 내게 오더니 나를 밀치고는 집 쪽으로 달려갔다. 원래 돌아오기로 한 시간보다 조금 늦기는 했지만 여행을 떠나지 못할 정도는 아니었다. 하지만 집에 도착한 나는 아직 아무런 준비도 하지 않은 엄마와 새아빠를 보고 가슴이 철렁했다.

"엄마……?"

"우리 아린이 많이 실망스럽겠다. 어떡하지?"

새아빠의 말에 나는 놀란 눈이 되어 엄마를 바라보았다. 엄마는 나를 데리고 주방으로 가 식탁에 앉혔다.

"아린아, 재경 언니가 어른이 됐어. 어른이 되면 몸에 변화가 오거든. 언니 배가 아파서 쉬어야 하니까 여행은 다음에 가자. 응?"

"아니야, 오늘이 아니면 안 돼요."

"그렇게 고집부리지 말고. 다음주에 가면 되잖아?"

나는 입을 다물고 그대로 위층으로 뛰어올라갔다. 재경 언니에게 졸라서 어떻게 해서라도 가자고 해볼 참이었다.

재경 언니는 침대에 누워 책을 읽고 있었다. 몸의 변화가 뭔지는 모르지만 혹시 꾀병인가 싶을 만큼 멀쩡해 보였다. 어쩌면 재하와 마찬가지로 가족 여행을 하고 싶지 않은지도 모른다는 생각이 들었다.

"많이 아파?"

"약 먹어서 지금은 덜 아파."

"누워 있어야 해?"

"정말 여행 가고 싶구나? 내가 아빠한테 말해볼게. 나는 혼자 집 보고 있어도 괜찮아."

그 말을 들으니 꾀병일지도 모른다고 생각한 게 미안했다. 재경 언니가 그런 사람이 아니라는 것은 이미 알고 있었다. 언니는 나를 처음 본 순간부터 동생으로 받아들이고 다정하고 자상하게 챙겨주었다. 친동생인 재하와 똑같이 대해주었다.

재경 언니와 함께 아래층 거실로 내려오는데 현관문을 열고 들어오는 새아빠가 보였다. 새아빠는 머리와 옷에 묻은 빗방울을 떨어내며 거실로 올라섰다.

"여행 안 떠나길 잘했어. 종일 비가 내릴 모양이야."

그 말을 들은 나는 계단 중간에서 걸음을 멈추었다.

내가 알지 못하는 존재가 나의 계획을, 우리의 여행길을 가로막는 것 같았다. 어떻게 해서든 이 집에 묶어두려고 하는 것 같았다. 나는 조바심으로 안절부절못하다 결국 울음을 터뜨리고 말았다. 비까지 내리는 마당에 열한 살의 어린 너가 할 수 있는 일은 아무것도 없었다.

거실 소파에 앉아 있던 엄마가 울음소리에 놀라 달려왔다.

"왜, 왜 울어? 무슨 일이야?"

하지만 나는 아무 말도 할 수가 없었다. 엄마는 얼른 나를 안아 내 방으로 데리고 들어갔다.

"아린아, 왜 그래? 이렇게 고집부린 적 없잖아, 정말 무슨 일이야?"

아무리 물어도 대답을 할 수가 없었다. 이 집에 들어올 때 엄마와 굳게 약속했다. 어떤 일이 있어도 두 번 다시는 내 꿈에 대해 말하지 않기로. 엄마가 꿈은 아침이 되면 잊어버리는 것이라고 했다.

내가 꿈에 대해 이야기하는 바람에 지난 몇 년 동안 끔찍한 일을 당했다. 나는 엄마와 떨어져 몇 날 며칠을 어두운 방에 갇혀 있었다. 어느 날 엄마가 나타나 나를 데리고 도망치지 않았다면 나는 여전히 어두운 방에 갇혀 지난밤에 무슨 꿈을 꾸었는지 윽박지르는 무서운 아저씨와 목사님에게 둘러싸여 있었을 것이다. 그 산속의 교회를 탈출한 뒤로 엄마는 내게 다짐을 받고 또 받았다. 절대, 절대 꿈 이야기는 하지 마.

'오늘은 집에 있으면 안 돼요. 제발 어디든 나가요. 아니면 엄마는 죽어요.'

이 말이 목구멍까지 올라왔다. 하지만 이제 그런 꿈은 꾸지 않는다고 말했었는데, 또다시 꿈 이야기를 하면 엄마는 내 걱정으로 잠을 못 이루고 불안에 떨 것이다. 엄마는 다음주에 꼭 함께 여행을 가자며 새끼손가락을 걸고 나의 울음을 달랬다.

오후가 지나면서 비는 점점 거세게 내리다 잦아들기를 반복했다.

빗소리는 최면처럼 사람의 기분을 가라앉게 만든다. 나는 내리는 비를 보면서 두려움에 몸을 떨었다. 빗소리는 살인자의 발소리 같았다. 멀리서 처벅처벅, 이제야 가지게 된 내 집을 망가뜨리러 오는 소리. 진짜 살인자는 사람이지만 비는 그의 발소리를 감추는 공범처럼 느껴졌다.

'아, 안 돼, 이렇게 겁에 질려서 어두워지는 걸 지켜보고만 있으면 안 돼.'

열심히 생각했다. 뭔가 방법을 찾아야 한다.

꿈속에서 엄마는 피투성이가 된 채 살인자에게 쫓기고 있었다. 금방이라도 머리채를 잡을 듯 손을 뻗으며 다가오는 살인자를 피해 뛰고 또 뛰었지만 결국 어둡고, 깊고, 축축한 벽이 있는 곳에 떨어졌다. 아무리 기다려도 움직이지 않았다.

날이 어두워지면 엄마는 절대 집밖으로 나가려 하지 않을 것이다. 어떻게 해야 하나 초조하고 불안한 마음으로 거실을 서성거리는데 전화벨이 울렸다. 마당에서 비설거지를 끝내고 현관으로 들어오던 새아빠가 전화를 받았다. 전화를 받는 목소리와 표정이 금세 어두워졌다. 주방에서 저녁 준비를 하던 엄마도 이상한 기운을 느꼈는지 고개를 돌려 새아빠를 쳐다보았다.

전화를 끊은 새아빠는 한숨을 내쉬더니 엄마에게 다가갔다.

"할머니가 쓰러지셨대. 아무래도 지금 가봐야 할 거 같은데……"

그 말을 들은 엄마는 지체 없이 앞치마를 벗고 거실로 나왔다.

"얼른 준비하고 가요."

"혼자 다녀와도 되는데……"

'왜요? 엄마도 데려가요 제발!'

옆에서 얘기를 듣던 나는 마음속으로 이렇게 소리쳤다.

"무슨 소리예요? 당연히 나도 같이 가야죠."

다행히 엄마가 따라가겠다고 해서 두 사람이 함께 집을 나서게 되었다. 아이들만 두는 걸 걱정스러워하는 아빠에게 재경 언니와 나는 걱정하지 말라고 했고 재하는 자기 방에서 노느라 나와보지도 않았다.

내 힘으로 어떻게 해서든 이 집을 벗어나려 할 때는 그렇게 어렵던 일이 너무나 쉽게 풀렸다. 오늘밤에는 못 돌아오고 내일 아침에 출발해서 오후는 되어야 집에 도착한다는 말에 오히려 마음이 푹 놓일 지경이었다. 현관을 나서는 엄마를 꼭 끌어안고 "정말 다행이야"라고 중얼거렸다.

그게 엄마와의 마지막 포옹이었다.

눈을 떠보니 창문으로 들어오는 햇살이 늘어져 있고, 침대 옆 탁상시계를 보니 어느새 4시가 지나고 있었다. 하지만 침대에서 일어나고 싶지 않았다. 그대로 누워 창으로 들어오는 햇살과 그 속에서 유영하는 먼지들을 지켜보았다.

꿈에서 보았던 풍경들, 소리와 냄새, 감촉까지 도든 것이 아직 몸에 남아 있다. 햇살에 날아가버리기 전에 그늘 내가 놓친 많은 것을 조금 더 느끼고 싶었다.

교정을 노랗게 물들이던 은행나무 아래, 밟으면 푹신할 정도로 쌓인 눈부신 은행잎을 보면서도 나는 조바심만 내고 있었다. 외갓집이 그리운 재하의 외로움도 안중에 없었고, 이제 처음 생리를 시작한 재경 언니에게 축하한다는 말 한마디도 건네지 못했다. 엄마와 내가 그렇게 바라던 따뜻한 집을 만들어준 새아빠를 아직 제대로 불러보지도 못했고, 무엇보다 서둘러 보내느라 엄마를 제대로 안아볼 시간도 갖지 못했다.

그게 마지막인 줄 알았다면 그렇게 쉽게 손을 놓지는 않았을 텐데.

엄마를 안는 순간 꿈이라는 걸 알았다. 그래서 손을 놓고 싶지도, 꿈에서 깨고 싶지도 않았다. 얼굴에 와닿는 엄마의 품이 너무 좋아서 두 눈을 꼭 감은 채 두 팔에 단단히 힘을 주고 오래, 아주 오래 엄마를 온몸으로 느꼈다. 깨어나고 싶지 않았지만 꿈이라는 것을 인지한 순간 엄마는 서서히 희미해져갔다.

잠에서 깨어 품안에 있던 엄마가 신기루처럼 사라지자 가슴이 먹먹해졌다. 한동안 아련하기는 했지만 슬프지는 않았다. 엄마의 냄새와 감촉, 따뜻한 체온까지 다시 느낄 수 있을 거라곤 생각지도 못했다. 어쩌면 선물을 받은 기분도 들었다.

재하가 온 뒤로 계속 편안하게 잠을 자지 못했다.

잠이 들면 20년 전 그날 밤에 일어난 끔찍한 꿈을 꾸거나 인천에서 일어난 살인사건과 관련된 꿈을 꾼다. 어느 것 하나 고통스럽지 않은 게 없어서 차라리 잠들지 않으려고 했다.

밀려드는 잠을 떨쳐내는 일은 쉬운 일이 아니다. 나도 모르게 잠이 쏟아져 눈꺼풀은 감기고 의식이 가물가물해진다. 깜빡 의식을 놓쳤다가 퍼뜩 놀라 다시 정신을 차리려고 일어나 앉았다.

경찰서에서 나온 뒤로 몸이 너무 좋지 않았다. 자꾸 땅으로 가라앉는 느낌 때문에 도저히 출근할 상황이 아니었다. 결국 루나에게 전화를 걸어 양해를 구하고 그대로 집으로 돌아와 쓰러졌다. 그러고는 의식도 없이 지금까지 거의 24시간을 기절하듯 잔 것이다.

오랜만에 푹 잔 덕분인지, 아니면 엄마와 포옹하던 감촉이 남아서인지 머리도 맑고 몸도 청명한 하늘처럼 가뿐했다.

침대에 누운 채 손을 들어 햇살 속에서 흔들어보았다. 햇살

속을 떠다니던 먼지들이 공기의 흔들림에 출렁거리며 허공을 떠돌았다.

얼마 만에 느껴보는 평온함인가.

창으로 시원한 바람이 들어왔다. 바람 속에 아카시아 향기가 흘러들었다. 나도 모르게 숨을 크게 들이쉬어 5월의 향기를 맡았다. 문을 열고 옥탑 마당으로 나갔다. 버드나무의 푸른 잎사귀가 바람과 햇살에 반짝이며 흔들리고 있었다.

어제와 같은 내가 아니라는 생각이 들었다. 공허하고 무가치하게 느껴지던 내가 아니라, 엄마가 사랑하던 존재 최아린이 되어 있었다.

재하가 온 뒤로 하나씩 기억나는 그날의 일들을 계속 거부했다. 매번 반복되는 꿈과 고통을 참아내기 힘들었다. 하지만 그 고통의 순간들을 받아들이기 시작하면서 행복했던 기억들도 하나씩 떠오르기 시작했다.

언젠가 엄마가 했던 이야기가 생각난다.

'세상에는 나쁜 일만 있는 것도 아니고, 좋은 일만 가득한 것도 아니야. 오늘 힘들고 슬픈 일이 있으면 내일은 기쁜 일도 있을 거야. 아린에게도 좋은 일들이 많이 생길 거야.'

나는 이미 알고 있다. 엄마는 죽었다. 그저, 마음으로 받아들일 수가 없었다. 그래서 기억을 지웠다. 엄마의 죽음을 확인하고 싶지 않아서 매번 같은 순간에 깨어났다.

재하의 말처럼 기억이 돌아온 이상, 엄마의 죽음을 인정하고 받아들이려 한다. 그 과정이 견디기 힘들 만큼 고통스럽겠지만 그렇게 해야 모든 것이 제자리로 돌아올 것 같았다.

이제 기억은 과거의 자리로 되돌려놓아야 한다. 오래전에 그랬어야 하는 일이다.

'정말 그게 전부라고 생각해?'

어느새 내 곁에 다가온 재하가 귀에 대고 속삭인다. 그 차가운 목소리에 갑자기 심장이 얼어붙는 것처럼 온몸에 냉기가 흘렀다.

이게 전부가 아니라고? 무엇이 더 남았다는 거야?

잠시 느꼈던 아늑하고 포근하던 기운이 연기처럼 흩어져버렸다.

21

별관에 있는 과학수사팀 사무실은 민서라의 오피스텔에서 가져온 증거물로 정신이 없었다. 혈흔과 미세 증거물 등 분석이 필요한 것은 국과수로 보내고 현장에서 검출한 지문과 족적은 바로 검색을 시작했다. 경찰서장의 특별 지시가 있다는 것을 아는 형사들은 잠시도 지체하지 않기 위해 바쁘게 움직였다.

성준은 최 경위에게서 몇 장의 사진을 건네받았다. 고물상 블랙박스에 찍힌 영상에서 뽑아낸 사진들이었다. 지난번 영상에서는 어두운 밤이라 잘 보이지 않았던 사물들이 마법을 부린 것처럼 변해 있었다. 캄캄하기만 하던 화면이 환한 대낮에 찍은 것처럼 인물이며 자동차 번호까지 선명하게 보였다.

"감탄스럽지? 이게 바로 과학의 힘이라는 거야."

최 경위는 턱을 올리고 자부심 가득한 표정을 지어 보였다.

성준은 엄지손가락을 치켜올리며 얼른 탁자 위에 있는 박스의 라벨을 확인하고는 그중 오피스텔에서 받아온 CCTV 녹화 자료가 있는 박스를 찾아 최 경위 앞에 내밀었다.

"이것도 부탁해. 최대한 빨리!"

"숨 좀 돌리자."

"그러고 싶은데, 나는 그동안 너무 놀았거든."

그 말에 최 경위는 어쩔 수 없다는 듯 박스를 가져가 컴퓨터 본체에 USB를 연결했다.

"날짜는 언제부터 확인하면 되는 거야?"

"4월 14, 15일부터. 우선 앞뒤로 며칠만 찾아보면 될 거야."

"오케이."

민서라의 사망 추정 시간과 최아린이 알려준 중국행 배편의 시간표가 거의 일치했다. 4월 15일을 기점으로 앞뒤 며칠의 행적을 살펴보면 사건에 대한 단서가 나올 것이다.

성준은 최 경위가 건네준 고물상 골목의 사진을 살펴보면서 이따금 시선을 옮겨 최 경위의 모니터 영상을 확인했다.

정 형사가 종이 한 장을 들고 사무실로 들어왔다.

"완성됐습니다."

시계 매장 직원의 증언으로 작성된 몽타주였다. 민서라와 함께 있던 남자라면 그녀의 오피스텔에도 드나들었을 확률이 높다.

"저기도 한 장 복사해서 줘."

성준은 최 경위를 가리켰다.

영상 속 인물들과 몽타주를 비교하면 찾아야 할 사람이 누구인지 알 수 있으니 일이 한결 수월해질 것이다. 1층 로비와 엘리베이터, 지하 주차장에 설치되어 있던 CCTV 영상을 몽땅 챙겨왔으니 살펴봐야 할 분량이 엄청났다. 시간을 아끼기 위해서는 조건들을 최대한 적용해서 범위를 좁혀야 한다. 정확한 날짜만 알아도 확인해야 할 영상이 확 줄어든다.

정 형사는 복사기에서 몽타주를 복사해 최 경위와 성준에게 건네주었다.

20대 후반으로 보이는 얼굴에 뒷머리가 약간 긴 더벅머리 스타일. 쌍꺼풀 없이 가는 눈에 하얀 얼굴. 얇은 입술 정도가 눈에 띄었지만 평범하다면 평범한, 특징 없는 얼굴이었다.

성준은 몽타주를 쳐다보며 얼굴의 인상을 머릿속에 집어넣었다.

"뭐 좀 나왔어요?"

"이제 시작했다. 아주 목을 졸라요."

최 경위의 엄살에 피식 웃던 정 형사는 아예 최 경위의 옆에 앉아 같이 모니터를 보기 시작했다.

"잠깐만요, 여기 이 남자. 시계 매장에 같이 갔다는 남자와 닮지 않았어요?"

정 형사가 모니터 한 곳을 가리키며 회색 티를 입은 남자를 주목했다. 남자는 지하 주차장에 차를 세워놓고 민서라와 함께 엘리베이터 쪽으로 걸어가고 있었다.

화면을 정지하고 확대해보니 몽타주의 남자와 비슷한 더벅머리다. 민서라가 다정하게 팔짱을 낀 걸로 봐서 둘은 연인 사이처럼 보였다. 하지만 남자는 주위를 의식하며 자기에게 감겨오는 민서라의 팔을 빼려고 했다.

"선배, 이거 좀 봐요."

정 형사가 성준을 불렀다. 몽타주와 고물상의 사진을 나란히 보고 있던 성준은 얼른 사진을 챙겨들고 모니터 앞으로 달려갔다.

"어때요? 비슷한 거 같죠?"

특징은 없지만 뒷머리가 약간 긴 더벅머리 스타일은 거의 흡사했다. 날짜를 확인하니 14일 오후 5시 24분.

"비슷한 것 같은데? 그럼 이건 어때?"

성준은 자신이 들고 온 사진을 모니터 옆에 내밀었다. 고물상 블랙박스에서 얻은 사진에는 자동차에서 내린 남자의 얼굴이 찍혀 있었다.

"어, 같은 사람 맞는데?"

더벅머리는 민서라와 함께 시계 매장에 있었으며, 오피스텔에 드나들기도 했고, 민서라가 암매장된 장소 근처에 차를 몰고 가기도 했다.

"이거 어떤 상황이었지?"

"자동차가 철문을 들이받았던 거 같아. 골목을 돌아나가려다 그랬는지, 아무튼 철문과 부딪친 뒤에 운전자가 나와서 자동차 트렁크 쪽을 확인하는 장면이었어."

"다급했겠지. 그러다보면 운전도 과격해질 수밖에 없고."

최 경위의 말을 들으며 사진 속의 날짜를 확인했다. 4월 18일 3시 27분.

성준은 정 형사를 쳐다보면서 손으로는 사진 속 날짜와 시간을 가리켰다.

"이 새벽에 철거로 폐허가 된 곳에 찾아가야 할 이유가 뭘까?"

"오피스텔에서 두학산까지 얼마나 걸리지?"

"이십 분 정도? 아니다. 그 시간이라면 차가 거의 없으니까 빠르면 십 분도 안 걸리겠네요."

"하나 오피스텔에서 바로 간 거라면 그 시간을 중심으로 승강기와 주차장 영상을 뒤져보면 될 거 같은데?"

"오케이."

최 경위는 곧 CCTV를 빠르게 돌려서, 원하는 시간의 영상을 찾았다. 우선 지하주차장 것부터 확인하기 시작했다. 몇 군데에 설치된 CCTV 영상을 확인한 최 경위는 그것들을 같은 시간에 맞춰놓고 성준과 정 형사에게 보여주었다.

성준은 최 경위가 틀어주는 영상들을 보면서 더벅머리의 행적을 시간별로 메모하기 시작했다.

4월 18일 2시 21분, 모자를 눌러쓴 더벅머리가 주위를 두리번거리며 나오더니 길을 가로질러 어디론가 간다. 그러다 이내 다른 화면에서는 주차된 검은 자동차를 승강기가 있는 출입구 근처로 이동시키고 사라진다. 한동안 주차장 안은 지나는 사람도 없고 드나드는 자동차도 없이 조용하기만 하다.

성준과 정 형사는 긴장된 표정으로 정지화면처럼 미동도 없는 화면을 쳐다보고 있었다. 한동안 움직임을 기다렸지만 아무 기척이 없자 답답했는지 성준이 최 경위를 툭툭 쳤다.

"얼마나 기다려?"

"잠깐만 기다려봐, 금방 나와."

최 경위의 말대로 곧 모니터에 더벅머리의 모습이 보였다. 승강기가 있는 출입문에서 나오던 그의 손에는 검은 비닐봉지가 여러 개 들려 있었다.

"저 자식이 범인이에요!"

정 형사의 말에 머리털이 쭈뼛 서며 전율이 일었다. 성준은 자신도 모르게 주먹을 불끈 쥐고 영상을 노려보았다. 그러다 고개를 푹 숙이고 한숨을 내쉬었다. 끝났다. 이것으로 범인을 잡는 것은 이제 시간문제일 뿐이다.

"잠깐만."

그때 최 경위가 손가락으로 화면을 가리켰다.

트렁크에 비닐봉지를 집어넣고 있던 더벅머리가 출입구 쪽을 향해 뭐라고 이야기했다. 자동차 조수석 쪽에 누군가 서 있는 모습이 보였다.

공범이 있는 건가?

한 번도 공범을 염두에 둔 적은 없었다. 공범이 있다면 사건의 양상이 복잡해질 수도 있다. 주범이냐 종범이냐에 따라 형량이 달라지는 만큼 수사를 통해 둘의 역할 분담을 명확히 밝혀내야 한다.

조수석에 서 있는 사람은 하체만 보여서 성별도, 나이도 가늠할 수 없었다. 어쨌든 더벅머리를 잡으면 그의 존재도 드러나겠지 싶었는데, 문득 고물상 사진이 생각났다.

성준은 얼른 책상 쪽으로 가서 흩어진 고물상 사진들을 살펴보기 시작했다.

더벅머리가 운전석에서 내려 철문을 들이박은 자동차 뒤편을 살펴보는 몇 장의 사진을 보면서도 미처 조수석은 볼 생각을 하지 못했다. 차에서 내린 남자에게 집중하느라 그런 탓도 있지만 살인에 가담한 또다른 사람이 있을 거라고는 생각하지 못했기 때문이다.

성준은 최 경위가 준 사진들을 하나씩 펼쳐놓고 최대한 잘 나온 사진을 찾아보려고 했다. 뒤따라나온 정 형사도 옆에서 함께 사진들을 살피더니 사진 한 장을 손가락으로 가리켰다.

"여기 분명히 머리가 보이는데요?"

정 형사의 말대로 조수석에 고개를 돌리고 더벅머리를 쳐다보고 있는 머리가 보였다. 자동차 의자의 머리 받침대 때문에 완전히 보이지는 않았지만 분명 사람의 머리가 거기 있었다.

살인도 둘이 함께 저지른 짓인지는 모르지만, 시체 처리는 확실히 둘이 함께 했다.

성준과 정 형사가 사진을 들여다보고 있는 동안 혼자 영상을 살펴보던 최 경위가 다시 고개를 들고 형사들을 불렀다.

"이것 좀 봐야겠는데?"

성준은 얼른 최 경위 곁으로 다가갔다.

최 경위는 정지된 영상을 돌리며 성준에게 설명하기 시작했다.

"잘 봐, 여기 이 남자가 들어가는 시간. 그리고 자동차."

영상 속에서 자동차 한 대가 급하게 서더니 더벅머리가 문을 열고 나와 승강기 출입구 쪽으로 가는 게 보였다. 최 경위의 말대로 시각을 확인했다.

18일 1시 46분, 더벅머리가 주차한 자동차는 흰색이었다.

"어떻게 생각해?"

흰색 자동차를 타고 온 더벅머리는 차에서 내리자마자 다급히 승강기로 갔다. 얼굴이 보이지는 않았지만 그의 다급함이 행동에 그대로 보였다.

"자기 차를 가지고 급하게 왔다. 그리고 삼십 분 뒤 나와서 검은 자동차를 승강기 근처에 주차한 뒤 다시 들어간다. 비닐봉지를 들고 나와 트렁크에 싣고 누군가를 태우고 나간다. 누가 불러서 왔다고 봐야겠군."

"새벽에 불러서 저렇게 시키는 대로 차를 옮기고 뒤처리하는 걸 보면 대충 둘의 관계가 나오지 않아?"

성준은 고개를 끄덕거리고는 최 경위에게 검은 자동차의 번호판을 확인해달라고 했다. 또 검은 자동차가 들어온 시각과 검은 자동차에서 내리는 사람의 얼굴도 찾아달라고 요청했다.

성준이 영상분석실에서 범인의 윤곽을 잡아가는 동안, 사무실 한편에서는 이 형사가 지문 자동 검색시스템을 통해 지문을 검색했다. 이 형사는 현장에서 가장 많이 발견된 지문 세 가지를 확보하고 하나씩 검색 결과를 받았다. 두 개의 지문은 의외로 빨리 결과가 나왔다.

현장에서 워낙 많은 지문을 확보해서 선명하고 완전한 지문을 입력한 것도 한몫했다. 게다가 1차 검색 대상인 전과자 대상 지문 데이터에서 일치하는 지문이 바로 발견됐다.

이 형사는 검색 결과를 확인하자마자 영상분석실의 문을 열었다.

"지문 결과 나왔습니다."

이 형사의 말에 영상을 보고 있던 수사진 셋이 모두 고개를 돌렸다. 이 형사는 얼른 서류로 시선을 옮기고 그곳에 적힌 것을 읽기 시작했다.

"현장에서 가장 많이 발견되고, 피가 묻어 있던 지문은 강동석의 것으로 확인되었습니다. 35세. 폭력 전과에 불법 스포츠 도박 사이트 관련해서도 형을 받았고 4년 전에 출소했습니다. 또하나는 이형기 28세. 특수절도 전과가 있는데 강동석과 같은 시기에 교도소에 있었습니다."

이 형사는 지문검색 결과와 신원 확인 내역을 성준에게 내밀었다. 거기에는 강동석과 이형기의 사진도 포함되어 있었다.

사진을 받아든 성준은 조금 전에 본 더벅머리가 이형기라는 것을 확인했다. 사진에서는 머리가 짧았지만 얼굴은 몽타주와 많이 흡사했다.

"머리 긴 놈 이름이 이형기였군요. 이놈은 강동석이고."

신원 확인에서 그렇게 애를 먹이더니 하나씩 증거물들이 모이니 속도가 점점 빨라진다. 퍼즐이 모이기 시작하자 이제는 조각들이 알아서 척척 제자리를 찾아가는 느낌이었다.

"신원 조회하고, 바로 주소 확인해서 출동하자고."

"이거 변비처럼 꽉 막혀 있더니 한번에 쫙 내려가려나?"

모처럼 수사가 활기를 띠자 정 형사가 우스갯소리로 분위기를 띄웠다.

성준은 최 경위에게 영상 속 자동차 번호가 확인되는 대로 연락을 달라고 부탁하고, 정 형사와 함께 본관의 강력반 사무실로 돌아왔다.

강력 2팀 쪽으로 걸어가던 성준은 컴퓨터 모니터 앞에 앉아 있는 황 팀장을 발견했다.

"기사는 어떻게 됐어요?"

성준은 슬쩍 지나는 말투로 물었다. 황 팀장은 고개를 가로저으며 인상을 썼다.

"지금 압력 넣는 거냐고 따지던데? 언론 앞에 일개 형사가 뭔 힘이 있냐? 젠장."

무의식적으로 고개를 끄덕이기는 했지만 불쾌한 기분이 드는 건 사실이었다. 차라리 무능한 경찰이 어쩌고 하는 기사였다면 그러려니 하고 넘어갔을 것이다. 최아린의 이야기가 호기심을 자극하는 것은 이해하지만, 그렇다고 20년이나 지난 과거를 끄집어내어 기사로 삼는 것은 비열한 짓이라는 생각을 지울 수가 없었다.

"그래도 후속기사만 안 나오면 별로 걱정할 필요 없겠어."

"예?"

황 팀장이 슬그머니 미소를 지어 보이며 모니터를 돌려 화면을 보여주었다. 성준은 무슨 일인가 싶어 팀장을 쳐다보다가 모니터로 시선을 옮겼다. 정 형사도 성준의 뒤에서 화면을 보더니 어느새 앞으로 나와 뉴스를 찾아보기 시작했다.

TV를 잘 보지 않는 성준도 알 만한 톱 배우의 스캔들이 터져서 인터넷 뉴스는 온통 그 소식으로 가득했다. 헤드라인만 봐도 사람들의 이목이 집중될 만큼 자극적인 기사가 넘쳐났다.

최고의 인기를 누리는 여성 가수와 지난가을에 결혼한 한류 톱배우 A씨가 내연 관계였던 B씨로부터 폭행 혐의로 고소, 위자료 청구 소송을 당하면서 인터넷이 난리가 났다.

"우와, 대박. 이게 무슨 일이래?"

정 형사는 뭔가 즐거운 일이라도 터진 것처럼 신이 나서 기사를 뒤적거렸다.

인터넷에 새로운 소식들이 실시간으로 쏟아지자 웬만한 기사는 사람들의 관심 밖으로 밀려났다. 이 절묘한 타이밍 덕분에 최아린의 기사도 묻혀버렸는지 별 반응이 없다고 했다. 댓글도 몇 개 없고 그나마도 기자에게 욕을 하거나 홍보성 광고 댓글이 전부라고 했다.

"하늘이 도왔지. 감식 결과는?"

"네, 그러지 않아도 신원 확인했습니다. 강동석과 이형기. CCTV 분석 결과 폭력 전과가 있는 강동석이 주범인 것 같고, 그 뒤 현장으로 이형기를 불러 함께 시신을 유기한 것 같습니다."

"주소 확인하고 바로 출동해."

"예, 강동석은 불법도박 사이트를 운영한 적도 있다고 나오는데, 중국 쪽 연계도 의심됩니다. 출입국관리사무소에 지명수배를 내려주시죠."

불법도박 사이트는 중국에 서버를 두는 경우가 많다. 성준은 민서라가 중국 대련행 배편을 메모했던 것도 우연은 아니라고 생각했다. 외국으로 도주할 것도 염두에 두어야 한다.

"알았어. 여기서 할 수 있는 조치는 다 할 테니까 얼른 출동하라고."

"강동석만 잡으러 가면 될 것 같습니다."

뒤늦게 들어온 이 형사가 종이를 한 장 흔들어 보이며 들어왔다.

"그건 뭐야?"

"이형기는 지금 수감중이라는데요? 구치소에 있다고 하니까, 강동석만 잡으러 가면 될 것 같습니다."

모처럼 황 팀장의 얼굴에 미소가 번졌다.

"이렇게 일사천리로 척척 해내는 사람들이 그동안 왜 그렇게 낑낑거렸어? 어서 움직이라고."

성준은 이 형사가 건네주는 주소가 적힌 종이를 들고 정 형사와 함께 사무실을 나왔다.

22

강동석은 한 시간 전에 상수동에 도착했다. 근처 주차장에 차를 세워놓고 한적한 카페에 들어가 자리를 잡았다. 커피를 시켜놓고 핸드폰을 꺼내 인터넷 검색을 하기 시작했다. 겉모습은 한없이 유유자적했지만 그의 신경은 먹이를 향해 달리기 직전의 치타처럼 긴장으로 팽팽했다.

최아린이 근무한다는 카페를 찾기 위해 어떻게 이야기를 꾸밀까 생각했다. 기자에게는 무엇보다 정보가 가장 큰 먹이일 것이다. 강동석은 바로 눈앞에 보이는 미끼를 사용하기로 마음먹었다.

우선 기사에 나온 신문기자의 이름을 확인하고 신문사 홈페이지에 들어가 연락처를 알아냈다. 인터넷 뉴스에 기자의 이메

일 주소가 나와 있지만 통화할 수 있는 전화번호가 필요했다.

회사 전화번호로 걸어 손태원 기자의 기사에 나온 최아린에 대해 제보할 것이 있다며 핸드폰 번호를 물었다. 하지만 전화를 받은 사람은 연락처를 알려줄 수 없다며 대신 전화번호를 남기면 전해주겠다고 했다.

동석은 자신의 전화번호를 남기고 급한 일이라고 덧붙였다. 그의 핸드폰은 어차피 대포폰이고 서울을 떠나면서 버릴 생각이라 번호가 알려지는 것에 개의치 않았다.

커피를 마시며 어쩌다 일이 이렇게 꼬여버렸는지 곱씹어보고 있는데, 전화가 걸려왔다. 모르는 번호지만 손 기자일 것이라고 직감했다. 신문사에 전화한 지 십여 분도 되지 않았다. 미끼가 좋았던 모양이다.

—저, K일보 손태원 기자라고 합니다. 제보하실 게 있다고 들었습니다.

"최아린 사건에 대해 알고 있는 게 있습니다. 직접 만났으면 하는데요."

—어떤 내용인지 좀 알려주시겠습니까?

"그건 만나서 얘기하죠."

—아, 예. 어디서 만날까요?

"최아린이 카페에서 일한다고 하던데. 이름이?"

—아, 호루스의 눈이요? 거기서 만날까요? 몇시에?

"오늘은 좀 힘들고 내일 뵙죠. 거기서 오후 5시쯤."

전화를 마친 동석은 바로 상수동, 호루스의 눈을 검색해보았다. 곧 카페의 위치를 알아낼 수 있었다. 최아린이 있는 카페를 알아내는 데 불과 이십 분도 걸리지 않았다.

돈 가방을 찾는 일이 이렇게 쉬웠으면 서울 거리에서 여지껏 헤매고 있지 않았을 텐데. 형기와 서라가 자신을 얼마나 치밀하게 속였는지 또다시 분노가 치밀었다.

이제 최아린을 만나 형기와의 관계를 따져보면 뭔가 답이 나올 것이다.

최아린이 일하는 가게로 가기 위해 카페를 나와 거리로 나섰는데 후드득후드득 빗방울이 떨어졌다. 동석은 급한 대로 티셔츠에 달린 모자를 뒤집어쓰고 어깨를 움츠린 채 걸음을 옮기기 시작했다.

9시가 넘어 커플 손님을 마지막으로, 루나는 가게 간판의 불을 껐다.

추적추적 비가 내리고 있어서 저녁 무렵에는 손님도 거의 없었다. 전화가 한 통 걸려오기는 했지만 아린이 받자마자 이내 끊겼다.

루나는 늦은 오후에 출근한 아린의 얼굴이 생각보다 평온해 보여 다행이다 싶었다. 지금 아린이 겪고 있는 혼란은 누가 옆에 있어준다고 해결될 문제가 아니었다. 경험이 있는 루나조차도 그저 지켜보는 수밖에 없다는 것을 너무나 잘 알았다. 머리로 이해하는 것과 가슴으로 받아들이는 것은 다르다. 남과다른 자신을 받아들이는 것은 굉장한 용기가 필요한 일이다.

루나는 아린이 무사히 그 과정을 넘기기를 바랐다.

날이 흐려지고 비가 내리기 시작하면서 아린의 기분이 급격히 가라앉는 게 느껴졌다. 루나는 씻었던 컵을 또 씻거나 손님에게 내가야 할 찻잔을 들고 멍하니 창밖을 보는 아린을 보면서 오늘은 일찍 가게 문을 닫아야겠다고 생각했다.

루나 역시 날이 어두워지면서 기분이 우울하고 심란해지기시작했다. 아무리 집중하려고 해도 생각들이 흩어지며 초조하고 불안했다. 간판 불을 끄고 온 루나는 날카로워진 신경을 가라앉히기 위해 직접 배합한 차를 꺼냈다.

"너도 한잔 마실래?"

"네."

가게의 모든 불을 끄고 중앙의 조명만 켜두었다. 신경을 안정시켜주는 향에 불을 붙이고 찻주전자를 쟁반에 옮겼다.

"이렇게 마음이 흐트러지고 집중이 안 되는 날은 처음이야."

루나는 테이블로 다가와 찻주전자를 내려놓으며 중얼거렸다. 아린은 깊은 생각에 빠져 루나가 찻잔을 내려놓는 것도 알아채지 못했다.

"괜찮아?"

"네? 아. 네."

아까보다 안색이 더 안 좋은데도 아린은 괜찮다며 속을 감추었다. 루나는 묵묵히 아린과 함께 뜨거운 차를 나눠 마셨다. 가게 안은 빗소리와 은은한 향기로 가득했다.

"오늘 비는 우는 것 같구나."

"……그날, 20년 전 그날 같아요. 저 빗소리. 자꾸 귀를 기울이게 돼요. 누가 올 것 같기도 하고."

아린은 뭔가 골똘히 생각하는 것처럼 허공을 바라보다가 미간을 찌푸리며 눈을 감았다. 아린의 표정으로 모든 것을 짐작할 수는 없지만 20년 전 그날 같다는 아린의 말은 루나의 가슴을 먹먹하게 만들었다.

그날이 아린에게 얼마나 고통스러운 기억인지 누구보다 잘 안다. 지나가듯 듣기로는 그 기억 때문에 병원을 다닌 적도 있다고 했다.

루나는 방송 촬영으로 그 장소에 가보았다.

강렬한 파장을 느끼던 시절이라 아린이 느끼는 고통까지는 아니었지만 살육의 현장에서 들려오던 절규에 몸을 떨었던 기억이 난다. 그뒤로 만난 아린이 그 사건의 당사자라는 것을 알게 되자 안타깝고 측은한 생각에 그대로 내버려둘 수가 없었다.

　조금이라도 아린을 도와주고 싶었다. 아픔을 이겨낼 수 있도록 힘이 되고 싶었다. 물로 씻어낼 수 있는 상처라면 열 번이고 스무 번이고 아린을 닦아주었을 것이다. 그러나 마음 깊은 곳에 새겨진 상처는 새살이 돋아나기를 기다리는 수밖에 없다.

　열한 살이라는 어린 나이에 그 끔찍한 경험을 겪고도 살아났다. 그리고 20년 동안 제힘으로 살아왔다. 아린은 아직 자기 안에 얼마나 강한 힘이 있는지 느끼지 못하는 것 같았다.

　"그만 들어가볼게요."

　아린이 자리에서 일어나 가방을 챙기며 인사했다. 루나는 목에 차고 있던 은 목걸이를 얼른 풀어 아린에게 걸어주었다.

　"이건……?"

　"우리 할머니가 물려주신 거야. 나쁜 기운을 떨쳐주지."

　"그런데 왜 저에게?"

　"모르겠다. 오늘은 네게 필요할 것 같구나."

　루나는 자신이 느끼는 초조함에 괜히 아린까지 불안해하는 것 같아 얼른 미소를 지어 보였다.

　"그리고 내일은 제시간에 나와. 농땡이 부리면 이제 안 봐줄 거야."

　"네, 죄송해요. 그리고 고마워요."

아린이 나가자 루나는 큰일을 마친 것처럼 크게 한숨을 내쉬었다. 갑자기 피로가 밀려들었다. 창가 방석 위에 앉아 있던 고양이 에디가 두 눈을 깜빡이며 루나를 쳐다보았다.

"괜한 걱정이겠지, 에디? 아무 일 없겠지?"

루나의 말에 대답이라도 하듯 에디가 '냐아아아옹' 하고 길게 울었다.

예전의 루나라면 아린의 모습이 선명하게 보였을 것이다. 몇 년 전만 해도 맑고 선명하던 루나의 영묘한 눈은 나이가 들면서 차츰 흐려지고 어두워졌다. 남다른 능력을 가지고 있는 것도 버거운 일이었지만 익숙해진 능력이 사라지는 것도 힘들었다. 차츰 영안을 잃어가는 자신과 이제 막 영안을 얻게 된 아린이 공존한다는 것이 기묘하게 느껴졌다. 루나가 아린을 친자식처럼 애틋하게 여기는 이유도, 그런 복잡한 감정이 뒤섞여서였다.

루나는 자신의 불안이 괜한 노파심이길 바라며 식은 차를 마저 비웠다. 그때 가게 문이 열리며 방울이 딸랑거렸다. 고개를 돌려보니 오성준 형사였다. 가게 안이 어두워서 조금 당황한 것 같았다.

"벌써 끝난 겁니까?"

"웬일이에요? 이 시간에? 차를 마시러 온 것 같지는 않은데?"

“최아린씨는?”

“조금 전에 돌아갔어요.”

그는 난감한 표정을 지으며 머리를 긁적였다. 루나는 조심스럽게 마음속에 담아두었던 말을 꺼냈다.

“사건은 해결이 됐나요?”

“……”

“아린이 경찰서에 다녀온 뒤로 많이 힘들어해요. 빨리 사건이 마무리되어야.”

“그럼 거짓말을 하지 말았어야죠.”

“그게 무슨 얘기예요?”

루나는 어리둥절한 얼굴로 성준을 빤히 바라보았다.

성준은 주머니에 손을 넣더니 폴라로이드 사진을 꺼내 루나에게 내밀었다. 사진을 받아든 루나는 한참 들여다보더니 영문을 모르겠다는 듯 성준을 올려다보았다.

“그 사진, 피해자의 집에 있던 겁니다. 최아린씨는 피해자와 만난 적도 없다고 했었죠. 하지만 보세요. 그 사진, 여기 카페에서 찍은 겁니다.”

성준의 말에 루나는 다시 사진을 들여다보았다.

“아, 이 사람 생각나요. 어떤 남자와 같이 왔었어요.”

성준은 루나의 손에 들린 사진을 빼앗다시피 가져갔다.

“그런데 왜 모른다고 한 거죠?”

"아린은 만난 적이 없으니까요."

"예? 그게 정말입니까?"

"우리집에 왔던 수많은 사람 중에 왜 이 사람을 기억하는지 알아요? 이 여자와 함께 왔던 남자가 우리 에디에게 물렸어요. 한바탕 난리가 났었죠. 그래서 기억하는 거예요."

"최아린씨는?"

"아린인 그때 휴가였어요. 잠깐 온 알바 때문에 에디가 날카로워져서 털을 세우고 다녔는데, 결국 이 여자와 같이 온 남자가 만지려고 하자 물었어요. 아린이 없어서 에디가 신경질을 부리는구나, 그런 얘기를 나눠서 똑똑히 기억하고 있어요."

"……"

성준은 갑자기 뭐라 할 말이 없어졌다. 그저 물어보기만 하면 오해가 풀릴 상황인데, 혼자 담아두고 수많은 상상을 한 것이다. 괜한 사람을 의심했다는 생각에 얼굴이 화끈거렸다.

"그래서 아린을 의심했군요?"

"……같이 온 남자가 있었다고 하셨죠? 이 둘 중에 있습니까?"

성준은 루나의 질문에 말을 돌리며 민서라와 함께 왔다는 남자에게 관심을 보였다. 주머니에서 핸드폰을 꺼내 루나에게 두 사람의 사진을 보여주었다. 지문으로 신원 확인을 할 때 등록증에 있던 사진을 받아둔 것이다.

"이 사람들은 누구죠?"

"이번 살인사건의 용의자들입니다."

루나의 표정이 얼어붙었다.

"여자와 가게에 왔던 남자는 이 사람이에요. 그리고…… 이 사람은 몇 시간 전에 여기 왔었어요."

민서라와 함께 왔던 사람은 이형기였다. 그리고 몇 시간 전에 이곳에 왔었다고 루나가 가리킨 사람은 강동석이었다.

루나는 오후가 지나면서 기분이 왜 그렇게 안 좋아졌는지 그제야 깨달았다.

아린이 오고 얼마 지나지 않아 그는 마시던 차를 내려놓고 가게를 나갔다. 열 팀도 안 되는 손님 중에 혼자 와서 차만 마시고 일어난 사람은 이 남자밖에 없다. 불과 몇 시간 전의 일이니 그의 얼굴은 똑똑히 기억났다.

그래, 이 사람이야. 이 사람이 다녀가고 난 뒤 불쾌하고 가슴이 답답해졌지.

루나는 흔들리는 눈빛으로 성준을 쳐다보며 물었다.

"그 살인자가…… 여길 왜 왔었던 거죠?"

루나의 질문을 듣자마자 성준의 머릿속에는 한 가지 분명한 이유가 떠올랐다.

신문 기사. 손 기자가 쓴 신문 기사를 강동석이 본 게 틀림없다. 사건에 대해 결정적인 정보를 제공하고 있다고 하니 자신의 정체가 드러날까봐 위험을 느꼈겠지. 쫓기는 몸으로 여기까지 왔다는 건 아린에게 너무 안 좋은 징후다. 가게까지 찾아와서 굳이 아린의 얼굴을 확인하는 놈이라면 얌전히 물러났을 리가 없다.

성준은 마음이 초조해졌다.

"최아린씨가 언제 나갔다고요?"

"아까 갔는데……"

성준은 인사도 제대로 못하고 얼른 가게를 뛰쳐나갔다. 그 뒤를 에디가 따라나가려다 하마터면 문에 끼일 뻔했다. 미처 밖으로 나가지 못한 에디는 닫힌 문 앞에서 몸을 곧추세우고 발톱으로 거칠게 문을 긁어댔다. 루나는 얼른 다가가 에디를 안아올렸다.

"너도 불안한 게로구나."

루나는 평소처럼 목걸이의 펜던트로 손을 옮기다 목이 허전하다는 것을 깨달았다. 이내 아린에게 목걸이를 주었다는 사실을 떠올렸다.

그게 네게 조금이라도 힘이 되면 좋으련만.

루나는 불안한 마음으로 비에 젖은 어두운 거리를 바라보았다.

23

버스에서 내린 아린은 집으로 향하는 골목길에 들어섰다.

주택가라 밤이 되면 지나는 사람이 드물기도 했지만 비가 내려서 오늘은 더욱 한산했다. 손에 든 우산 때문에 빗소리가 더욱 크게 느껴졌다.

아린은 언덕길을 오르며 재하가 했던 이야기를 떠올렸다.

내가 기억해낸 것들. 재하는 그것이 전부가 아니라고 했다.

아직도 기억하지 못하는 무엇인가가 있다는 얘기일까?

아린은 뒤편에서 다가오는 인기척을 느끼고 벽 쪽으로 비켜섰다. 우비를 입은 남자가 아린을 지나쳐갔다. 걸어가는 남자의 뒷모습을 무심히 보던 아린은 뭔가 이상하다는 것을 깨달았다.

집으로 가는 골목길은 시멘트와 아스팔트로 포장된 길이다. 그런데 지금은 한 걸음 한 걸음 발을 뗄 때마다 발밑으로 바스락거리는 풀잎의 감촉이 느껴진다. 비 때문에 물기를 잔뜩 머금고 있는 풀잎이 아린의 다리를 스친다. 다리에 와닿는 까칠하고 뻣뻣한 풀잎들.

갑자기 아린의 시야에 골목길 양옆으로 늘어서 있는 집들은 사라지고 가로등도 제대로 없는 어느 시골의 허허벌판이 보였다. 아니다. 걸음을 멈추고 둘러보니 조금 떨어진 곳에 외딴집이 한 채 서 있다.

하얀 울타리로 둘러싸인 2층 양옥집. 대문 옆으르 키 큰 버드나무가 바람에 흔들리던 곳. 20년 전에 살던 그 집이 비가 내리는 어둠 속에 반딧불처럼 불을 밝히고 위태롭게 자리를 지키고 있다.

아린은 우산을 떨어뜨리고 무언가에 홀린 듯 외딴집의 불빛을 향해 걸어갔다. 얼굴로 떨어지는 빗방울들이 아린의 시야를 흐렸지만 손바닥으로 닦아내며 외딴집을 향해 한 발 한 발 걸어갔다.

대문은 비스듬히 열려 있다. 아린은 조심스레 손으로 대문을 밀었다. 그러자 마당을 가로질러 현관문을 향해 걸어가는 남자가 눈에 들어온다. 그의 손에는 길고 날카로운 칼이 들려 있다. 아린은 천천히 남자의 뒤를 따랐다.

현관에 도착한 남자의 거친 숨소리와 발걸음이 익숙하다. 재경 언니의 방에 들어왔던 그 남자다.

아린은 남자의 몸속에 들어가지 않아도 그에게서 뿜어져나오는 분노와 절망, 좌절의 냄새를 맡을 수 있다. 그는 먹이를 찾고 있다. 자신의 분노를 쏟아부을 곳, 좌절감을 떠넘기고 원망과 울분을 토해낼 상대를 찾아서 여기까지 왔다.

아래층은 불이 모두 꺼져 있다. 현관문을 열어보지만 잠겨 있다. 그는 칼끝을 잠금쇠 사이로 집어넣고 비틀어본다. 쇠붙이가 칼끝에 밀려나더니 딸칵 하고 현관문이 열린다.

집안으로 들어선 그는 진흙이 묻은 구둣발로 거실에 들어서다 흠칫 놀라 걸음을 멈춘다.

거실 소파에 여자아이가 앉아 있다. 기다리고 있었다는 듯 차분한 아이는 아린이다. 1995년의 어린 아린.

남자의 뒤에 선 아린은 어린 자신의 모습을 낯설게 바라본다.

"오늘은 무슨 꿈을 꾸었지? 놀라지도 않는 걸 보니 내가 오는 꿈을 꾼 모양이군?"

목구멍을 긁는 듯한 쉰 목소리로 남자가 묻는다.

"말해봐, 꿈에서 네가 어떻게 된다고 하든?"

"우리를 내버려둬요."

어린 아린의 말을 들은 남자의 몸이 부들부들 떨리기 시작했다.

"그렇게는 안 되지. 너 때문에 우리가 어떻게 됐는지 알아?"

어린 아린은 고개를 저었다.

아린은 남자를 앞질러가 얼굴을 보았다. 이제야 그의 얼굴이 선명하게 드러났다. 그는 아린을 어두운 방에 가둔 어른 중 하나였다. 엄마와 아는 사이라던 재하의 말이 맞았다.

"도망치는 걸로도 모자라서 네 엄마가 우리 교회에 불을 질렀어. 다 타버렸어. 모든 게 다. 그래놓고 너희는 잘 살 줄 알았어?"

어린 아린은 어느새 눈물이 그렁그렁해져서 자리에서 일어
났다.

"아니에요. 엄마는 불을 지르지 않았어요."

어린 아린은 겁에 질렸지만 꿋꿋하게 남자에게 맞섰다. 어
른이 된 나는 이렇게 도망만 치고 있는데, 열한 살의 나는 용
감했구나. 목구멍에서 울컥 뜨거운 것이 올라왔다.

"그럼 누구지? 너야?"

남자는 눈을 희번덕거리며 어린 아린에게 다가갔다. 아린은
남자가 다가오는 만큼 한 걸음 한 걸음 뒤로 물러났다.

"몽땅 다 사라졌어. 우리가 모은 그 많은 돈이 다 재가 됐다
고!"

어린 아린은 틈을 보다가 밖으로 뛰쳐나가려 했지만 금세
남자의 손에 잡혔다. 남자는 아린의 입을 틀어막고 목에 칼을
들이댔다.

"이제 값을 치러야지. 모든 걸 망쳐놓은 대가를."

아린은 남자의 행동을 막기 위해 둘 사이에 뛰어들었다. 하
지만 신기루처럼 그들을 통과해버렸다. 남자도, 어린 아린도
자신의 존재를 느끼지 못했다.

아린은 어린 자신을 보며 소리쳤다.

"도망쳐, 이 남자가 널 찌를 거야. 네 몸을 다 찢어놓을 거라
고, 얼른 도망쳐."

하지만 아린의 목소리는 허공에서 흔적도 없이 사라졌다. 두 사람은 아무것도 듣지 못한 것 같았다.

어린 아린이 남자의 얼굴을 쳐다보며 말했다.

"아저씨는…… 죽을 거예요. 지민이가 데리러 왔어요."

"뭐?"

아린의 멱살을 잡고 있던 남자는 놀라서 손을 놓았다.

"아니야, 그럴 리가 없어. 지민인 죽었어."

"아저씨가 죽였잖아요, 지민이 엄마도 죽이고."

"닥쳐. 넌 아무것도 몰라. 그것들이 얼마나 사람 돌게 만드는지."

남자는 미친듯이 울부짖으며 아린을 벽으로 밀어붙었다. 벽에 부딪친 아린은 코앞에 있는 남자의 얼굴을 보다가 시선을 떨구어 자신의 배를 쳐다보았다. 남자가 쥐고 있던 칼이 어느새 아린의 배 깊숙이 들어와 있었다.

고개를 든 아린에게서 낯선 아이의 목소리가 흘러나왔다.

"……아빠, 이러지 마. 너무 아파."

남자의 안색이 창백해졌다. 그의 몸이 사시나무처럼 떨렸다.

"아, 아니야. 아니야. 넌 지민이가 아니야."

그는 자신의 팔을 잡고 "아빠, 아빠" 부르는 아린의 손을 뿌리치려 몸부림쳤다. 아린을 보는 그의 눈에는 두려움이 가득했다. 그는 자신의 공포를 떨치기 위해 몇 번이고 칼을 휘둘러

아린을 찔렀다.

20년 전의 광경을 보고 있던 아린의 의식 속에서 굳게 잠겨 있던 기억의 문이 열렸다. 수백, 수천 가지 기억이 물밀듯 밀려들었다.

그래, 그랬어. 모든 게 나 때문이었어.

이제야 모든 것을 깨달았다. 아린은 자신도 모르게 주르르 눈물을 흘렸다.

환영은 한순간 사라졌다. 20년 전의 외딴집이 사라지고 어느새 익숙한 골목길이 보였다.

내 몸에 새겨진 상처는 나에 대한 공포와 두려움이었어. 사람들은 남들과 다른 나, 다른 세상을 보는 나를 두려워했던 거야. 모든 건 나 때문이었어. 엄마가 나를 데리고 도망쳐야 했던 것도, 엄마가 죽은 것도 모두 나 때문이야.

아린은 엄마의 죽음을 받아들이지 못해서 기억을 거부하고 지웠다고 생각했다. 하지만 그것이 전부는 아니었다. 유일하게 사랑했던 엄마가 '나' 때문에 죽었다. 아린은 엄마를 죽게 만든 '자신'을 용서하고 받아들일 수가 없었던 것이다. 그래서 기억도, 영안도 봉인해버린 것이다.

루나는 특별한 재능이라고 했다. 하지만 아린에게는 끔찍한 저주였다.

빗방울의 무게가 힘겨울 만큼 온몸의 힘이 다 빠져나갔다.

아린은 나무처럼 그 자리에 간신히 서 있었다. 누군가 앞에 다가왔는데도 아린은 알아차리지 못했다.

그는 아린을 기다렸다는 듯 씨익 미소를 지어 보이더니 이름을 불렀다.

"최아린?"

"……"

고개를 들자 한 남자가 서 있었다. 우비를 입고 아린의 앞을 지나쳐갔던 남자, 동석이었다.

그의 몸에서는 썩은 내가 났다. 민서라의 방에서 맡았던 피비린내와 맑은 숲을 망치던 썩은 냄새. 지민 아빠에게서 나던 냄새. 아린은 어쩌면 그 냄새가 자신에게서 나는 냄새일지도 모른다고 생각했다. 너무나 많은 사람이 아린의 곁에서 죽었다.

"나를 죽이러 왔어?"

"네가 어떤 대답을 하느냐에 따라서."

아린은 그가 원하는 대답이 뭔지 몰랐지만 대답할 힘도 없었다. 그저 깊은 잠에 빠지고 싶었다. 영원히 깨어나지 않을 잠. 그러면 이 저주가 끝날까? 엄마를 만날 수 있을까?

그때 아린의 머릿속에 민서라가 찬 시계가 생각났다.

"……그 시계, 아무리 해도 벗길 수 없었지?"

아린의 말을 들은 동석의 얼굴이 얼어붙었다.

"어떻게 알았지? 그건 형기도 모르는 일인데? 너, ……너

312

뭐야?”

“죽어도 끝나지 않아. 그 시계만은 절대 너에게 뺏기고 싶지 않았대. 그래서 꽉 쥐고 있었다는데?”

“미, 미친 소리.”

“이제 곧 알게 될 거야.”

아린은 남자에게 한 발 다가갔다. 그의 뒷주머니에 든 칼이 느껴졌다.

어서 꺼내. 이러려고 온 거잖아?

마치 아린의 마음이라도 읽은 듯 동석은 뒷주머니에서 칼을 꺼내들고는 아린을 위협했다.

“가, 가까이 오지 마.”

뭐가 무서운 거야? 칼을 든 건 너라고. 자, 어서 찔러, 끝내줘.

아린이 한 걸음 더 다가가자 동석은 아린을 벽으로 밀어붙이며 칼을 휘둘렀다.

아린은 뱃속으로 칼날이 들어오는 것을 느꼈다. 차가운 칼날이 들어오자 몸이 뜨거워졌다. 식은땀이 났다.

동석이 칼을 뽑고 아린을 쳐다보았다. 손에 든 칼에는 검붉은 피가 묻어 있었다.

아린은 멍한 눈으로 동석의 손에 들린 칼을 쳐다보다가 점점 뜨거워지는 상처에 손을 대보았다. 뜨겁고 끈적이는 액체가 손가락에 닿더니 이내 주르륵 흘러내렸다. 손바닥 가득 피가 물었다. 아린은 긴 한숨을 내쉬었다.

"……스물……여덟."

"뭐라는 거야?"

동석은 너무나 침착한 아린의 모습에 기가 질린 표정이었다.

아린은 이대로 쓰러지고 싶었다. 다시 깊은숨을 들이마시는데 그때 동석이 칼을 휘두르며 달려드는 모습이 보였다. 하지만 칼은 아린에게 닿지 않았다.

누군가 날아와 동석을 걷어찼다. 동석은 구겨진 종이처럼 바닥에 나뒹굴었고, 칼도 바닥에 떨어졌다.

"괜찮아요?"

간신히 눈을 들어보니 성준이었다. 이 사람은 어떻게 알고 여기까지 온 거지?

"걱정하지 말아요. 곧 안전한 곳으로 데려다줄게요."

'걱정하지 마, 안전한 곳으로 데려다줄게.' 그건 엄마가 하던 말이다. 성준은 엄마와 닮지도 않았는데, 마치 엄마에게 듣는 잔소리 같아서 눈시울이 뜨거워졌다.

아린을 진정시킨 성준은 뒷주머니에서 수갑을 꺼내며 동석에게 다가갔다.

"강동석, 너를 살인 및 살인미수 혐의로 체포한다."

바닥을 뒹굴던 동석은 다가온 성준을 발로 걷어차고는 금세 자리에서 일어나 그에게 달려들었다. 어느새 그의 손에는 바닥에 뒹굴던 칼이 들려 있었다.

아, 아니야. 또다시 이런 일이 생기면 안 돼.

20년 전 나를 위해 집으로 돌아왔던 엄마도 이렇게 죽었다. 또다시 나를 구하기 위해 달려온 사람이 죽게 내버려둘 수는 없다.

바닥에 뒹굴고 있는 우산과 그 위로 떨어지는 빗방울, 남자들의 몸짓과 자신의 숨소리가 꿈속처럼, 물속에 잠긴 것처럼 부유하듯 천천히 움직이기 시작했다.

담벼락에 기대어 간신히 몸을 지탱하던 아린은 어떻게든 성준을 도와주고 싶었지만 거미줄에 포박당한 나비처럼 움직일 수가 없었다. 옴짝달싹 못하고 성준을 향하는 동석의 칼날을 쳐다보았다.

아린은 열한 살 아이가 되어 울부짖었다.

"죽이지 말아요. 제발, 그만해요."

야옹, 어디선가 에디의 울음소리가 들리고 이내 아린을 감싸안는 따뜻한 손길이 느껴졌다. 아린은 엄마에게 매달리는 젖먹이 아기처럼 그 손길에 매달리며 중얼거렸다.

"……엄마, 엄마."

"그래, 괜찮아, 괜찮을 거야."

루나의 목소리가 아린의 혼미한 정신을 가라앉혀주었다. 20년 전 그날에서 간신히 빠져나온 아린이 조심스럽게 눈을 뜨자 걱정스러운 루나의 얼굴이 보였다. 손등을 핥는 에디의 까끌까끌한 혓바닥도 느껴졌다.

누군가 성준이 있는 곳으로 달려가는 소리가 들렸다. 거친 몸싸움 끝에 동석을 아스팔트에 메다꽂은 정 형사가 상체를 제압하고 수갑을 채웠다. 그 뒤로 간신히 버티고 선 성준이 보였다.

"괜찮아요?"

정 형사가 동석의 팔을 잡아 일으키며 성준에게 물었다. 성준은 괜찮다는 듯 한 손을 들어 보였다. 다른 손은 배를 움켜잡고 있었다.

"나도 씨름 좀 배워야겠다."

그 말에 정 형사가 씨익 웃었다. 그는 한 손으로 동석을 붙잡은 채 다른 손으로는 지원을 요청하기 위해 핸드폰을 꺼냈다.

성준은 루나의 품에 안겨 있는 아린을 향해 걸음을 옮겼다. 하지만 그는 몇 걸음 걷지 못하고 멈춰 섰다. 배에 대고 있던 손을 들어 보더니 생각보다 많이 흘러나오는 피에 당황한 듯했다. 그는 아린을 쳐다보다가 그대로 쓰러졌다.

"119, 얼른 119 좀 불러줘요."

아린은 다급하게 루나에게 부탁했다.

설마, 저녁 내내 기분이 가라앉고 안절부절못했던 이유가 이것 때문은 아니길 바랐다. 뭔가 나쁜 일이 일어나리라는 건 알았다. 하지만 20년 전 그날처럼 끔찍하고 고통스러운 일이 반복되는 건 참을 수 없다.

아린은 아득해지는 의식 속에서 있는 힘을 다해 비명을 질렀다.

"안 돼, 아니야! 제발 아니라고 말해줘요."

24

불빛, 하나, 둘…… 셋.

눈을 감아도 느껴지던 끔찍하게 밝은 병실의 불빛.

정신을 차렸다가 다시 의식을 잃기를 반복했다. 순간순간 눈을 뜰 때마다 천장의 형광등 불빛이 아린을 노려보았다. 커다란 하얀 방에 누운 아린은 의식을 잃는 순간에도 그 불빛들이 끔찍했다. 닷새 만에 혼수상태에서 깨어난 아린은 천장에서 자신을 내려다보는 형광등을 끄고 싶었다. 그러면 날카로운 기분이 한결 가라앉을 것 같았다. 하지만 쉽게 목소리가 나오지 않았다. 아니, 누구와도 말을 하고 싶지 않았다. 어둠 속에서 오래도록 흐느껴 울고 싶었다.

머릿속에 아무것도 떠오르지 않지만 마음속에서는 깊은 슬픔이 출렁이고 있었다.

간호사가 들어와 울고 있는 아린을 보고 깜짝 놀라 물었다.

"어디 아프니?"

상처가 스물일곱 군데 난 아이에게 그 말은 너무 이상했다.

"진통제 더 놔줄까?"

"……눈이, 눈이 아파요."

아린은 눈빛으로 겨우 천장의 불빛을 가리켰다. 간호사는 그제야 눈치채고 얼른 스위치를 내린 다음 아린의 곁으로 다가왔다.

"이제 괜찮지? 좀더 자. 기운 차리고 일어날 수 있으면 동생 만나러 가게 해줄게."

동생?

아린은 간호사가 말하는 동생이 누군지 궁금했다. 아무리 생각해도 머릿속에 어떤 얼굴도 떠오르지 않았다. 며칠 뒤에야 중환자실에 누워 있는 동생을 만날 수 있었다.

침상 위에는 호스와 링거, 알 수 없는 줄이 연결된 소년이 누워 있었다.

눈을 감고 있는 소년의 얼굴은 핏기라곤 보이지 않았다. 앞섶이 풀어헤쳐진 왜소한 가슴은 일정한 속도로 오르내렸지만 제힘으로 숨을 쉬는 것 같지 않았다. 입을 벌려 집어넣은 호스로 공기를 불어주고 빼내면서 호흡을 유지했지만 쉽게 눈을 뜨지 못했다.

소년의 얼굴을 한참 바라본 뒤에야 이름이 생각났다.

재하.

소년의 이름을 떠올리자 파도처럼 기억들이 하나둘 밀려왔다 사라졌다. 커다란 회색 창고에 크고 작은 기억의 상자들이 어지럽게 뒤엉켜 있었다. 작은 상자 하나가 열렸다.

그래, 동생이 생겼었지.

재하를 처음 만나던 날이 떠오른다. 엄마가 인사를 하라고 했지만 아린도, 재하도 서로 짧게 시선을 맞추다 외면했다.

또다른 상자 하나.

언니도 있었다. 재경이라는 이름이었다. 차분하고 하얀 얼굴에 맑은 눈을 가지고 있던 걸로 기억한다. 언니는 재하와 달리 어색함을 풀기 위해 얼른 아린에게 다가와 손을 잡았다.

"어서 와, 친하게 지내자. 재하가 좀 수줍음이 많아. 네가 한 살 누나니까 잘 챙겨줘."

만나자마자 머리 묶어줄 동생이 생겼다며 좋아하던 언니. 그 밝게 웃던 얼굴이 기억났다.

하나둘 가족들을 기억해내자 간호사에게 물었다.

"다른 식구들은 어디 있어요? 엄마는요?"

그 질문에 간호사들은 말을 잇지 못하고 머뭇거렸다.

경찰이 온 뒤에야 아린은 자신과 재하만 살아남았다는 것을 알았다.

아린은 하루종일 중환자실 앞에 가서 기다렸다. 어서 빨리 재하가 깨어나길 기다렸다. 하지만 재하는 끝내 깨어나지 못했다. 아린은 간호사들끼리 나누는 얘기를 들었다.

두개골 골절에 의한 뇌 손상.

그게 뭔지 몰랐지만 재하의 몸에 붙어 있던 줄이 하나둘 떼어지고 입안에 들어가 있던 호흡기도 빠졌다. 더이상 그애의 가슴은 오르내리지 않았다. 재하의 얼굴 위로 흰 천이 씌워지고 중환자실을 빠져나온 침상은 어디론가 사라졌다.

그렇게 재하는 떠났다.

'이제야 기억을 다 찾았네? 20년이나 걸렸어.'

입원실에 누워 있는 아린은 귓가에서 들려오는 재하의 목소리를 들었다. 울컥 눈물이 나올 것 같았다.

'넌, 환상인 거니, 정말 죽은 거니?'

'누나 생각은 어때?'

'……다행이야, 네가 있어서.'

'이제 약속 지킬게.'

'약속?'

'무슨 약속이었지?' 하고 생각하는데 아린의 이마 위로 따스한 손길이 다가왔다. 흐트러진 머리를 한 올씩 정성껏 넘겨주는 손길. 눈을 뜨지 않아도 알 수 있다.

‘······엄마?’

‘미안해. 널 지켜주지 못해서.’

엄마의 목소리는 20년 동안 텅 비어 있던 아린의 마음을 꽉 채웠다. 이렇게 다시 엄마의 목소리를 듣게 되리라고 생각하지 못했다. 두 눈에 눈물이 고였다. 하고 싶은 말이 너무나 많았는데, 아무 말도 할 수가 없었다. 그리웠던 만큼 그저 엄마의 목소리를 듣고 싶었다.

‘미안해, 작별인사도 못하고 떠나서.’

엄마의 목소리가 멀어졌다. 엄마를 붙잡고 싶었지만 목소리가 나오지 않았다. 눈도 떠지지 않았다. 이대로 보내면 다시 만나지 못할 텐데, 엄마 나도 데려가요. 너무 외로웠어. 혼자라는 게 무서워서 기억도 다 지웠어. 여긴 아무것도 없어. 나도 없어. 엄마, 나도 갈래요.

이마를 어루만져주던 손이 연기처럼 사라졌다. 부드럽게 속삭이던 엄마의 목소리도 더이상 들리지 않았다. 아직 아무 말도 건네지 못했는데, 엄마는 잠깐 머물다 사라졌다.

아린은 엄마의 손길을 따라, 목소리를 따라 어둠으로 떨어졌다.

아린이 의식을 잃은 지 일주일이 넘어가고 있었다. 자상 치료는 끝났다. 다행히 경동맥과 경정맥을 피해간 덕분에 상처만 잘 아물면 된다고 했다. 하지만 무엇 때문인지 아린은 깨어나지 않고 있었다.

그사이 성준은 다섯 군데에 백 바늘 이상을 꿰매고 사흘 만에 퇴원했다. 상처가 아물어 움직일 만해지자, 두학산 살인사건을 자신의 손으로 마무리하고 싶다고 고집을 부렸다. 성준은 매일 병원에 들러 경과를 보기로 하고 병원을 나왔다. 정 형사와 함께 강동석과 이형기의 신문은 물론이고 현장검증까지 직접 했다.

이형기의 자백으로 둘이 빼돌린 돈 30억이 살인사건의 동기였다는 것을 알게 되었다. 돈 가방은 인천종합터미널 버스정류장 앞 헬스클럽 14번 로커에 있었다.

아린이 가르쳐준 번호를 내밀었더니, 주변에 버스정류장이 네 곳이나 있어서 민서라가 제대로 찾지 못할까봐 버스정류장 번호를 알려주고 그 맞은편 건물의 헬스장을 찾아가라고 불러주었다고 했다. 성준은 진술을 들으면서 아린의 능력에 대해 다시 생각해보게 되었다.

죽은 민서라를 비롯해 그 누구도 최아린과는 관련이 없었다. 그나마 이어진 연결고리라고 해봐야 민서라와 이형기가 카페 '호루스의 눈'에 갔었다는 것. 그곳이 최아린의 직장이었다는 것뿐이다. 얼굴을 마주친 적도 없는 사람의 일에 대해 어떻게 자세히 알아낼 수 있었을까? 마치 그 자리에 있었던 것처

322

럼 최아린은 자신이 '보는' 것에 대해 묘사했다.

사건이 해결되고 언론매체를 위한 브리핑과 질의응답 시간이 있었다. 사건 개요를 설명한 황 팀장은 기자의 질문어 최대한 친절하게 대응했지만, 손태원 기자에게만은 질문할 기회를 주지 않았다. 손태원 기자는 자신이 쓴 기사 때문어 최아린이 의식을 잃고 누워 있고, 성준 역시 크게 다쳤다는 사실에 충격을 받은 듯 황 팀장의 푸대접을 아무 저항 없이 받아들였다.

당연한 얘기지만 최아린에 대한 이야기는 수사 보고서 어디에도 없었다. 최아린이라는 존재는 강력 2팀의 기밀 사항이 되었다.

며칠 사이에 범인들이 구치소로 넘어가고 서류 작업까지 마무리하고 난 뒤, 성준은 루나의 연락을 받았다. 아린의 병세가 궁금하던 차라 곧 병원으로 달려갔다. 아린이 입원한 뒤 과거의 병원 진료 기록을 찾아본 의사는 성준과 루나어게 아린의 상태에 대해 설명해주었다.

"PTSD, 충격 후 스트레스 장애 혹은 외상 후 스트레스 장애라고 합니다. 전쟁이나 천재지변, 화재, 생명을 위협하는 폭행, 정신적인 충격을 경험한 뒤에 일어나는 질환이죠. 최아린 씨는 어린 시절 겪은 사건으로 신체적 상처뿐 아니라 심각한 정신적 외상도 입었습니다. 꾸준한 치료가 필요했는데 보육원에 들어가면서 상황이 더 안 좋아졌던 것 같습니다.'

“돌봐줄 사람이 아무도 없었으니까요.”

루나는 아린의 병세에 대해 어느 정도는 알고 있었던 것 같았다.

“외상 후 스트레스 장애 환자들은 늘 불안해하고 주위를 경계하며 불면증에 시달립니다. 흔히 플래시백이라고 하는데, 정신적 외상을 입게 한 그 사건을 끊임없이 반복해서 재경험하기도 합니다. 사건 당시와 같은 강도로 기억이나 꿈, 환각이 재연될 수 있어요. 합병증으로 해리 장애나 공황발작을 동반하기도 하고 착각, 환각 현상이 나타나기도 하고요.”

“최아린씨는 어떤 사건에 대한 꿈을 계속 반복해서 꾼다고 했어요.”

성준은 아린이 처음 경찰서에 왔던 날을 떠올려보았다. 그것이 모두 외상 후 스트레스 장애로 인한 증상인지는 모르겠지만 어느 정도는 설명이 되었다.

“지금처럼 깨어나지 않는 건 왜죠?”

의사는 성준의 질문에 잠시 생각을 정리하는 듯 눈을 깜빡거렸다.

“대다수의 PTSD 환자들은 감정 회피나 마비 같은 증상을 경험합니다. 사건 당시의 감정과 생각, 상황 등이 떠오르는 것을 피하기 위해 자신을 무감각하게 만드는 거죠. 심한 경우는 자해와 자살을 시도하기도 하고요. 최아린씨는 그런 경우가 아닐까 생각됩니다."

"두려운 거죠. ……다시 세상에 돌아오는 게."

루나는 끔찍한 일을 두 번이나 당한 아린의 심정이 어떨지 생각했다. 더구나 그 일로 가족까지 잃었다. 더 안타까운 일은 그것을 자기 탓이라고 생각한다는 점이다. 아린은 정신을 잃어가는 와중에도 계속 자기 때문이라고 중얼거렸다.

"치료법은 없는 건가요?"

"정신과 치료와 최면, 약물, 그룹 요법 등의 치료법이 있지만 이렇게 깨어나지 않는 경우는…… 솔직히 기다리는 방법 말고는 없습니다."

의사와의 면담을 끝내고 진료실을 나온 성준과 루나는 답답하기만 했다.

성준은 아린에게 같은 경험을 하게 만들었다는 생각어 자책했다. 조금만 더 주의를 기울였더라면 이런 일은 일어나지 않았다.

"오 형사님도 아린과 같은 생각을 하네요. 자신을 탓하지 말아요. 정작 잘못한 사람들은 따로 있는데."

"……"

"아린인 자신의 특별한 능력이 가족을 죽게 만들었다고 생각해요. 20년 전에도 그랬고, 지금도 그럴 뻔했죠. 그러니 다시 돌아오는 게 두려운 게 아닐까요?"

“……어떻게 해야죠? 그냥 기다려야 합니까?”

“……깨어나야 할 이유가 있다면 깨어나지 않을까요? 그걸 찾을 때까지 기다릴 수밖에요.”

성준은 아린을 면회하러 병실을 찾았다. 아린은 자고 있는 것처럼 보였다.

문득 아린이 경찰서를 찾아왔던 날이 떠올랐다.

비바람이 부는 거리에 서 있던 아린. 가냘프고 연약해 보였지만 눈빛에서 얼마나 단단한 사람인지 느껴졌다.

갑자기 성준의 머릿속에 한 가지 방법이 떠올랐다. 어쩌면……

그는 얼른 병실 밖으로 나가 경찰서로 전화를 걸었다.

다행히 홍진희가 직접 받았다.

25

아린은 밝지도, 어둡지도 않는 곳에 서 있다.

어느 길이든 갈 수 있지만 어느 길로 갈지는 아직 정하지 못했다.

그곳에서 서성이는 동안 수많은 물음이 아린을 지나갔다. 정작 태어나 살아가는 순간에는 던지지 않았던 질문들이었다.

나는 누굴까? 왜 태어난 거지?

그 물음 뒤에는 서글프고 쓸쓸한 감정이 밀려들었다. 한 번도 자신을 사랑하지 않았던 아린은 그 질문에 제대로 된 답을 할 수가 없었다. 차라리 태어나지 않았다면 좋았을걸. 그런 생각을 한 적도 있다. 하지만 지금은 그런 생각도 사라지고, 그저 혼자 서 있는 자신을 바라보았다.

때로는 어둠이 다가왔다가 어느 순간 빛이 다가왔다. 어둠과 빛이 물러나고 다가오는 것을 반복하는 사이 아린을 깨어 있게 하던 생각들, 감정들, 감각들이 점점 옅어졌다.

나는, 이렇게 사라지구나. 죽는다는 건 이렇게 자신을 지워 내는 거구나.

마치 잠이 들 때처럼 의식이 가물가물해지기 시작할 즈음 새끼손가락에 닿는 감촉이 아린을 잡아당겼다. 부드럽고 조심스러운 무엇이 아린의 손을 만지고 있다.

흩어지고 옅어지던 감각이 다시 돌아왔다. 점점 선명해지고 강렬해졌다. 돌아보니 아린의 손을 잡은 것은 어린 아린이었다. 손끝에만 느껴지던 감촉은 어느새 팔과 가슴으로, 또 머리로 퍼졌다. 텅 빈 그릇에 차갑고 신선한 물이 채워지는 느낌이었다.

손만 잡았을 뿐인데, 온몸을 다해 누군가를 껴안은 기분이었다.

멀리서 루나의 목소리가 들려왔다.

"아린아, 손님이 왔어."

그러곤 이내 낯선 목소리가 들렸다.

"고마워요. 덕분에 우리 아이를 찾았어요. 아린씨 덕분에 우리 소영이가 다시 내게 돌아왔어요."

아린은 힘겹게 눈을 떴다. 몇 번 눈을 깜빡거리자 흐릿하던 시야가 선명해졌다. 열한 살의 아린보다 훨씬 어려 보이는 아이가 아린을 빤히 쳐다보고 있었다.

생각난다. 경찰서에서 봤던 사진 속 아이. 딸기 모양 구슬 머리끈으로 야무지게 머리를 묶은 모습이 앙증맞았다.

아이를 보자 아린의 입가에는 절로 미소가 떠올랐다. 시야가 넓어지자 그제야 방안에 있는 사람들이 눈에 들어왔다.

소영과 소영의 엄마 뒤로 루나와 성준이 보였다.

"다행이야, 잘 돌아왔어."

눈물을 글썽이는 루나의 얼굴을 보자 아린도 눈시울이 붉어졌다.

아린도 마음속으로 루나의 말을 따라 했다.

다행이야, 잘 돌아왔어.

에필로그

"솔직히 말하면 아직 당신을 믿는 건 아닙니다."

"여기까지 와서 그게 무슨 소리예요?"

"그리고 이 프로젝트를 100퍼센트 찬성하는 입장도 아니고
요."

"오 형사님. 아니, 선배. 우리는 지금 부탁하러 온 거라고요,
황 팀장님 말씀 잊었어요?"

"그러니까, 난 지금 이런 일에 아린씨를 다시 끌어들이는 게
별로 맘에 안 든단 말이야!"

성준과 정 형사는 아린을 앞에 앉혀놓고 본론은 꺼내지도
않고 계속 티격태격하기만 했다.

루나가 차를 내오며 단 한 마디로 그들의 다툼을 끝내버렸다.

“그 이야기는 아린이 먼저 제안한 거예요.”

성준이 놀란 표정으로 아린을 쳐다보았다.

“아니 왜?”

성준은 뒷말을 차마 잇지 못하고 말끝을 흐렸다. 자신이 겪은 일만으로도 충분히 고통스러웠던 아린을 누구보다 잘 안다. 그런데 이제 자신과는 아무런 상관도 없는 사건에 뛰어들겠다니, 선뜻 이해가 되지 않았다.

“저처럼 힘든 일을 겪었던 사람들이 왜 고통스러운 기억을 끊임없이 반복하는지 계속 생각해봤어요. 회피하고 도망가면 끝나지 않아요. 나는 여기서 도망치느라 이 문제를 받아들이고 이해하는 데 20년이 걸렸어요.”

아린이 하고 싶은 말이 무엇인지 어렴풋이 이해는 갔다. 하지만 여전히 성준은 아린의 선택에 찬성할 수가 없었다.

“그것과 경찰 일을 돕는 건 별개의 얘기죠.”

여전히 툴툴거리는 성준을 보던 루나가 슬며시 미소 지었다.

“아린아, 오 형사님은 네가 많이 걱정되는가보다?”

“예? 선배는 그런 일에 전혀 관심이 없는데……”

성준을 바라보던 정 형사는 뭔가 깨달은 듯 눈이 휘둥그레져서 루나에게 시선을 돌렸다.

“우리 여기 처음 왔을 때 그러셨죠? 오 형사님에게 어떤 여자가 나타날 거라고. 아주 위험한 여자라고 했어요. 그 여자 때문에 죽을 수도 있다고, 기억나죠?"

"그랬나?"

"그랬다니까요. 그러고 나면 그 여자가, 뭐라고 했지? 이니스? 이시스? 그런 게 될 거라고 했는데."

"이시스."

"거봐요, 오 형사님도 기억하시…… 어, 기억하고 있네요? 마음에 담아두셨구나."

"이시스가 뭔지 몰라서 찾아봤을 뿐이야."

성준은 괜히 얼굴이 붉어질 거 같아 얼른 루나가 내려놓은 차를 마셨다. 갑자기 시선을 어디에 두어야 할지 몰라 카페 안을 두리번거리다 창가에 앉은 에디와 눈이 마주쳤다. 에디는 다 알고 있다는 눈빛으로 야옹 하고는 성준을 외면했다.

"저도 그거 찾아봤거든요. 죽은 남편을 다시 살리기 위해 저승까지 내려간 여자라면서요? 그러니까 남편과 아내 뭐 그런 사이가 되는……"

성준의 손등이 순식간에 정 형사의 안면을 강타했다. 말을 다 끝내지도 못한 정 형사는 얼굴을 감싸쥐고 끙끙거렸다. 잠시 후 통증이 좀 가셨는지 성준을 쳐다보며 투덜거렸다.

"아니, 생명의 은인을 이렇게 대접해도 되는 겁니까?"

"좀 조용히 하라고. 넌 분위기 파악도 못하냐?"

정 형사는 성준의 핀잔에 그제야 입을 다물었다.

“······이 일을 하겠다고 결심한 이유는 두 가지예요. 하나는 왜 내게 그런 능력이 온 건지 모르지만, 이유가 있을 거라고 생각해요. 민서라의 꿈을 꾸지 않았다면 아무도 그녀의 죽음을 알지 못했겠죠.”

“······”

그건 아린의 말이 맞다. 아린이 아니었다면 그녀의 죽음을 밝혀내기 힘들었을 것이다.

“또 한 가지는······ 소영이를 찾고 난 뒤에 정말 처음으로 악몽도 꾸지 않고, 아무 생각 없이 푹 잤어요. 자고 나서 그렇게 개운했던 적이 없어요. 그러니까 이건 나를 위한 일이기도 해요.”

아린이 그렇게까지 말을 하니 성준은 더이상 반대할 이유를 찾지 못했다. 어쩌면 의사가 찾아내지 못한 치료법 중 하나일지도 모른다는 생각도 들었다.

성준은 가지고 있던 서류 봉투를 아린에게 건네주었다.

“이건 우리 관할에서 일어난 미제 사건들입니다. 보고 뭐든 생각나는 게 있거나 그러면······”

“네, 읽어보고 보이는 게 있으면 연락드릴게요.”

“그럼 이제 우리 팀이 되는 건가요? 같이 회식이라도······”

정 형사가 또 너스레를 떨 기미가 보이자, 성준은 재빨리 그의 입을 틀어막고 자리에서 일어났다.

"억지로 떠올리려고 하지는 말아요. 그냥 편하게 생각해요."

성준은 루나와 아린에게 인사하고 얼른 정 형사를 데리고 가게를 떠났다. 두 사람이 나가자 가게 안은 다시 조용해졌다.

아직은 손님이 오기 이른 시간이다. 창가에 앉아 있던 에디가 늘어지게 기지개를 켜고는 다시 돌아누웠다. 투나도 잠깐 쉬어야겠다며 내실로 들어갔다.

성준이 준 사건 파일을 꺼내 보고 있던 아린의 귓가에 익숙한 목소리가 들렸다.

'정말 괜찮겠어?'

재하가 물었다.

아린은 사건 파일을 다시 서류 봉투에 넣고 재하를 쳐다보았다.

'네가 도와줄 거잖아?'

재하는 아무 대답도 없이 아린의 얼굴을 빤히 쳐다보았다.

'선물이 있어.'

'선물?'

아린은 얼른 가방을 뒤져 재하에게 주려고 산 선물을 꺼냈다.

재하가 손을 내밀자 그 위에 선물을 내려놓았다.

노란 오리 장난감. 엄마와 목욕할 때 가지고 놀던 노란 새끼 오리 장난감.

재하는 떨리는 손으로 자기 손바닥 위에 놓인 새끼오리 장난감을 만져보았다.

재하는 어느새 열 살의 어린 재하로 변해 있었다.

작가의 말

한동안 지독하게 글이 안 써질 때가 있었습니다. 격주로 EBS의 짧은 교육드라마를 쓰고 있었는데, 이건 아니다 싶어 그만두고 모든 것을 멈추었습니다. 번아웃이라고, 내 안의 모든 것이 소진된 것 같던 그때. 그래도 책상 앞에는 앉았습니다. 글은 쓰지 않았지만, 여길 떠나면 다시는 책상어 돌아오지 못할 것 같았습니다.

전업작가로 산 지 20년 정도 되는 때. 매일 책상 앞에 앉아 영화와 미드, 영드, 일드 닥치는 대로 드라마를 보았습니다. 그저 한 명의 시청자가 되어 남들은 어떻게 이야기를 만드는지, 어떤 인생을 그리는지 보고 또 보았습니다. 그러면서도 머릿속에는 다른 생각들이 오갔습니다. 그때 가장 고민하고 있던 건 이 질문이었습니다.

나는 왜 글을 쓰는가.

왜 이렇게 글쓰기가 고통스러워졌는지 고민했습니다. 이 세상에서 내가 할 수 있는 유일한 일, 가장 잘할 수 있다고 자부하던 일이 글을 쓰는 것이었습니다. 그런데 어느 순간, 글 쓰는 일에 게을러지고 있었습니다. 습관처럼 쓰고 있었습니다. 늘 하던 일이라 타성에 빠져 있었습니다. 그제야 제가 왜 멈추었는지 알게 되었습니다.

좋아서 쓰는 글쓰기와 돈을 벌기 위해 쓰는 글쓰기는 너무 달랐습니다. 격주로 써내는 드라마는 내가 재미있어서 쓰는 글과는 달랐습니다. 돈을 벌어야 하니까 말 그대로 꾸역꾸역 썼습니다. 그것 때문에 내가 좋아하는 글은 쓰지도 못했으니 이건 아니라는 생각이 들었던 것이죠.

몇 개월을 아무것도 하지 않고 드라마만 보다가 그것도 지겨워질 즈음 드디어 답을 얻었습니다. 내가 좋아하는 글을 써야겠다. 그리고 추리소설 단편을 쓰기 시작했습니다. 한 편을 끝내고 나니 이제 다시 장편을 쓸 기운이 생겼습니다.

『아린의 시선』은 그렇게 돈벌이로 나를 오래 소진하다가 5년 만에 완성한 추리소설입니다. 돌아온 탕아처럼 그 방황 속에서 깨달은 게 있습니다. 다시는 억지로 뭔가를 하지 말아야겠다. 추리소설을 쓸 때는 이야기에 빠져 시간 가는 줄 모르는데 돈벌이를 위한 글쓰기로 나를 너무 소진했구나.

이 작품을 쓰고 나서 소설의 분위기가 많이 바뀌었다는 것을 느꼈습니다. 표창원 교수님이 써주신 추천사에는 이렇게 적혀 있었습니다.

서미애 특유의 치밀한 구성과 책장을 놓지 못하게 만드는 서스펜스는 여전하지만, 예상외의 치유와 희망이 감동까지 선사한다.

첫 장편소설 『인형의 정원』과 그뒤 나온 『잘 자요, 엄마』를 다 읽으셨던 분이라 저의 변화를 눈치채고 계셨던 겁니다. 저도 그제야 이 소설을 쓰며 방황과 치유의 시간을 지나왔다는 것을 깨달았습니다.

저의 작품을 보던 분들에게는 다소 생소한 소재를 다룬 소설이었지만, 덕분에 저는 기운을 차렸고 돈벌이용 글이 아니라 내가 정말 좋아하는 글에 전념하기로 마음먹었습니다.

　다행스럽게도 긴 방황의 시간이 제게는 충전의 시간이었는지 그뒤로 지금까지 느리지만 천천히 저의 길을 가고 있습니다. 늘 곁에서 저를 지켜봐주시는 분들에게 감사드립니다.

　이제는 조금 부지런해지려고 합니다. 앞으로는 쓰고 싶어도 쓸 수 없을 때가 오는 게 아닌가 싶게 체력도 집중력도 예전 같지 않다고 느낄 때가 있습니다. 그러니 더 늦기 전에, 후회하기 전에 부지런히 제가 좋아하는 일을 하려고 합니다.

　이 글을 읽고 계신 분들도 좋아하는 일을 하셨으면 좋겠습니다.
　감사합니다.

2025년 겨울
서미애

서미애 컬렉션 5

아린의 시선

초판 인쇄 2025년 12월 22일
초판 발행 2026년 1월 26일

지은이 서미애

책임편집 한나래 ┃ **편집** 김혜정 ┃ **외주교정** 유혜림
표지디자인 이혜진 ┃ **본문디자인** 최미영
저작권 박지영 형소진 주은수 오서영 조경은
마케팅 정민호 서지화 한민아 이민경 왕지경 정유진 한경화 정경주 김혜원 김예진 이서진
브랜딩 함유지 김은솔 박민재 이송이 박다솔 조다현 김하연 이준희
제작 강신은 김동욱 이순호 ┃ **제작처** 천광인쇄사

펴낸곳 (주)문학동네 ┃ **펴낸이** 김소영
출판등록 1993년 10월 22일 제2003-000045호

주소 10881 경기도 파주시 회동길 210
대표전화 031-955-8888 ┃ **팩스** 031-955-8855 ┃ **전자우편** elixir@munhak.com
인스타그램 @elixir_mystery ┃ **X(트위터)** @elixir_mystery

ISBN 979-11-416-1465-2 04810
      979-11-416-0725-8 (세트)

엘릭시르는 출판그룹 문학동네의 장르문학 브랜드입니다.

www.munhak.com